正誤表

쪽	誤字	訂正字
13, 14, 21	文微明	文徵明
24	邵雍節	邵康節
43	妻世	處世
47	樂興	樂與
57	當善	當先
58	物感	物惑
70	風情	風靜
90	구출	구휼
91	懲念	懲忿
125	暝煙	暝煙
130	作疊	作壘
133	動王	勤王
134	天理	天運
134	歸時	隨時
162	聃	珊
169	鄉	卿
169	日落	日暮
219	芽屋	茅屋
223	抱拙	守拙
227	山曉	山晚
232	列籍	列席
247	부귀를 탓하지 않고	부귀해도 음탕하지
293	潛然	潸然
305	微明	徵明
306	李春	季春

名詩佳句選

墨場教本

姜思賢 編譯

㈜이화문화출판사

序文

이번에 墨場敎本을 펴내면서 그 동기부터 말씀드리면 筆者는 少時부터 書藝를 좋아하여 다양한 사회생활을 하면서도 餘暇만 있으면 붓을 잡아왔다。오랜 세월 붓을 가까이 하다 보니 그동안 서예학습을 할 때부터 同好人이나 後學을 指導해 오는 동안 작품 체본이 散積하게 되었다。이제 연령도 어언 팔순이 넘어서 回婚期가 당도하니、모든 것을 整理해야 할 때라고 생각이 들어 散在해 있는 資料를 펼쳐보니 그저 버리기가 아쉽게 느껴져서 整理를 하여 본 것이 묵장교본의 책이 되었다。

책의 내용을 요약하면、名文佳句中 2字以上 １２字 이내의 短文을 비롯하여 七言聯句와 八言聯句、歷代韓國名詩、五言絶句、五言律詩、七言絶句、七言律詩 및 中國 唐宋代의 名詩 ６０餘首로 都合 １、０００餘首를 主內容으로 하고 書體의 理解를 돕기 위하여 中國古書名文 5篇을 篆·隸·楷·行·草 5體로 직접 쓴 作品을 게재하였고、黃自元의 間架結構法을 追加하였으며、冊 사이사이에 筆者의 作品 約３０点을 見本으로 삽입하였다。

서예를 하는 사람은 누구나 공감하듯이 너무도 난해하고 광범위하므로 학습하기도 심히 어려울 뿐 아니라、어느 정도 배운 후에도 막상 작품을 하려고 하면、어떤 문장을 무슨 체로 어떻게 써야할지 심히 주저하게 된다。이럴 때 이 책을 펼쳐보면 쓰고자 하는 내용이나 방법、요령 등이 대체적으로 이해가 될 것으로 믿는다。

작품 해설 면에서 이해하기 쉽게 하려다보니 다소 불충분한 점이 있을 것으로 사료되므로 보는 분들의 諒知를 바라며、筆者가 지은 漢詩 몇 수와 短文 몇 句 및 落款時 參考할 季節 및 月의 異稱과 年齡의 別稱 姓名雅號와 節候表、六十甲子 等이 포함되어 있는데 혹 적절치 못한 부분이 있을까 외람된 감 없지 않으나 다소의 참고가 될 것으로 믿으며 앞으로 많은 이용으로 여러분들의 작품 구성에 길잡이가 되기를 바라는 마음 간절하다。혹 誤字나 未盡한 점 叱正이 있기를 바란다。

2018年 12月

筆者 **姜思賢**

墨場敎本의 出刊을 축하드립니다

２０１８년을 마무리하며 새로운 한 해를 준비하는 시점에서 白巖 姜思賢 先生께서 그 동안 후학들을 위해 집필해 오신 좋은 교본을 출판하게 되셨습니다。

白巖 先生께서는 오랜 기간 한학과 서예를 공부하시고 열정적인 활동을 해오셨습니다。근년에는 노익장을 과시하며 문인화、한국화 등의 분야에도 그 지경을 넓혀가고 계십니다。白巖 先生의 이와 같은 예술혼은 韓國書家協會、韓國書道協會、國際書法聯盟 韓國本部、韓國書畫作家協會、大韓民國書藝文人畫元老總聯合會 등 서화단체에서도 두각을 나타내시며、높은 연세에도 불구하고 더욱 왕성한 활동을 하고 계십니다。

白巖 先生께서는 그동안의 연구와 든든한 저력을 바탕으로 금번『墨場敎本』을 출판하시게 되었습니다。이에 본인은 좋은 책을 보급할 수 있도록 애쓰신 白巖 先生의 노고에 梨花文化出版社를 대표하여 깊은 감사와 뜨거운 축하의 말씀을 드립니다。

墨場敎本의 구성과 내용을 살펴보면 名文佳句와 聯句、韓國名詩、中國名詩、家庭敎育十訓、기타 다양한 附錄이 수

록되어 있어 초학자는 물론 어느 정도 수준에 있는 독자들에게도 많은 도움이 될 것입니다。 세상에는 수많은 책들이 있습니다。 또한 지금도 만들어지고 있습니다。 그 중에서 우리에게 꼭 맞는 책을 찾기는 쉽지 않습니다。 서예인은 물론 일반 교양인들도 마찬 가지일 것입니다。 墨場敎本은 白巖 先生께서 몸소 겪은 서학의 과정을 토대로 저술하셨기 때문에 우리들이 자칫 겪을 수 있는 시행착오를 최소화하는 안내서와 지침서가 될 것입니다。

아무쪼록 이 墨場敎本을 통하여 많은 분들이 원하는 바를 이루기 위한 첩경을 찾으시고、 또한 바라는 바 목표점에 이르시기를 기대하며 江湖諸賢들에게 널리 이 墨場敎本을 추천합니다。

끝으로 白巖 先生께서 강건함을 유지하심으로 제2、 제3의 墨場敎本을 집필하실 수 있으시기를、 그래서 후학들에게 영원한 길잡이요 스승이 되어 주시길 소망하며 축하를 겸한 추천의 말씀에 갈음합니다。

2018年 12月

梨花文化出版社 代表 **李 洪 淵**

目次

名文佳句短文

二~四字

愼獨 大學
군자는 아무도 없는 홀로 있을 때도 매사를 삼간다。

佛心 禪句
부처님의 脫物脫慾精神을 말한다。

淸德 虞集
청렴한 덕행이 이루어지기를 바라다。

嘉壽 頻延之
복이 있어 아름답게 오래 산다는 뜻。

思無邪 論語
생각에 간사한 마음이 없다。

仁者壽 論語
仁者는 본심이 어질어 편안하고 근심이 없어 長壽한다。

淸愼勤 呂本中
청렴하고 삼가고 부지런하다。(官吏가 지켜야 할 덕목)

信望愛 聖經句
믿음과 소망과 사랑

樂天知命 易經
天命을 알고 즐거워함。
孔子도 五十에 知天命이라고 하였다。

溫故知新 論語
옛것을 다시 익히고 새로운 道理를 發明하다。

見賢思齊 論語
賢人을 만나면 나도 이 사람과 같이 되어야
하겠다고 노력하여 수양한다。

仁者樂山 論語
仁者는 不動安定한 산을 좋아한다。(樂은 요)

道法自然 老子
道는 자연을 본받은 것으로
人爲가 있어서는 안 된다는 뜻이다。

天道無親 老子
天道는 私情이 없고 항상 善人의 편이 된다。

絶學無憂 老子
배움을 끊으면 근심할 것이 없다。

上善若水 老子
최상의 善은 물과 같이 만물에 유익하게 하는 것이다。

知足者富 老子

자기의 분수를 알고 마음을 편안히 하여 만족함을 아는 자는 마음이 항상 부유하다.

大巧若拙 老子

큰 기교를 가진 자는 拙하여 기교가 없는 것 같이 보인다.

莫見乎隱 中庸

은미한 것 보다 더 현저한 것이 없다.

居必擇隣 晏子春秋

거주지를 택할 때에는 반드시 이웃이 좋은 데를 골라야 한다.(孟母三遷)

眞金不鍍 李紳

순금은 도금할 필요가 없다.

野無遺賢 書經

民間에 남아있는 賢人이 없을 정도로 人材를 고루 등용하다.

爲政以德 論語

道德을 기본으로 하는 정치를 시행하다.

無信不立 論語

정치에 신의가 없으면 백성이 금수와 같이 되어서 세상에 설 자리가 없다.

仁者無敵 孟子

어진 사람은 악행을 하지 않으므로 적이 없다.

民生在勤 左傳

민생의 근본은 근면한 데 있다.

有備無患 左傳

평소에 미리 준비를 하여두면 나중에 걱정이 없다.

養之如春 班固

봄이 만물을 기르듯 백성을 양육하여야 한다.

寬仁厚德 漢玉銘

위정자는 너그럽고 인자하고 후덕하여야 한다.

先憂後樂 范仲淹

남의 위에 있는 사람은, 근심을 먼저 하고, 즐거운 일은 남의 뒤에서 누려야 한다.

自强不息 易經

스스로 쉬지 않고 힘써서 수양과 단련을 계속 하다.

崇德廣業 易經

德을 높이 쌓고 功業을 넓고 훌륭하게 행하다.

進德修業 易經

덕으로 나아가서 功業을 닦다。

懲忿窒慾 易經

분노와 욕심을 누르고 막다。

格物致知 大學

사물의 이치를 究明하여 확실히 앎에 이르다。

深根固柢 老子

근본을 튼튼히 한다는 뜻이다。
(根은 가로로 뻗은 뿌리이고 柢는 세로로 뻗은 뿌리이다)

樂道忘貧 淮南子

道를 즐기어 가난함을 잊다。

被褐懷玉 老子

겉은 남루한 옷을 입었어도 속에는 美玉을 품고 있다。

集螢映雪 任昉

晉의 車胤이 반딧불을 모아 그 빛에서 공부를 했고、
孫康이 눈빛에서 독서를 해서 성공을 했다는 故事이다。

和光同塵 老子

才德을 감추고 세속에 묻혀 득의함을 보이지 않다。

大器晩成 老子

큰 그릇을 만드는 데는 기간이 오래 걸린다。사람도 큰 인
물이 되려면 학문 수양과 연마의 오랜 기간이 소요된다。

浩然之氣 孟子

맹자가 주장한 不撓不屈의 道德的인 勇氣이다。

心廣體胖 大學

덕이 있어 마음이 넓고 몸이 윤택해진 모양이다。
(胖은 豊滿의 뜻)

神情朗達 晉書

精神이 豁達한 모양이다。

仙風道骨 李白

神仙이나 道士와 같은 風骨

山高水長 范仲淹

高山大河와 같은 風韻

光風霽月 宋史

비온 후에 초목의 싱싱한 잎에 미풍이 불어 나부끼는
모습과 비 개인 뒤에 맑고 밝은 달빛으로 황산곡이
周濂溪의 氣像을 評한 말이다。

花意竹情 文徵明

꽃과 같이 아름다운 마음씨와 대나무 같은 절조

氷清玉潔 菜根譚

얼음처럼 맑고 백옥처럼 깨끗하다。

松蒼栢翠 菜根譚

추운 겨울에도 항상 푸르른 소나무와 잣나무로
지조가 굳음을 형용함

以文會友 論語

학문으로 인해서 친구가 모이다。
君子 以文會友以友輔仁이라 하였음

釣月耕雲 瞿法賜

달을 낚시질 하고 구름을 간다는 뜻으로
유유자적한 경지를 이르다。

晝耕夜讀 魏書

낮에는 밭 갈고 밤에는 讀書를 하다。

游雲驚龍 晉書

떠도는 구름과 놀란 용으로 筆勢의 훌륭함을 비유한 말

翰墨遊戲 文徵明

書畵의 창작을 즐기는 생활을 自謙하여 일컫는 말

吟風弄月 菜根譚

바람과 달을 즐기고 시를 짓다。

春蘭秋菊 從容錄

봄의 난초와 가을의 국화로 계절을 대표하는 꽃의 향기

至理無言 禪句

理致의 절대경에 이르면 是非를 말할 여지가 없다。

眞光不輝 從容錄

참 빛은 명암을 초월하여 俗眼에는 보이지 않는다。

天高海闊 儒家

大自然 그대로가 진리라는 뜻으로
유가에서 朱晦庵 의 인품을 형용한다。

鏡不自照 禪句

거울은 스스로 나가서 물건을 비추지 않고
물체가 거울 앞에 와야 비춰진다。

卽心是佛 禪句

마음이 곧 부처이다。즉、心理的 解脫을 意味한다。

聖靈充滿 聖經句

주님의 신령함이 온 누리에 가득하다。

主恩無量 聖經句

주님의 은총이 무궁무진하다。

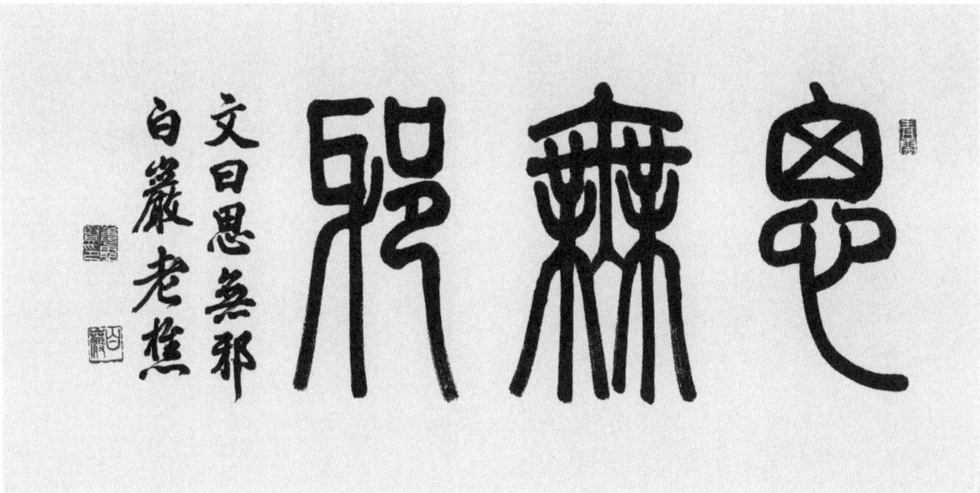

思無邪 68×35cm

金聲玉振 論語

金은 鐘屬이고 聲은 宣의 뜻이고 玉은 磬이요、振은 收의 뜻이다。八音을 竝奏할 때 먼저 종성으로 선하고 그 闋함을 기다려 特磬을 쳐서 그 운을 거둔다。이것이 곧 八音竝奏의 대성의 원칙이다。孔子의 知는 다하지 않음이 없고 德은 완전하지 않음이 없는 것이 八音의 竝奏가 여러 小成을 합하여 大成이 됨과 같다는 뜻이다。

年豊人樂 朱熹

年事가 풍년이 드니 人民이 즐거워한다。

和氣致祥 劉向

和氣는 吉祥을 오게 한다。

長樂無極 漢瓦當文

길이 즐거워 궁진함이 없음

清風明月 故事成語

청풍과 명월은 만고에 변함이 없는 것처럼 古今에 어긋남이 없음을 이른다。

拔山蓋世 史記

項羽의 말로、힘은 산을 뽑고 氣運은 세상을 덮음。英雄의 氣槪를 이른다。

金精玉潔 故事成語
금같이 순수하고 옥같이 깨끗하다。

至誠如神 中庸
정성이 지극해지면 神과 같은 힘이 나온다。

醉墨樂書 白巖語錄
먹에 취하고 글씨에 반하다。

安居興業
편안하게 살며 사업이 더욱 융흥하다。

千祥雲集
많은 상서로움이 구름처럼 모여들다。

喜氣盈門
기쁜 기운이 집안에 가득하다。

老當益壯
연세가 높을수록 더욱 건장하다。

永壽嘉福
오래도록 장수하며 아름다운 복을 누리다。

智德美香
지혜와 덕을 갖추면 아름다운 향기가 난다。

百忍無憂
백번 참으면 근심이 없어진다。

廉恥禮讓 程明道
염치와 예의와 겸양이 있어야 한다。

勇略忠義 韓世忠
용맹과 지략으로 충성과 의리를 바친다。

志慮忠純 諸葛孔明
뜻과 생각에 오직 충성뿐이다。

修德守約 賈誼
덕을 수양하고 검약을 지켜야 한다。

外寬內明 黃覇
외면으로는 寬大하고 內心으로는 明察해야 한다。

清正見智 王及善
청백하고 정직하며 지혜가 보여야 한다。

忠亮篤誠 武帝

忠信하고 直亮하며 篤實하고 至誠하다。

神清智明 白巖語錄

정신이 맑으면 지혜도 밝아진다。

積德踐仁 白巖語錄

덕을 쌓고 인을 실천하기를 바라다。

慶福無窮

경사와 행복이 무궁하기를 기원하다。

養神保壽

정신을 수양하여 壽를 보존하다。

易地思之

입장을 바꾸어 생각하다。

道正行直 白巖語錄

도를 바르게 닦으면 행실이 곧게 된다。

生育至誠 白巖語錄

모든 일에 자기 자식을 낳아 기르는 정성이 이르러야 한다。

爲政廉德 白巖語錄

정치는 청렴과 덕으로 해야 한다。

寬厚衆隨 白巖語錄

매사에 너그럽고 후덕하면 대중이 따른다。

清心益壽 白巖語錄

마음이 청한하면 수명이 연장된다。

樂道忘憂 白巖語錄

도를 즐기면 근심이 사라진다。

過慾損福 白巖語錄

욕심이 지나치면 복을 감하게 된다。

愛耕德種 白巖語錄

사랑의 밭을 갈아 덕의 씨를 심는다。

健身精心 白巖語錄

건강한 몸에서 맑고 깨끗한 마음이 나온다。

勤能勝貧 白巖語錄

부지런함은 능히 가난함을 이길 수 있다。

棄慾充樂 白巖語錄

마음 속에 가득한 허욕을 버리면
즐거움으로 채워진다。

愛隣如己 聖經句

이웃 사랑하기를 내 몸 돌보듯 하라。

悔改歸正 聖經句

회개하고 바른 길로 돌아오라

敬神愛隣 聖經句

하나님을 경외하고 이웃을 사랑하라。

救世濟民 聖經句

세상에 모든 어려운 사람들을 구제하라。

慈愛如海 聖經句

어머님의 사랑은 바다와 같다。

無垢淨光 佛經句

心身에 때가 없어야 깨끗하고 빛이 난다。

五字

無量清靜 佛經句

한없이 맑고 깨끗하다。

塵合泰山 說苑

티끌이 모이면 태산이 된다。

仁愛恭儉 陸贄

仁慈하고 愛敬하고 恭遜하고 儉素하라。

理順義存 李程

理致를 따르며 義理를 保存하라。

治而不忘亂 易經

太平無事할 때、난세가 될 것을 염려하여 잊지 않는다。

憂道不憂貧 論語

군자는 도를 근심하고 가난함을 근심하지 않는다。

善行無轍迹 老子

착한 행실에는 수식과 거짓이 없다。

善戰者不怒 老子

싸움에 능한 자는 흥분하여 평정한 마음을 잃지 않는다。

心正則筆正 柳公權

마음이 반듯하면 글씨도 바르게 된다。

莫福於少事 菜根譚

시끄러운 일이 작은것 보다 복된 것은 없다。

妙言無古今 張元彪

진리는 예나 지금이나 변함이 없다。

仁信智勇嚴 孫子

將帥로서 갖추어야 할 다섯 가지 德目

在德不在險 史記

전국시대 吳起의 말로、국방의 견고함은 山河의 험준함보다 장수의 德에 있다。

室閑茶味清 周天度

집안이 한가하니 차맛이 맑다。

安分身無辱 明心寶鑑

분수를 알고 마음을 편안히 하면 몸에 욕됨이 없다。

任重而道遠 論語

책임은 무겁고 갈 길은 멀다。

知機心自閑 明心寶鑑

일의 기틀을 알면 마음이 자연히 한가해진다。

讀書志彌高 岑安卿

독서를 하면 뜻이 더욱 높아진다。

切問而近思 論語

간절히 묻고 가까이 생각하다。

萬物生光輝 古樂府

봄이 되어 만물이 생기가 일어난다。

陽春布德澤 顏延之

따뜻한 햇볕이 만물이 생장하도록 덕을 편다。

萬家太平春 鄭虎文

온 세상이 모두 태평한 봄철이다。

身閑夢亦安 筆沅

몸이 한가하니 꿈도 안온하다。

畵餠不充飢 碧巖錄
그림의 떡으로는 굶주린 배를 채울 수 없다。

勤儉起家本 白巖語錄
부지런하고 검소함은 집을 일으키는 근본이 된다。

怠慢餘恥悔 白巖語錄
게으르고 오만함은 후회와 부끄러움이 남는다。

信義無價寶 白巖語錄
믿음과 의리는 값으로 따질 수 없는 보배이다。

善德至敬慕 白巖語錄
선과 덕을 베풀면 공경과 사모함이 이른다。

人欺必自損 白巖語錄
남을 속이면 반드시 자신에게 손해가 온다。

陰陽生萬物 白巖語錄
음양은 만물을 생육한다。

民心是天心 白巖語錄
민심 이것이 곧 천심이다。

形正影豈曲 白巖語錄
형체가 바르면 그림자가 어찌 굽어지겠는가?

積水成江海 說苑
물방울이 모여 강과 바다가 된다。

六字

雲從龍風從虎 易經
구름은 용을 쫓고、바람은 범을 쫓는다。즉、같은 소리는 서로 응하고 같은 기운은 서로 구함의 例

富潤屋德潤身 大學
부자가 되면 집이 윤택하여지는 것과 같이 덕은 내 몸을 윤택하게 한다。

有志者事竟成 後漢書
확고한 뜻이 있는 사람은 마침내 사업에 성공한다。

淸如水平如衡 葉康
청렴하기는 물같이 하고、공평하기는 저울 같이 하라。

滿招損謙受益 書經
가득함은 덞을 부르고、겸손하면 이익을 받는다。

不遷怒不貳過 論語

노여움을 다른 데 옮기지 않고、
잘못을 두 번 저지르지 않는다。

尊德性道問學 中庸

덕성을 높이고 묻고 배움으로 나간다。

獨立不慚于影 晏子春秋

홀로 서서 그림자에게도 부끄럽지 않게 한다。

種隱德謹庸行 菜根譚

숨은 덕을 심고 일상의 행동을 삼가 떳떳하게 한다。

德者事業之基 菜根譚

덕이란 사업의 근본이 된다。

謹於言愼於行 禮記

말과 행동을 삼가다。

不怨天不尤人 論語

위로 하늘을 원망하지 않고、
아래로 사람을 탓하지 않는다。

德不孤必有隣 論語

덕이 있는 사람은 항상 이웃이 있어 외롭지 않다。

不求榮不招辱 文徵明

영달도 구하지 않고 屈辱도 오지 않게 하다。

公正治化之本 應厚

公正無私는 정치를 하는데 基本이 된다。

審治體察民情 眞德秀

政治根本을 詳審하여 알고 衆民의 實情을 洞察하다。

誠於中形於外 大學

마음 속에 誠이 있으면 자연히 밖으로 나타난다。

七字

養心莫善於寡慾 孟子

정신 수양은 욕심을 작게 하는 것이 가장 좋다。

心欲小而志欲大 淮南子

마음은 섬세하고 뜻은 크게 가지다。

無遠慮必有近憂 論語

멀리 앞날에 대한 생각이 없으면
반드시 다급한 근심이 생긴다。

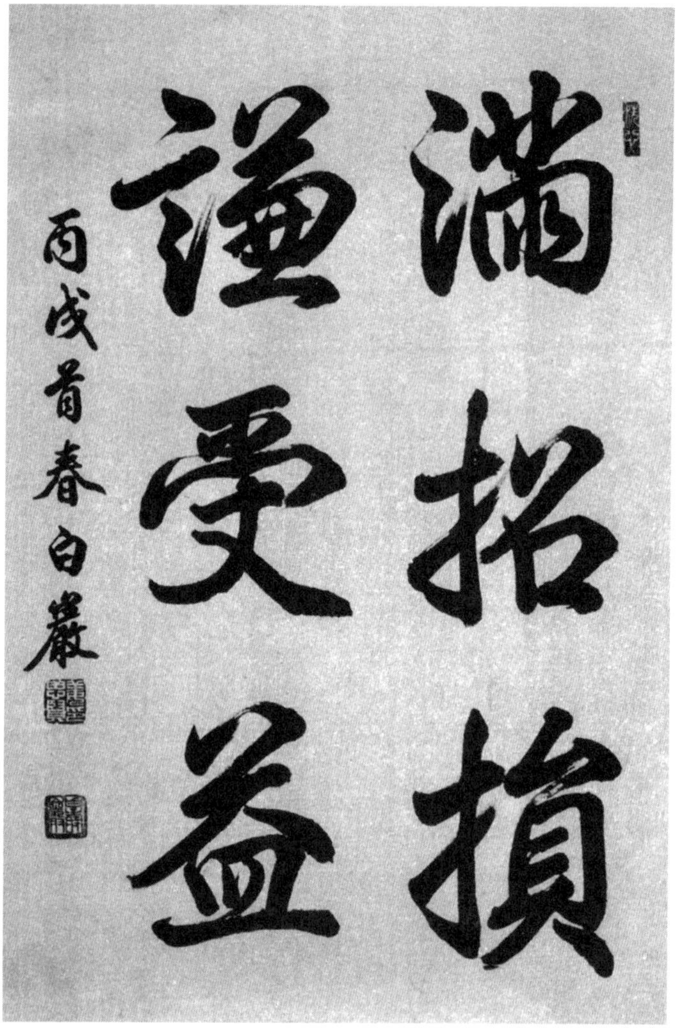

精金百煉出紅爐 禪句

용광로에서 백번이나 精鍊한 후에 순금이 된다。

大孝終身慕父母 孟子

大孝는 생명이 붙어있는 한 부모를 사모한다。

玉在山而草木潤 荀子

산에 옥이 묻혀있으면 초목이 윤택하다。
(덕이 있는 자는 몸이 윤택함의 비유)

君子之交淡若水 莊子

군자의 사람 사귐은 맑기가 물과 같다。

書經句 40×50cm

寒松肌骨鶴心情　李中
절개와 지조는 겨울 소나무 같고、
心情은 학과 같이 품위가 높다。

八字

積善之家必有餘慶　易經
선행을 쌓은 가문에는 반드시 좋은 일이 계속 된다。

己所不欲勿施於人　論語
자기가 하고 싶지 않은 것을 남에게 시키지 말아야 한다。

見小利則大事不成　論語
눈앞의 조그만 일에 정신을 팔면 큰일을 이루지 못한다。

獲罪於天無所禱也　論語
하늘에 지은 죄는 빌 곳조차 없다。

千里之行始於足下　老子
천릿길도 한 걸음에서부터 시작된다。

心不在焉視而不見　大學
마음이 여기에 있지 않으면 보아도 보이지 않는다。

蓬生麻中不扶自直　荀子
삼 밭 속에서 난 쑥은 붙잡아 주지 않아도
곧게 자란다。(환경이 중요하다)

行百里者半於九十　戰國策
백리 길을 가는 사람은 九十里를 가서도
반밖에 못간 것으로 여겨야 한다。

桃李不言下自成蹊　史記
桃李는 아름다운 꽃과 열매가 있어
오는 사람이 많아 그 아래 자연히 길이 난다。

用法無私從諫如流　唐宣宗
국법을 시행함에는 사심이 없이 하고
諫하는 말은 물이 흘러 막힘이 없는 듯 들어야 한다。

立法貴嚴責人貴寬　蘇軾
법을 세우는 데는 엄함을 귀히 여기고、
사람을 책망함에는 너그러움을 귀히 여긴다。

心如金石志似松筠　關羽
마음은 금석같이 단단하고 志操는
松竹같이 변하지 않는다。

鍊心清志洗煩蕩邪　翟楚賢
마음을 단련해서 뜻을 맑게 하고、
번뇌를 씻고 사심을 소탕한다。

十字

勇則不可犯
智則不可亂 孫子
용감한즉 가히 범할 수 없고,
지혜로운즉 그 꾀를 혼란시킬 수 없다.

禍福眼前事
是非身後名 邵雍節
화와 복은 눈앞의 변천무상한 현상이요,
옳고 그름은 몸이 죽은 후에 판정된다.

好事不出門
惡事行千里 北夢瑣言
좋은 일은 소문이 문 밖에도 나가지 않고,
나쁜 일은 千里 먼 곳까지 전달된다.

破山中敵易
破心中敵難 王守仁
산중에 있는 적은 파하기 쉬우나,
마음속에 잡념이나 사욕 따위는 파하기 어렵다.

明智而忠信
寬厚而愛之 賈誼
밝은 지혜로 신의와 충성을 다하고,
후덕과 관용으로 백성을 사랑한다.

視人當如子
愛民亦如傷 唐玄宗
사람을 보기를 내 자식처럼 하고,
백성 사랑하기를 내 몸의 다친 곳을 보살피듯 한다.

招忠正之士
開公直之路 何晏
성실하고 공정한 인재를 등용하고,
공평정직한 世論의 길을 열어 놓는다.

枝無忘其根
德無忘其報 說苑
가지는 그 뿌리를 잊지 않고,
덕은 그 갚을 곳을 잊지 않는다.

樂道而忘賤
安德而忘貧 文子

도를 즐거워하여 천함을 잊어버리고,
덕에 마음이 편안하여 가난함을 잊어버린다.

奢者心常貧
儉者心常富 化書

사치하는 자는 마음이 항상 가난하고,
검소한 자는 마음이 항상 넉넉하다.

慮失者常得
懷安者必危 謝偃

실수할까 염려하는 자는 항상 성공하고,
안일함을 좋아하는 자는 반드시 위험이 따른다.

律己貴廉勤
御事要明斷 戴復古

자신을 규제함에는 청렴 근면함을 귀히 여기고,
일을 처리함에는 분명하고 과단성이 필요하다.

講學不尚躬
行爲口頭禪 菜根譚

강학만 하고 몸소 실천을 숭상하지 않는 것은
구두선(공염불)이다.

仰不愧於天
俯不作於人 孟子

마음이 바르고 행동이 떳떳하여
무엇에도 부끄러울 것이 없다.(君子三樂의 하나)

懷清白之心
行忠正之道 桓寬

청백한 마음을 품고, 충정한 도를 행하다.

無憂樂性場
寡慾清心源 白居易

근심이 없는 것은 심성을 즐기는 素地요, 욕심이 적
은 것은 마음을 맑게 하는 원천이다.

寡慾知身健
安貧覺累輕 黃庚

욕심이 적으니 몸이 건강해짐을 알겠고、
가난에 만족하여 安心하니 번뇌가 가벼워진다。

詩情光日月
筆力重乾坤 張祜

시정은 일월보다 빛나고、
필력은 천지를 움직일 만큼 굳세다。

身閑詩有味
水靜月無波 薛師石

몸이 한가하니 한층 시의 맛을 알겠고、
물이 고요하니 달그림자 부서지지 않는다。

詩酒共爲樂
竹梧相與淸 顧進

시와 술은 함께 즐겁고、
綠竹과 碧梧桐은 서로 더불어 맑다。

子孝雙親樂
家和萬事成 明心寶鑑

자식이 효도하니 부모님 마음이 즐겁고、
집안이 화목하니 만사가 순조롭게 이루어지다。

凡事留人情
後來好相見 明心寶鑑

모든 일에 인정을 베풀어두면、
장래에 좋은 낯으로 보게 된다。

人皆愛珠玉
我愛子孫賢 明心寶鑑

세상 사람들은 다 구슬과 보물을 좋아하지만、
나는 자손의 어진 것을 더 사랑한다。

黃金未是貴
安樂値錢多 明心寶鑑

황금만 귀한 것이 아니요、
편안하고 즐거운 것이 더 가치가 많다。

風雨枝根固
世波人志剛

바람과 비는 나무의 가지와 뿌리를 굳게 하고、
세상 풍파는 사람의 의지를 굳세게 한다。

白巖語錄

保民如家族
護國似守城

백성 보호하기를 가족을 보호하는 것 같이 하고、
나라 수호하기를 성을 지키는 것 같이 하라。

白巖語錄

鶴舞千年樹
龜遊萬歲池

학은 천년수에서 춤을 추고、
거북은 만세지에서 노닌다。

寡欲能高壽
有德可延年

욕심이 적으면 장수할 수 있고、
덕이 있으면 해를 늘려 오래 산다。

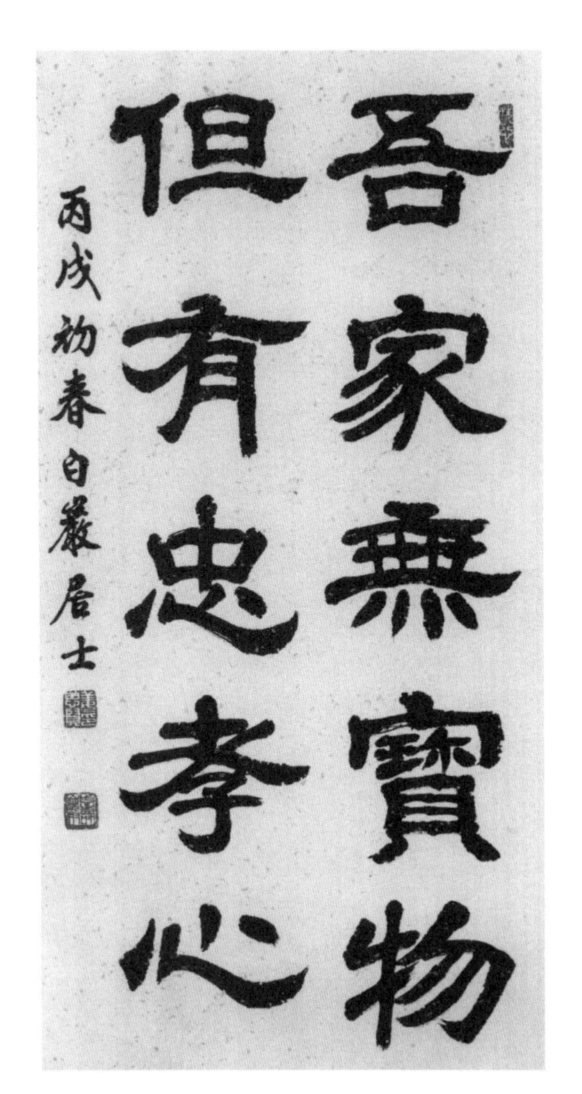

吾家無寶物 40×90cm

松高枝葉茂
鶴老羽毛豊

소나무는 높아질수록 지엽이 무성하고, 학은 늙을수록 깃털이 풍성하다.

氷淸還玉澈
松壽更蕃榮

얼음같이 맑고 옥같이 깨끗하며, 소나무처럼 장수하고 더욱 번영하다.

忍一時之忿
免百日之憂 明心寶鑑

잠시의 분한 마음을 참으면, 백일의 근심을 면할 수 있다.

十二字

知者不惑仁者
不憂勇者不懼 論語

지혜로운 자는 의혹되지 않고, 仁한 자는 근심하지 않고, 용맹한 자는 두려워하지 않는다.

天時不如地利
地利不如人和 孟子

전쟁의 경우, 천문·음양·길흉보다 地形 성곽의 利가 낫고, 그것보다 중요한 것은 사람들의 총화 단결이다.

玉不琢不成器
人不學不知道 禮記

옥도 탁마를 하지 않으면 좋은 器具가 될 수 없고, 사람도 學文과 수양을 하지 않으면 사람의 도리를 알지 못한다.

讀書可以醫俗
作詩可以遣懷 劍掃

독서를 많이 하면 속기를 고칠 수 있고, 시를 지으면 회포를 풀 수 있다.

至樂莫如讀書
至要莫如教子 漢書

지극히 즐겁기는 독서만한 것이 없고, 지극히 중요한 것은 자식에게 학문을 가르치는 것이다.

水至淸則無魚
人至察則無徒 家語

물이 지나치게 맑으면 고기가 살지 못하고、
사람이 너무 냉철하면 친구가 없다。

讀書起家之本
循理保家之本 明心寶鑑

독서는 집을 일으키는데 근본이 되고、
순리는 집을 보호하는 근본이 된다。

寶貨用之有盡
忠孝享之無窮 明心寶鑑

보화는 쓰면 다함이 있지만、
충효는 누릴수록 무궁하다。

勤爲無價之寶
愼是護身之符 姜太公

부지런함은 값으로 따질 수 없는 보배요、
삼가는 것은 몸을 보호하는 부적이다。

孝爲百行之源
忠爲保國之基 姜太公

효도를 하는 것은 백행의 근원이며、
忠誠은 보국의 기반이 된다。

寧可淸貧自樂
不作濁富多憂 顔顥庵

차라리 청빈함을 즐길지언정、
부정하고 근심많은 부자는 되지 않겠다。

學而不思則罔
思而不學則殆 論語

배우기만 하고 생각하지 않으면 어둡고、
생각만 하고 배우지 않으면 위태하다。

七言·八言聯句

七言聯句

碧雲淡日黃花節
紅樹西風白雁秋

푸른 구름 엷은 햇빛 이 때는 국화피는 重陽節이요
붉은 단풍에 서쪽에서 오는 바람은 기러기가 남으로 오는 가을철이네

黃花香淡秋光老
落葉聲多夜氣淸

국화 향기 엷어지니 가을빛도 늙어지고
낙엽소리 잦으니 밤기운도 서늘하네

星河不動天如水
風露無聲月滿樓

하늘은 물같이 맑은데 銀河는 움직이지 않고
산들바람 소리없이 이슬 내리는데 달빛은 누대에 가득하네

枯林風過黃葉落
寒菊雨餘白花開

마른 수풀에 바람이 지나가니 누른 잎이 떨어지고
한국에 비가 내리니 흰 꽃이 피어나네

秋山破夢風生樹
夜水明樓月在湖

가을산이 꿈을 깨우니 바람소리가 나무에서 일어나고
밤에 물이 누를 밝히니 달이 호수에 떠있네

風林落葉秋聲動
露草鳴蛩夜氣凉

숲속에 바람 부니 낙엽이 추성을 연주하고
이슬 내린 숲속에서 우는 귀뚜라미는 밤기운을 서늘하게 하네

雁將秋色來平野
鴉帶寒光過遠林

기러기는 秋色을 가지고 평야에 오고
갈 가마귀는 夕陽을 띠고 먼 숲을 지나가네

暗蛩寒蟬秋色老
丹楓紫菊夕陽斜

귀뚜라미 쓰르라미 소리에 추색은 깊어가고
붉은 단풍 자주빛 국화에 석양이 비끼어 있네

鶴驚秋露三更月
虎嘯疏林萬壑風

깊은 밤 달빛이 가을 이슬에 빛나니
학이 놀라 일어나고
골짜기의 바람이 성긴 숲을 흔드니
범이 포효하는 것 같네

雨添菊色迷三徑
風散花香入四鄰

비가 오니 국화꽃 길가를 희미하게 비치고
바람은 꽃향기를 날려 사방에 풍기네

井梧葉脫無多影
巖桂花稠不斷香

우물가에 오동나무 잎이 지니 그림자가 희미해지고
바위 위에 계수나무 꽃이 번성하니 향기가 끊이지 않네

青嶂捲簾三面月
黃花吹鬢幾絲風

발을 걷고 밖을 보니 온 산에 달빛이 비치고
빈발이 날리는 것은 국화를 스쳐 온 몇가닥의 바람이다

含風竹影淡留月
著雨蛩聲深怨秋

죽영은 바람을 머금어 달빛을 멈추게 하는 것 같고
벌레소리는 비 속에서 가을이 오는 것을 원망하네

門前蕭索青松老
雲裏逍遙白鶴閑

문 앞에 쓸쓸한 青松은 年老하고
구름속에 소요하는 백학은 한가롭구나

芳春已共烟花盡
孟夏俄驚草木長

좋은 봄은 이미 아지랑이와
꽃이 함께 다 가버렸는데
초여름 맞아 초목이 무성하게 자랐음에
놀라지 않을 수 없네

雨晴階下泉聲急
夜靜松間月色遲

비 개인 뜰 아래는 물이 소리내며 흐르고
밤이 고요하니 소나무 사이의 달빛은 마냥 한가롭네

柳陰濃綠全遮暑
荷葉清香却勝花

버드나무의 녹음이 짙어지니 더위를 완전히 차단하고
연잎의 맑은 향기는 도리어 꽃보다 더 좋네

簾前花落常疑雨
樹裏雲過忽見山

발 앞에 꽃이 떨어지니 항상 비 오는가 의심되고
나무 사이에 구름이 지나가니 홀연 산이 보이네

月來池上花光淨
雨過園林竹露濃

달이 못 위에 비춰오니 연꽃빛이 맑게 보이고
비가 동산숲을 지나가니 대잎에 이슬이 짙네

螢穿濕竹流星暗
魚動輕荷墜露香

반딧불이가 비에 젖은 대숲을 지나니
流星이 깜박이는 듯 하고
고기가 연잎을 건드리니 떨어지는 이슬
방울이 향기롭네

碧山過雨晴逾好
綠樹無風晩自凉

벽산에 비가 지나가니 날씨가 개어서 더욱 좋고
녹수에 바람이 없으니 늦게서야 시원해지는구나

春聲撩耳鳥啼樹
紅雨滿身僧折花

봄소리가 귀를 얼르니 새가 나무에서 울기 때문이요
꽃비가 몸에 가득하니 중이 꽃을 꺾는 모습이네

桃花里畔春風馥
楊柳灣頭金線長

도화 핀 마을에는 봄바람도 향기롭고
양류의 햇가지는 금실처럼 갯가에 드리워있네

寒食杏花山店酒
春風楊柳寺門船

한식 무렵에 살구꽃 피는 마을은 酒家가 있는 곳이고
양류 푸르른 절문 앞에는 봄 나그네의 배가 준비되어
있네

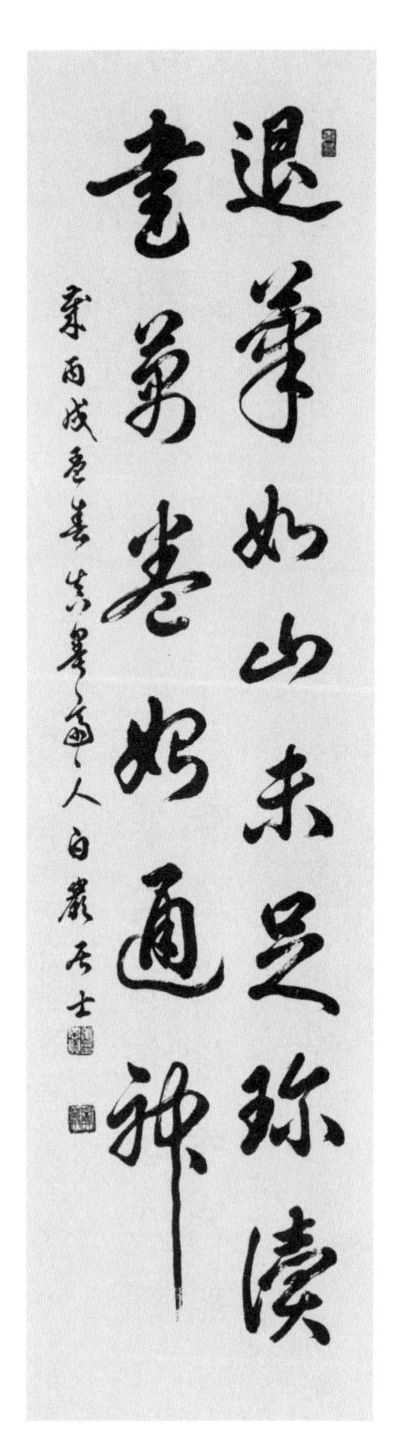

蘇東坡句 35×135cm

繞屋垂楊殘雪裏
隔簾啼鳥曉寒中

집 주변의 수양버들 봄 눈 속에서 싹이 트고
발 저쪽의 새들은 새벽 추위에 울고 있네

春塘雨過波紋亂
花塢風回蝶翅香

봄못에 비가 지나가니 水面에 파문이 어지럽게 일고
꽃언덕에 바람이 돌아오니 나비춤이 향기롭네

千林映日鶯亂啼
萬樹圍春燕雙飛

나무숲에 봄빛이 찬란하니 꾀꼬리 우는 소리 요란도
하고 숲속에 봄이 오니 제비가 쌍을 지어 춤을 추네

取月用風無盡藏
傍花隨柳足閒心

取해도 禁할 者 없고 써도 다함이 없는
바람과 달은 조물주의 무진장이고
꽃과 버들을 즐겨 봄놀이를 함은
도를 즐기는 마음이 풍성하네

長日如年雙燕睡
淸風似酒百花醺

해가 길어 하루가 一年 같으니
자웅의 제비도 졸고 있고
청명한 바람이 술과 같아서
백화가 취한 듯 그 모습이 붉네

樹塘日暖花爭發
門巷春來鳥自啼
날씨가 따뜻하니 못둑 위의 나무에 꽃이 다투어 피고
마을에 봄이 오니 새들이 스스로 우네

煙籠柳影亂鶯啼
雨濕芹香乳燕飛
연무 어린 버들 속에 꾀꼬리 소리 요란하고
미나리광의 향기로운 진흙에는
비에 젖은 제비새끼가 날고있네

晴樹遠浮靑嶂出
春江曉帶白雲流
날이 개어 청명하니 먼산의 나무는 다가온듯 靑靑하고
이른 아침 봄 강은 백운이 피어오르는 속에 흐른다

風引白雲歸坐榻
雨蒸花氣入窓紗
바람은 백운을 이끌어 앉은 걸상에 오게 하고
비는 꽃향기를 몰아 사창에 들어오게 하네

桃花春晝霞千樹
暖日東風錦一川
봄날에 만발한 도화는 천그루 나무에 노을인듯 하고
청명한 날 봄바람에 반짝이는 물결은 비단을 펼쳐놓
은 것 같네

烟色春歸楊柳底
雨香紅入杏花初
연기같은 푸른 빛은 양류 밑에 봄이 돌아온 모습이요
비에 부푼 붉은 향기는 살구꽃이 피기 시작한 風情이네

竹陰覆几琴書潤
花氣薰窓筆硯香
대나무 그늘이 책상을 덮으니 거문고와 책이 윤택하고
꽃 향기가 창에 스며드니 붓과 벼루가 향기롭다

美花修竹隨時勝
流水靑山繞屋春
아름다운 꽃과 키 큰 대나무는 언제나 좋고
흐르는 물과 집을 두른 푸른 산은 봄의 흥취가 일어나네

春色共傾花底酒
雨聲常對竹邊牀

봄빛을 구경하며 함께 꽃나무 아래서 술을 들며
비오는 밤에는 대나무 잎의 침상에서 우죽의 맑은 소리를 듣는다

夢回春草池塘外
詩在梅花烟雨間

지당 춘초에 봄 꿈이 아늑하고
매화 연우에 시흥이 새롭구나

花藏密葉多時在
鶯占高枝盡日啼

꽃은 잎속에 숨어서 언제나 피어있고
꾀꼬리는 높은 가지에 앉아 온종일 노래하네

雨餘千疊暮山綠
花落一溪春水香

비온 끝에 첩첩이 쌓인 저문 산은 푸른 빛이 새롭고
낙화가 점점이 뜬 시냇물은 향기 함께 흘러가네

有梅花處猶堪酒
無竹人家不可居

매화가 있는 곳엔 술맛이 감미롭게
대나무가 없는 인가에는 살맛이 없구나

春回雨點溪聲裏
人醉梅花竹影中

비소리 물소리 속에 봄소리가 들리어 오고
매화 향기 대나무 그늘 가운데 사람은 취흥을 즐긴다

幽禽不見但聞語
野草無名都著花

고요한 숲속에서 우는 새
모양은 보이지 않고 소리만 들리고
이름도 없는 풀들은 모두 꽃이 피어 있구나

一池春水綠於苔
水上花枝間竹開

온 못에 가득한 봄물은 이끼보다 푸르고
물 위에 곱게 비치는 꽃가지는
대나무에 섞이어 더욱 곱네

林外雪消山色靜
窓前春淺竹聲寒

수림 밖에 눈이 녹으니 산색은 고요히 푸르름을 더
하고 창 밖에 봄이 아직 이르니 대나무의 바람은 오
히려 차게 느껴지네

鶯歸樹頂繁聲轉
雁去天邊細影斜

높은 나무로 옮겨 온 꾀꼬리 소리 요란하게 울부짖고
북쪽으로 돌아가는 기러기 그림자는
먼 하늘가에 비껴있네

千嶂雪消溪影綠
幾家梅綻酒波淸

온 산에 눈 녹으니 봄 시내는 초록빛이 더하고
몇 집에 매화꽃이 피어나니 술맛이 맑고 향기롭네

野寺訪僧歸帶月
芳林携客醉眠花

야사에서 중을 만나 때없이 대화하다
달빛을 띠고 돌아오고
꽃숲에서 친구와 더불어 즐기다
취해서 꽃나무 밑에서 졸고 있네

徑草漸生長短綠
庭花欲綻淺深紅

길가 풀이 점점 자라나니 길고 짧은 新綠이요
정원에 꽃봉우리 피기 시작하니 짙고 엷은 홍색이구나

櫻桃帶雨胭脂濕
楊柳當風綠綫低

앵도가 비를 머금으니
연지 바른 것처럼 볼이 붉게 젖어 있고
수양버들이 바람을 만나니
푸른 실이 나부끼는 것 같네

梅花落處疑殘雪
柳葉開時任好風

매화꽃이 떨어지니 봄눈이 아닌가 의심되고
버들잎이 필 때에는 때 맞추어 좋은 봄바람이 불어오네

夾路濃花千樹發
垂軒弱柳萬條新

길 양쪽에는 많은 나무에 고운 꽃이 피어있고
마루 앞에 어린 버드나무에는 수많은
새 가지가 돋아나네

深綠漸歸高柳葉
淺紅初上小梅梢
큰 버드나무에 잎이 퍼지니 신록이 성큼 다가오고
어린 매화 나뭇가지에 꽃이 피니 연홍색의 모양이 곱기도 하네

心田種德客滿堂
福地安居賓如雲
마음의 밭에 덕을 심으면 손님이 집 안에 가득하고
복된 땅에 편안히 살면 손님이 구름처럼 모여든다

天生四時春作首
人間五福壽爲先
하늘로부터 四時가 생겨나지만
그 중에 봄이 가장 먼저이고
인간의 오복 중에는 장수함이 가장 먼저이다

居家自有天倫樂
處世惟存地步寬
집에 있어서는 스스로 천륜에 즐거움이 있고
처세하는 데는 오직 너그럽게 해야 한다

善爲至寶用無盡
心作良田耕有餘
선은 지극한 보배로서 씀에 다함이 없고
마음의 씀은 좋은 밭과 같아서 갈아도 남음이 있네

修身孝悌齊家術
舍此眞其何處尋
수신과 효제는 제가 하는 법인데
이것을 버리고 더 참된 것을 어디가서 찾으리오

施仁布德平生事
身健功成有福人
仁을 베풀고 덕을 폄을 평생의 일로 삼고
몸이 건강하고 공을 이루니 복이 있는 사람이다

信爲道元功德母
長養一切諸善法
신은 도의 으뜸이요 공덕의 어머니로서
일체의 선법을 기르는 것이다

安貧樂道修文法
超俗清儀日益新
가난을 편히 여기고 道를 즐거워 함은 글을 닦는 자리요
속됨을 초월하고 처세를 맑게 하면 몸이 날로 새로워진다

心如碧海能容物
身似清蓮不染塵
마음은 푸른 바다와 같아서 능히 만물을 수용하고
몸은 맑은 연꽃과 같아서 티끌에 물들지 않네

誰知窓下喜消息
雪後梅花香滿園
누가 창 아래서 기쁜 소식을 알려오더니
눈 온 뒤에 매화꽃 향기가 정원에 가득 하구나

精神到處文章老
學問深時意氣平
정신이 이르는 곳에 문장이 노숙해지고
학문이 깊어질 때에 의기도 평안해진다

積善堂前無限樂
長春花下有餘香
적선하는 집안에는 한없는 즐거움이 있고
긴 봄철의 꽃밭에는 향기가 남아돈다

一勤天下無難事
百忍堂中有泰和
한결같이 부지런한 사람은 천하에 어려운 일이 없고
백번 참는 집안에는 큰 화평이 있다

仁者何時非聖世
善家無日不春風
어진 사람에게는 어느 때인들 성세가 아님이 없고
착한 가정에는 따뜻한 봄바람이 불지 않는 날이 없다

人誰敢侮修身士
天不能窮力穡家
사람이 누가 감히 수신한 선비를 업신여길 수 있으며
하늘도 힘써 일하는 집을 빈궁하게 하지 못한다

育英家裏有賢子
好友堂中多貴賓

영재를 기르는 집에는 어진 아들이 있고
친구를 좋아하는 집에는 귀한 손님이 많이 온다

惡將除去無非草
好取看來總是花

밉다고 제거해 버리려니 잡초가 아닌 것이 없고
좋다고 취해보니 모두가 다 꽃이로다

影浸綠水衣無濕
夢踏青山脚不苦

그림자는 물에 잠겨도 옷은 젖지 않고
꿈에 청산을 누비고 다녀도 다리는 아프지않네

楓葉欲殘看愈好
梅花未動意先香

단풍이 지려하나 보기는 더욱 좋고
매화는 움직이지 않으나 뜻이 먼저 향기롭네

治平不在修齊外
仁智常存山水間

치국평천하는 수신제가 하는 것 외에 방법이 없고
어질고 지혜로움은 항상 산수의 자연 속에 있네

青山無話花長笑
流水多情鳥併歌

청산은 말이 없어도 꽃은 길게 웃고
유수는 다정해서 새와 함께 노래하네

千里有人共明月
群賢入坐來春風

천리밖에 있는 사람도 달은 함께 보고
군현이 자리에 들어오니 봄바람이 따라오네

處事如青天白日
持心若齊月光風

일을 처리하는 데는 청천 백일 같이 하고
마음 가짐은 항상 제월광풍과 같이 한다

智慧存於明者心
如淸水在於深井
지혜는 현명한 사람의 마음 속에 있으니
맑은 물이 깊은 우물에 있는 것과 같다

賢人妻世能三省
君子立身有九思
현인의 처세는 능히 세가지를 살피는 데 있고
군자의 입신은 九思를 실천하는 데 있다

兄友弟恭喜滿室
夫和婦順敬如賓
형우제공 하니 집안에 기쁨이 가득하고
부화 부순은 서로 공경하기를 손님을 대하듯 한다

黃金萬兩未爲貴
得人一語勝千金
황금 만냥만 귀하게 여기지 말고
좋은 말 한마디 듣는 것이 千金보다 낫느니라

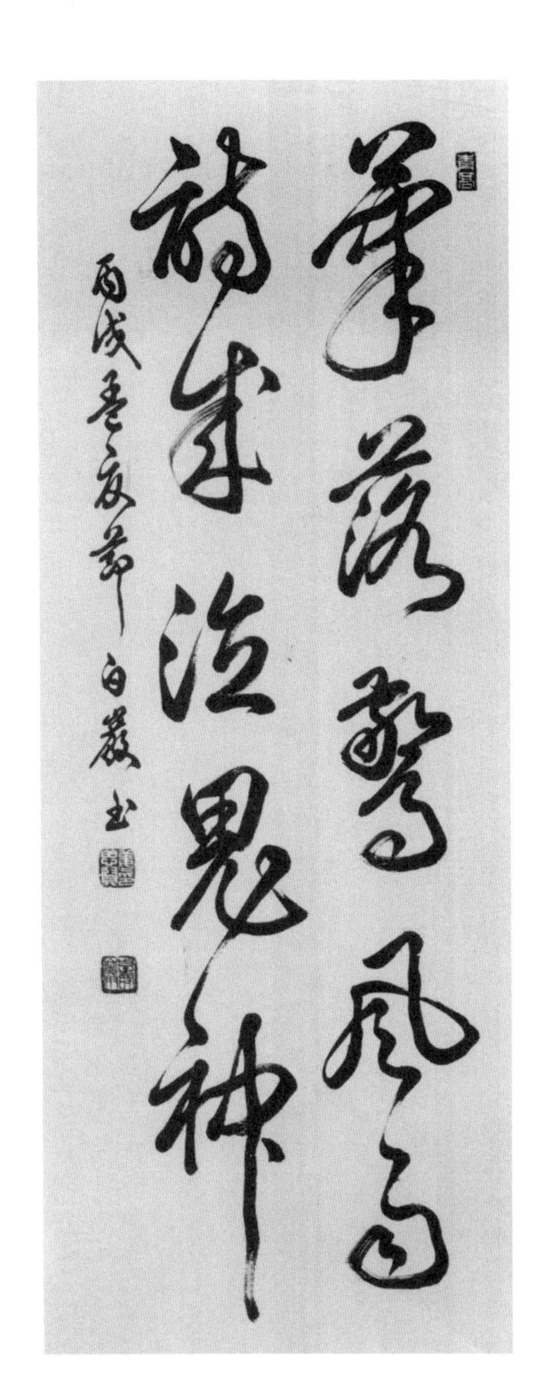

杜甫句 35×95cm

孝悌忠信爲吉德
詩書禮樂皆雅言

효제와 충신은 길한 덕이 되고
시서와 예악은 모두가 청아한 말이다

黃花香淡秋光老
落葉聲多夜氣淸

국화 향기가 맑으니 이미 가을은 저물었고
낙엽소리 요란하니 밤기운도 서늘하구나

花欲開時方有色
水成潭處却無聲

꽃은 처음 필 때 그 색이 아름답고
계곡물이 못에 이르면 오히려 소리가 없다

精金百鍊出紅爐
大鵬一擧九萬里

금은 붉은 爐 속에서 백번을 정련해야 순금이 되고
대붕은 한 번 날아서 九萬里를 간다

時乎時乎不再來
少而不學長無能

시간은 한번 지나가면 두 번 다시 오지 않고
젊어서 배우지 않으면 어른 되어 무능해진다

退筆如山未足珍
讀書萬卷始通神

몽당붓 버린 것이 산처럼 쌓여도 보배가 되지 못하고
많은 책을 읽어야 비로소 입신의 경지에 이른다

學業莫先於究理
究理莫要於讀書

학업은 이치를 연구하는 것보다 앞서는 것이 없고
이치를 연구하는 데는 책을 읽는 것보다
더 중요한 것이 없다

不貪夜識金銀氣
遠害朝看麋鹿遊

물욕을 탐하지 않으면 밤에 금은의 기운을 알고
해로운 짓을 멀리하면
아침에 미록이 노는 것을 볼 수 있다

名畫要如詩句讀
古琴兼作水聲聽
좋은 그림을 보는 것은 詩句를 읽는 것과 같고
옛 거문고 가락은 물소리 듣는 것까지 겸했네

不恨自家蒲繩短
只恨他家苦井深
자기 집의 두레박 끈이 짧은 것은 탓하지 않고
남의 집에 우물이 깊은 것만 원망하고 있네

傳家有道惟存厚
處世無奇但率眞
가정에 전해오는 도가 있으니 오직 후덕함이요
처세에는 기이함이 없으니 단지 진솔해야 한다

路不拾遺知政肅
野多滯穗是時和
길에 버려진 것을 줍지 아니함은
다스림이 엄숙함을 알겠고
들에 이삭이 많이 쌓여있으면
그 시대가 평화로움을 알 수 있다

巖下細流歸海意
窓前翠竹拂雲心
바위 아래 졸졸 흐르는 물도
바다로 돌아갈 뜻을 가지고 있고
창 앞에 푸른 대나무는 구름을 뚫고
올라가는 마음을 갖고 있다

閔曾孝悌程朱學
韓柳文章李杜詩
민자나 증자는 효도와 공경을 잘하고
정자와 주자는 學文家이며
한퇴지와 유종원은 문장가이며
이백과 두보는 詩律에 능하다

夫婦節而天地和
風雨節而五穀熟
부부 간에 절제하면 천지도 화합하게 되고
풍우가 절제되면 오곡이 풍년이 든다

每益祿而施愈博
位滋尊而禮愈恭
매월 봉급이 증가되면 베풂도 더욱 넓게 하고
직위가 점점 높아지면 예절은 더욱 공손하게 하라

月色不如和顏色
琴聲不似讀書聲
달빛이 비록 고우나 화목한 가족의 얼굴색만 못하고
거문고 소리가 청아하나
자손들의 글 읽는 소리만 못하다

詩書滿架味眞樂
蘭菊盈庭色可芳
시서와 책이 서가에 가득하니 그 맛이 참으로 즐겁고
난초와 국화가 뜰에 가득하니 그 빛이 가히 아름답네

慕聖尊賢終世榮
讀書養德自身芳
성인을 사모하고 현인을 존경함은
마침내 세상의 번영이 이룩되고
독서하며 덕을 기르면
자기 몸이 아름다워진다

安居不用架高堂
書中自有黃金屋
삶을 편안히 하려고 큰 집을 짓지 마라
글 가운데 본시 황금으로 된 집이 있도다

青春不習詩書禮
霜落頭邊恨奈何
젊어서 시서와 예를 배우지 않으면
늙어서 한이 됨을 어찌 하리오

春風大雅能容物
秋水文章不染塵
봄바람이 크게 온화하여 만물의 생장을 능히 용납하고
가을 물처럼 좋은 문장은 세진에 오염되지 않는다

萬物靜觀皆自得
四時佳興與人同
만물을 정관하면 모두가 스스로 깨달아 얻어지고
사시의 아름다움은 모든 사람과 더불어 즐겁다

桐千年老恒藏曲
梅一生寒不賣香
오동나무는 천년을 묵어도
항상 아름다운 곡조를 간직하고 있으며
매화는 평생동안 추운 고통 속에서도
향기를 팔지 않는다

水能性淡爲吾友
竹解心虛是我師

물의 본성이 맑고 깨끗하니 나의 벗으로 삼는 것이며
대나무로 하여금 마음 비우는 것을 깨닫게 되니 이는
곧 나의 스승이다

靜寄欣同蘭作契
虛懷樂與竹爲群

고요한데 붙이어 함께 즐기며 난정에서 모임을 하여
회포를 비우고 더불어 즐기니
대나무와 함께 무리가 되었네

語爲吉祥滋厚福
心緣謹性歷亨衢

말을 길하고 상서롭게 하니 두터운 복이 더하고
마음을 근신하여 곱게 하니 장래가 여력하도다

愛和相信眞人道
善德互惠是世風

서로 화목하고 사랑하며 신의를 지킴이
참다운 사람의 도리요
착한 덕을 쌓고 서로 은혜를 베푸는 것이
세속의 풍조이다

雪裏高松含素月
庭前脩竹帶清風

눈 속의 고송은 밝은 달빛 머금었고
뜰 앞에 무성한 대나무는 맑은 바람 띠었도다

前澗飛流噴白玉
西峯落日掛紅輪

앞 계곡물 날아 흐르니 백옥을 뿜어내는 것 같고
서산에 지는 해는 붉은 수레바퀴가 걸려있는 것 같네

竹芽似筆難成字
松葉如針未貫絲

죽순이 붓 모양 같으나 글자를 이루기 어렵고
솔잎이 바늘 같으나 실을 꿰지 못하는구나

花笑檻前聲未聽
鳥啼林下淚難看

꽃이 난간 앞에서 웃고 있으나 그 소리는 들리지 않고
새는 숲속에서 울고 있으나 눈물은 보기 어렵구나

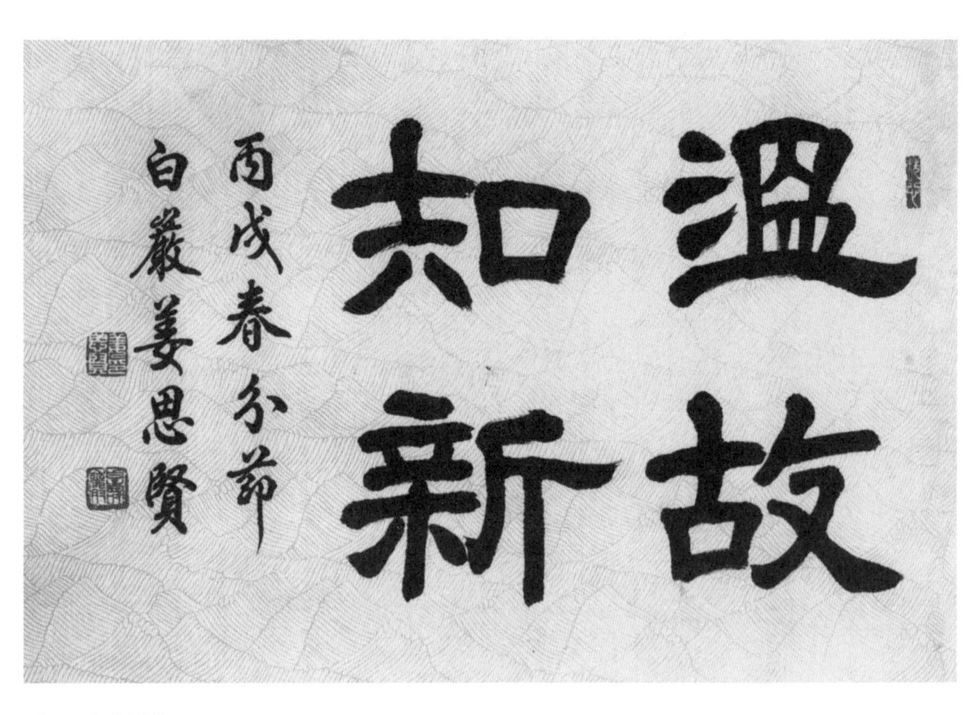

論語爲政篇句 70×50cm

花色淺深先後發
柳行高下古今栽

꽃색이 진하고 연하니 먼저 피고 나중 핀 것을 알겠고
버들 행렬이 높고 낮음은 먼저 심고 나중에 심음 때문일세

花衰必有重開日
人老曾無更少年

꽃은 지면 반드시 다시 필 날이 오지만
사람은 한번 늙어지면 다시 소년이 될 수 없다네

花不語言能引蝶
雨無門户解關人

꽃은 말하지 않아도 능히 나비를 불러오고
비는 문호가 없어도 사람을 가두었다 풀어주곤 하네

霜前幽林紅葉落
雨餘深院綠苔生

깊은 숲에 서리 내리니 붉은 단풍 떨어지고
심원에 비 내리니 푸른 이끼가 돋아나네

郊外雨餘生草綠
檻前風起落花紅

교외에 비 내리니 풀들이 푸르게 자라나고
난간 앞에 바람 이니 붉은 꽃이 떨어지네

碧水忽開新鏡面
青山都是好屛風

푸른 계곡 물이 세차게 흘러 내리니
새로 거울을 펼쳐 놓은 것 같고
청산은 모두가 아름다운 병풍을 펼쳐 놓은 것 같네

官行私曲失時悔
富不儉用貧時悔

관리로서 공무를 수행함에 사심을 가지면
직위를 잃었을 때 후회하고
부유할 때 검용하지 아니하면
가난해진 후에 후회한다

薄施厚望者不報
貴而賤忘者不久

박하게 베풀고 후한 대접을 바라면 보답이 없고
귀하게 된 후에 천했을 때를 잊으면 오래가지 못한다

災殃秋葉霜前落
富貴春花雨後紅

재앙은 가을 단풍이 서리에 떨어지듯 물러가고
부귀는 봄에 비온 후에 꽃이 활짝 피듯 더욱 번창하리

天增歲月人增壽
春滿乾坤福滿家

하늘은 유구한 세월을 더하고
사람은 수명을 더하게 하며
봄의 화창한 기운이 천지에 가득하고
복은 집안에 가득하기를

好書不厭看還讀
益友何妨去復來

좋은 책은 싫증이 나지 않으므로
읽고 난 후에도 또 다시 보게 되고
좋은 친구는 갔다가 다시 온다고 해서
어찌 방해가 된다고 하겠는가?

忠孝是吾家至寶
經書是我家良田

충과 효는 우리 가문의 보배에 이르고
경서는 우리 집안의 좋은 농토와 같은 것이다

舉世皆濁我獨清
衆人皆醉我獨醒
온 세상이 다 혼탁해도 나는 청렴하고
모든 사람들이 다 취해있어도 나는 깨어 있으리라

種德收福業新長
居仁踐義聖心成
덕을 심으면 복을 거두게 되므로
하는 업태가 더욱 성장하며
仁에 거처하며 義를 실천하면
성인의 마음이 이룩되리라

隱逸林中無榮辱
道義路上無炎凉
임중에서 은거하니 영화와 욕됨이 없고
도의를 행하는 길 위에는 덥고 서늘함이 없다

賓客不來門户俗
詩書無教子孫愚
손님이 오지 않으면 집안이 저속해지고
시서를 가르치지 아니하면 자손이 어리석어진다

池邊洗硯魚呑墨
松下烹茶鶴避煙
못가에서 벼루를 씻으니 물고기가 먹물을 삼키고
소나무 아래에서 차를 끓이니 학이 연기를 피해가네

書田有路勤爲徑
學海無邊苦作舟
글밭에는 길이 있으니 부지런한 것이 지름길이요
배움에는 바다처럼 넓고 깊어 끝이 없으니 돛단배가
항해하는 고통이 있다

莫謂當年學日多
無情歲月若流波
올해도 공부할 날이 많이 있다고 하지마라
무정한 세월은 물이 흐르는 것처럼 빨리 지나간다

松身鶴骨詩千狀
玉潤氷清德有隣
소나무처럼 늙지 않고
학처럼 깨끗한 골격에 詩는 천장이요
옥같이 깨끗한 얼굴에
얼음같이 맑은 살결 덕을 쌓으니 이웃이 있네

道心靜似山藏玉
書味清於水養魚
도를 닦는 마음은 고요하기가 산속에 감추어진 옥과 같고
글의 맛은 맑기가 고기가 자라는 물과 같다

千年水積海無量
萬里風吹山不動
천년동안 물이 흘러 쌓여도 바닷물은 더 늘지 않고
바람이 만리를 불어와도 산은 움직이지 않네

梅經寒苦發清香
人逢艱難顯其節
매화는 추운 고통을 겪고 나야
꽃이 피어 맑은 향기를 발하고
사람은 어려운 일을 당했을 때 그 절조가 나타난다

盡日相親惟有石
長年可樂莫如書
하루종일 즐길 수 있는 것은 오직 돌이 있고
오래도록 즐기는 데는 책만한 것이 없다

新得園林栽樹法
喜聞子弟讀書聲
동산에 나무 심어 기르는 법을 새로 배우고
자제의 글 읽는 소리를 즐겨 듣는다

春前柳葉銜春翠
雪裡梅花帶雪姸
봄을 만난 버들잎은 춘취를 머금고 있으며
눈속에 매화는 눈을 띠고 예쁘게 피고 있네

青山表見花顏色
綠水增添鷺羽儀
푸른 산은 꽃으로 안색을 나타내고
푸른 물은 백로의 흰 날개를 더욱 빛나게 하네

含笑山桃還似識
相親水鳥自忘情
웃음을 머금은 산도는 예부터 아는 것처럼 반기며
서로 친근한 갈매기는 서로 모르는 듯
우두커니 앉아있네

蒼松密掩巖頭鶴
翠柳深藏谷口鶯

창송이 우거진 바위 머리에는 학이 살고 있으며
푸른 버들 깊숙이 서있는 洞口에는 꾀꼬리가 놀고 있네

風輕楊柳金絲軟
月淡梨花玉骨香

산들 부는 봄바람에 버들은 금실처럼 나부끼며
밝은 달빛 아래 배꽃은 옥골처럼 향기롭네

讀書身健終爲福
種樹花開是世緣

글을 많이 읽고 몸이 건강하니 마침내 복을 받게 되고
나무를 심어 꽃이 피니 이것이 세상의 인연이네

泰山雖高松下立
滄海云深沙上浮

태산이 비록 높다고 하나 소나무 아래에 있고
창해가 비록 깊다고 하나 모래 위에 떠있다

教子詩書眞活計
傳家孝友是生涯

자식에게 시서를 가르침이 참된 생활 계획이요
집안에 효도와 우애를 전함이 일생동안 할 일이다

渴時一滴如甘露
醉後添盃不如無

목 마를 때에 한방울의 물은 감로수처럼 달지만
취한 뒤에 더 마시는 술은 없는 것만 못하다

教他先察自身行
擇友且看事親誠

남을 가르치려면 먼저 자신의 행동부터 살펴보고
벗을 가려서 사귀려면 먼저 어버이 섬기는 정성을 보라

堂上鶴髮千年壽
膝下子孫萬歲榮

당상의 부모님은 학발이 되도록 천년의 수를 누리시고
슬하에 자손은 만세토록 영화를 누리기 바란다

滿庭明月無煙燭
繞屋青山不畵屛
뜰에 가득한 밝은 달은 연기없는 촛불이요
집을 두른 청산은 그림 아닌 자연의 병풍이다

滿堂和氣生嘉祥
飽德醉義樂有餘
집안에 화기가 가득하니 즐겁고 좋은 일이 생기고
덕에 배부르고 의에 취하니 즐거움이 넘치네

得好友來如對月
有奇書讀勝看花
좋은 벗이 찾아오니 달을 대하는 듯 반갑고
좋은 책을 구해 읽으니 꽃을 보는 것보다 좋구나

梅花落處疑殘雪
柳葉開時任好風
매화꽃 떨어진 곳 눈이 아닌가 의심되고
버들 잎 필 때 봄바람 경쾌하게 부는구나

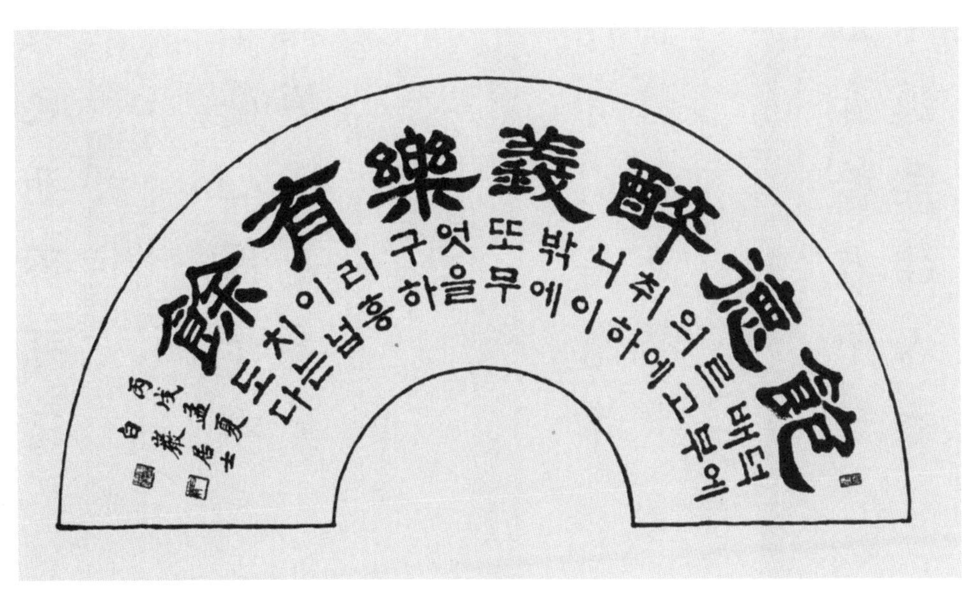

飽德醉義 60×30cm

猛虎嘯風威動壑
飛鴻過月影移汀
맹호가 울부짖으니 그 위세가 산골짝을 뒤흔들고
기러기 날아 달을 지나가니 그림자가 물가를 지나가네

半窓月落梅無影
三徑來風竹有聲
반창에 달이 떨어지니 매화 그림자가 없어졌고
삼경에 바람이 불어오니 대나무 소리만 요란하네

百年探物一朝塵
三日修心千載寶
한 평생 탐욕으로 모은 재산
하루 아침에 티끌처럼 사라지고
삼일을 수심해도 천년의 보배가 된다

事不三思終有悔
人能百忍自無憂
일을 시작함에 세번을 생각하지 않으면
마침내 후회가 있고
사람이 능히 백번을 참으면
자연히 근심이 없어진다

不結子花休要種
無義之朋不可交
꽃과 열매를 맺지 않는 나무는 심지 말고
의리가 없는 친구는 사귀지 말아야 한다

父不憂心因子孝
夫無煩惱是妻賢
아버지의 마음에 근심이 없는 것은
자식이 효도하기 때문이요
남편에게 번뇌가 없는 것은
아내가 어질기 때문이다

鳳飛青山鳥隱林
龍登碧海魚潛水
봉황이 청산에 날아가니 모든 새들이 숲속으로 숨고
용이 벽해에서 올라가니 모든 고기들이 물속으로 숨네

山上青松君子節
水中蓮葉佳人香
산 위에 푸른 소나무는 군자의 절개요
물 가운데 연잎은 가인의 향기로다

祥雲繞屋福露滴
瑞氣滿家慶花開
상서로운 구름이 집을 두르니 복이 이슬처럼 내리고
서기가 집안에 가득하니 경사스러운 꽃이 핀다

山中好友林間鳥
世外清音石上泉
산중에 좋은 친구는 숲속의 새들이요
세상 밖에 맑은 소리는 돌 위에 흐르는 물소리이다

細雨濕衣看不見
閑花落地聽不聲
이슬비에 옷은 젖는데 비는 보이지 않고
한가로이 꽃이 떨어지는데
그 꽃 떨어지는 소리 들리지 않네

樹欲靜而風不止
子欲養而親不待
나무는 고요하고자 하나 바람이 그치지 않고
자식이 부모를 봉양하고자 하나
부모님은 기다려주지 않네

水色山光皆畵本
花香鳥語是詩情
물빛과 산빛은 모두가 그림의 표본이요
꽃 향기와 새들의 지저귐 이것이 시의 정감이다

壽似春山千載秀
福如滄海萬年清
壽는 춘산과 같이 천년을 빼어나고
福은 창해와 같이 만년을 맑게 보존되리라

雨晴階下泉聲急
夜靜松間月色遲
비 온 후에 개이니 뜰 아래 냇물소리 급하고
고요한 밤 소나무 사이에는 달빛이 쉬고 있네

雨蒸荷葉香浮屋
風攪蘆花雪滿船
비가 연잎을 적시니 향기가 집안까지 떠돌고
바람이 갈대꽃을 흔드니 눈이 배에 가득 쌓인 것 같네

蓮出綠波君子德
蘭生幽谷仙女香
푸른 물 위의 연꽃은 군자의 덕을 지녔고
그윽한 계곡의 난초는 선녀의 향기로다

雁負三災歸海外
燕含五福入堂中
기러기는 삼재를 지고 바다 밖으로 돌아가고
제비는 오복을 물고 집안으로 돌아오네

長生不老神仙府
與天同壽道人家
늙지 않고 오래 사니 이는 신선이 사는 마을이요
하늘과 더불어 장수하니 이는 도인의 집이로다

一勤天下無難事
百忍堂中有泰和
한결같이 부지런하면 천하에 어려운 일이 없고
백번 참는 집안에는 항상 평화가 온다

仁者何時非聖世
善家無日不春風
어진 자에게는 어느 때인들 성세가 아님이 없고
착한 집에는 따뜻한 봄바람이 불지 않은 날이 없네

有德家中和氣滿
由仁堂上瑞光新
덕이 있는 집안은 항상 화기가 충만하고
어진 집안에는 상서로운 빛이 밝게 빛난다

靜裡看書尋古道
閑來試墨洗塵累
조용한 가운데 옛 책을 보니 고도를 찾은 것 같고
한가로이 글씨를 쓰니 잡념이 씻어지네

鳥近黃昏皆繞樹
人當歲暮定思鄉
새들은 저녁이면 나무 숲에 집을 찾아들고
사람도 늙어지면 고향이 그리워 찾아온다네

種樹看花兼食實
積書教子又轉孫
나무를 심으면 꽃도 보고 겸해서
열매를 먹을 수 있고
책을 쌓아 놓으면 자식을 가르치고
후손에 물려줄 수 있다

竹影掃階塵不動
月輪穿沼水無痕
대나무 그림자가 뜰을 쓸어도 티끌은 움직이지 않고
달이 물을 뚫고 들어갔어도 물은 흔적이 없네

青山不老身常健
流水無心意自閑
늙지 않는 청산처럼 몸은 항상 건강하고
흐르는 물처럼 무심하여 마음이 스스로 한가해지네

青山不墨千秋屛
流水無絃萬古琴
청산은 붓으로 그리지 않았어도 천년의 병풍이요
유수는 줄이 없어도 만고의 거문고이다

秋日雖溫霜葉落
春風猶冷露花開
가을날이 비록 따뜻하다고 하나
서리 내려 낙엽은 떨어지고
봄바람은 찬 것 같으나 이슬이 내리고 꽃이 핀다

治家以勤儉爲本
立身惟孝悌當善
집을 다스리는 데는 근검을 근본으로 삼고
입신하는 데는 오직 효제가 마땅히 먼저이다

快日明窓閑試墨
寒泉古鼎自煎茶
좋은 날 밝은 창 아래서 한가로이 글씨를 시험하고
찬 샘물로 고정에 차를 끓인다

風聲彈竹有琴韻
月影寫梅無墨痕
대숲에서 부는 바람 거문고 타는 소리 같고
달빛이 매화를 비치니 먹물 없이 그린 그림이다

風搖竹影有聲畫
月照梅花無字詩
바람이 대나무를 흔드니 소리 나는 그림이요
달빛이 매화를 비치니 글자 없는 시로구나

虎踞龍蟠雄氣勢
鸞翔鶴舞好儀形
호랑이가 웅크리고 용이 서린 듯 기세가 웅장하고
난새가 날고 학이 춤추는 듯 자태가 아름답구나

和氣自生君子宅
春光先到吉人家
화목한 기운은 스스로 군자의 집에서 생겨나고
춘광은 길한 사람의 집에 먼저 이른다

畵法有長江萬里
書勢如孤松一枝
화법은 만리의 긴 장강과 같고
글씨의 기세는 홀로 서 있는 소나무의 가지와 같다

花迎暖日粧春色
竹帶淸風掃月光
꽃이 따뜻한 날을 맞으니 봄을 더욱 장식하고
대나무가 맑은 바람을 띠니 달빛을 쓰는 듯 하네

花含春意無分別
物感人情有淺深
꽃이 봄을 맞이하니 분별 없이 피어나고
물욕에 매혹되니 인정이 낮고 깊음이 나타나네

花間蝶舞紛紛雪
柳上鶯飛片片金
꽃 사이에 나비가 춤을 추니
눈송이가 펄펄 날리는 것 같고
버드나무 위에 꾀꼬리 나니 금조각들 같구나

花苑題詩香惹筆
月庭彈瑟冷侵絃
화원에서 시를 쓰니 붓이 향기를 이끌고
달 밝은 뜰에서 비파를 타니 줄에 냉기가 스며드네

花裏着碁紅照局
竹間開酒綠迷樽
꽃 속에서 바둑을 두니 판이 붉게 비치고
대숲에서 술자리를 펴니 술통이 파랗게 물들은 것 같네

花前酌酒呑紅色
月下烹茶飮白光
꽃 속에서 술을 드니 붉은 꽃 색을 마시는 듯
달빛 아래서 차를 끓으니 흰 달빛을 마시는 것 같네

花下露垂紅玉軟
柳中煙鎖碧羅輕
꽃 아래 맺힌 이슬은 붉은 옥 구슬 같고
버드나무 안개가 서리니 푸른 비단처럼 나부끼네

竹根迸地龍腰曲
蕉葉當窓鳳尾長
대나무 뿌리 땅에 얽혀지니 용의 허리처럼 굽었고
파초잎 창에 비치니 봉의 꼬리처럼 길구나

花落庭前憐不掃
月明窓外愛無眠
꽃잎이 뜰에 가득 떨어지니 안타까워 쓸 수가 없고
밝은 달빛창 밖에 비추니 연정으로 잠을 이루지 못하네

花紅小院黃蜂鬧
草綠長堤白馬嘶
정원에 꽃이 붉게 피니 황봉이 시끄럽고
긴 제방에 풀 푸르니 백마가 울어대네

花不送春春自去
人非迎老老相侵
꽃이 봄을 보내지 않아도 봄은 스스로 가고
사람은 늙기를 청하지 않아도 늙음이 서로 침입하네

竹筍初生黃犢角
蕨芽新出小兒拳
대순이 처음 나오니 황송아지 뿔과 같고
고사리 싹이 새로 나오니 어린아이 주먹 같네

松作洞門迎客盖
月爲山室讀書燈
소나무는 마을 입구에서 손님을 맞이하고
달은 산골 집에서 독서하는 등불이 되네

松間白雪尋巢鶴
柳上黃金喚友鶯
소나무 사이의 흰 눈은 집을 찾는 학이요
버들 위에 금덩이는 친구 부르는 꾀꼬리로다

鬼谷子句 35×70cm

山頭夜戴孤輪月
洞口朝噴一片雲

산마루에서 밤에 덤으로 받는 것은
외롭게 떠있는 둥근 달이요
동구에서 아침에 뿜어내는 것은
일편의 구름이다

松含雪裏青春色
竹帶風前細雨聲

소나무는 눈속에서 푸른 봄빛 머금었고
대나무에 바람을 띠니 가는 빗소리가 들리네

山影入門推不出
月光鋪地掃還生

산 그림자가 문에 들어오니 밀쳐내도 물러가지 않고
달빛이 땅에 비치니 쓸어내도 다시 비치네

山影倒江魚躍岫
樹陰斜路馬行枝

산 그림자 강에 비치니
고기가 산으로 알고 뛰어넘고
나무 그늘이 길에 비끼니
말이 나뭇가지로 알고 넘어간다

山青山白雲來去
人樂人愁酒有無

산이 푸르고 흰 것은 구름이 오고가기 때문이요
사람이 즐겁고 수심이 있음은 술이 있고 없음이라

山月入松金破碎
江風吹水雪崩騰

산월이 소나무에 비치니 금가루를 뿌려 놓은 듯 하고
강바람 불어 물결치니 눈산이 무너져 오르는 것 같네

山疊未遮千里夢
月孤相照兩鄕心

산이 첩첩 막히지 않으니 천리 길이 꿈결 같고
밝은 달이 서로 비치니 고향 생각 간절하네

山含落照屛間畵
水泛殘花鏡裏春

산이 낙조를 머금으니 병풍 속 그림 같고
물에 낙화가 떠다니니 거울 속에 봄 같구나

月作利刀裁樹影
달은 예리한 칼과 같아 나무 그림자를 재단하고

春爲新筆畵山形
봄은 신필같아 산모습을 아름답게 그려주네

月鉤照水魚驚釣
초승달이 갈고리처럼 비치니 물고기가 낚시인가 놀라고

煙帳橫山鳥畏羅
연막이 산을 비끼니 새는 그물인가 두려워하네

風驅江上羣飛鴈
강상에 바람이 몰아치니 기러기떼 날아오고

月送天涯獨去舟
하늘가에 달이 지나가니 배는 홀로 가는구나

風飜白浪花千片
바람 불어 흰 물결 이니 천 조각 꽃과 같고

雁點靑天字一行
청천에 기러기떼 줄지어 날아가네

風射破窓燈易滅
바람 치니 창이 깨져 등불은 꺼질 것 같고

月穿疎屋夢難成
달빛은 집안에 비추니 꿈 이루기 어려워라

月掛靑天無柄扇
청천에 달이 뜨니 자루 없는 부채 같고

星排碧落絶纓珠
별똥(은하수) 떨어지니 갓끈 떨어져

구슬이 흐르는 것 같네

風吹古木晴天雨
고목에 바람 부니 청천에 비오는 것 같고

月照平沙夏夜霜
평사에 달 비치니 여름 밤에 서리 같네

風引鐘聲來遠洞
바람 부니 종소리가 먼동에서 들려오고

月驅詩興上高樓
달 밝으니 누상에서 시흥이 일어나네

春色每留階下竹
雨聲長在檻前松
봄빛은 언제나 뜰 아래 대나무에서 머물고
빗소리는 오래도록 난간 앞 소나무에서 들리네

春前有雨花開早
秋後無霜葉落遲
봄이 되어 비가 내리니 꽃이 일찍 피고
가을에 서리가 없으니 낙엽이 늦게까지 있네

春日鶯啼垂柳裏
仙家犬吠白雲間
봄날 꾀꼬리 버드나무 속에서 울고
선가의 개가 구름 속에서 짖는구나

白雲斷處見明月
黃葉落時聞擣衣
백운이 사라지니 달이 밝게 보이고
단풍이 떨어질 때 겨울 옷 다듬이 소리 들리네

春庭亂舞尋花蝶
夏院狂歌選柳鶯
봄 뜰에 나비는 꽃을 찾아 춤을 추고
가을 동산 꾀꼬리 버들 찾아 노래하네

春色不老青松岸
秋氣長留翠竹亭
봄빛은 푸른 소나무 언덕에서 늙지 않고
추기는 취죽정에서 오래도록 머무네

郊外雨餘生草綠
檻前風起落花紅
들밖에 비 내리니 풀들이 푸르게 자라나고
난간 앞에 바람 이니 붉은 꽃이 떨어지네

霜着幽林紅葉落
雨餘深院綠苔生
숲속에 서리 내리니 단풍잎이 떨어지고
심원에 비 내리니 푸른 이끼 자라나네

聲痛杜鵑啼落月
態娟籬菊慰殘秋
해가 지니 두견새 우는 소리 구슬프고
울밑에 고운 국화 남은 가을 위로하네

修竹映波魚怯釣
垂楊俠道馬驚鞭
대나무 물에 비치니 물고기들 낚시인가 겁을 먹고
좁은 길에 수양버들 드리우니 말이 채찍인가 놀라네

耕田野叟埋春色
汲水山僧斗月光
밭 가는 노인은 봄빛을 묻는 것 같고
물 긷는 산승은 달빛을 퍼담는구나

池中荷葉魚兒傘
樑上蛛絲燕子簾
못 가운데 연잎은 물고기들의 우산이요
기둥 위의 거미줄은 제비들의 발이로다

露凝垂柳千絲玉
日暎長江萬頃金
버드나무에 이슬이 맺히니 천사의 옥이요
장강에 해 비치니 만경의 금이로다

竹帶淸風輕撼玉
山泉遇石競噴珠
헌죽에 바람 부니 옥이 가볍게 흔들리는 듯
계곡물 돌에 부딪치니 다투어 구슬을 뿜어내네

羅袖遮容雲裡月
玉顏開笑水中蓮
비단소매로 얼굴을 가리니 구름 속에 달 같고
얼굴에 웃음 띠니 수중에 연꽃 같네

香入珠簾花滿院
色當金壁月生雲
주렴에 향기가 들어오니 집안에 꽃이 가득하고
금벽에 빛 밝으니 구름 속에서 달이 나오누나

天空絶塞聞邊鴈
맑은 하늘 변방에는 기러기 소리 들리고
葉盡孤村見夜燈
낙엽진 고촌에는 밤 등불이 보이네

朝愛青山褰箔早
청산을 좋아해서 아침 일찍 발을 걷고
夜憐明月閉窓遲
저녁달이 좋아서 밤에 창을 늦게 닫네

巷深人靜晝眠穩
깊은 거리 인적이 고요하니 낮잠이 편안하고
稻孰魚肥秋興饒
벼 익고 고기 살찌니 가을 흥취 풍요롭네

螢飛草葉無烟火
풀 속에 반딧불은 연기없는 등불이요
鶯囀花林有翼金
꽃숲 속에 꾀꼬리는 날개 달린 금이로다

珠簾半捲迎山影
주렴을 걷어 올림은 산을 보기 위함이요
玉牖初開納月光
옥창을 여는 것은 달빛을 들어오게 함이로다

江樓鷰舞知春暮
강루에 연무함은 늦은 봄을 알림이요
隴樹鶯歌想夏來
농수에 앵가는 여름이 옴을 생각하네

雲深嶺外青猿嘯
구름 깊은 산마루엔 원숭이가 휘파람 불고
煙淡沙頭白鷺眠
맑은 안개 모래언덕엔 백로가 졸고 있네

水鳥有情啼向我
물새는 정이 있어 나를 향해 울고 있고
野花無語笑征人
들꽃은 말없이 꺾으려는 사람 보고 웃고 있네

庭畔竹枝經雪茂
檻前桐葉望秋零
정반에 대나무는 눈이 와도 무성하고
난간 앞에 오동잎은 가을 추위 생각하네

綠楊惜別簷前舞
明月多情海上來
푸른 버들 떠나기 아쉬워 추녀 앞에 춤을 추고
명월이 다정하여 해상으로 돌아오네

拂雪坐來衫袖冷
踏花歸去馬蹄香
눈 떨치고 앉았으니 옷소매가 차고
꽃을 밟고 돌아가니 말발굽에 향기가 나네

青山遶屋雲生榻
碧樹低窓露滴簾
청산이 집을 둘러있으니 걸상에 구름이 일고
푸른 나무가 창을 가리니 발에 이슬이 맺히네

螢火不燒籬下草
月鉤難掛殿中簾
반딧불은 울타리 아래 풀을 태우지 못하고
초승달이 갈고리 같으나 집안의 발을 걸 수 없네

村逕繞山松葉滑
紫門臨水稻花香
촌길이 산에 얽히니 솔숲에 어둡고
사립문 앞에 물이 임하니 벼꽃이 향기롭네

紅衫淚濕花含露
素面愁生月帶雲
붉은 옷소매에 눈물이 젖으니
꽃이 이슬을 머금은 듯 하고
흰 얼굴에 근심을 띠니 달이 구름을 두른 듯 하네

野色青黃禾半熟
雲容黑白雨初收
들빛이 푸르고 누르니 벼가 반쯤 익었고
구름 모양 검고 희니 이제 비가 개이는구나

龍歸曉洞雲猶濕
麝過春山草自香
새벽 동굴에 용이 돌아오니 습기가 구름 같고
청산에 사향노루 지나가니 초복이 자연히 향기롭네

柳爲翠幕鶯爲客
花作紅房蝶作郞
버들이 장막을 이루니 꾀꼬리가 손님이 되고
꽃이 홍방을 이루니 나비가 낭군이 되네

層岩水落魚聽鼓
古木藤垂鳥學韆
층암에 물이 떨어지니 물고기가 북소리를 듣는 듯 하고
고목에 등넝쿨 드리우니 새가 그네 타는 연습을 하네

細草懷陽穿土早
群芳愁雪出林遲
어린 풀싹 햇볕 받으니 일찍 솟아나고
모든 꽃들은 눈이 두려워 숲속에서 늦게 피어나네

深院塵稀 35×140cm

銜蜂退陣晝還靜
집벌들 물러가니 낮이 다시 고요하고

役鷰添巢泥自流
제비들 새집 지으니 진흙이 떨어지네

夜簷風靜蛛懸月
밤 추녀에 풍정하니 거미줄에 달이 매달린 듯

秋水天空鷺踏星
하늘 맑은 가을 물엔 백로가 별을 밟고 다니는 듯

山深鷰子窺巢晚
산 깊으니 제비들은 집을 늦게 찾아오고

日暖魚兒隔水浮
날씨가 따뜻하니 고기새끼 물 위로 올라오네

桃花浥露紅浮水
도화가 이슬에 젖으니 물에 붉게 떠있는 것 같고

柳絮飄飄白滿船
버들솜 바람에 날리니 흰 솜이 배 안에 가득하네

明月窺窓如有約
밝은 달이 창을 엿보니 약속이나 한 것 같고

浮雲出峀自無心
부운이 산마루에 떠다니니 자연히 무심해지네

野渡虛明山吐月
들 건너 차츰 밝아지니 산이 달을 토하고

園林連暗竹生雲
동산숲 계속 어두우니 죽림에 구름이 이네

浮雲影逐何山去
부운에 그림자를 쫒으니 어느 산으로 가는가

晩雨聲從遠樹來
늦은 비 소리를 쫒으니 멀리 나무에서 오네

稻花細墜秋生野
벼꽃이 떨어지니 들판에 가을이 오고

梧葉高飛雨過樓
오동잎이 높이 나니 누대에 비가 지나가네

磵出藤蘿千葉底
樹長風雨百年間

시냇가에 등 넝쿨 천엽이 깔려있고
나무가 장성하기에 풍우 속 백년이 걸렸네

簾疎漏入桃花氣
樓屹流來燕子聲

성근 발에 새어 들어오는 것은 도화의 향기요
높은 누대에서 흘러나오는 것은
제비들의 지저귀는 소리이다

匏花爭白煙邊屋
荳葉飜青雨後田

박꽃은 집가에 연기와 백색을 다투고
팥잎은 비온 후에 더욱 푸르네

郭外青山松數畝
門前流水竹雙扉

성곽 밖에 푸른 산엔 소나무가 즐비하고
문밖의 물가에는 대나무가 죽쌍문처럼 서있네

花氣未濃春欲半
鳥聲纔歇日方中

꽃이 만개되지 않았으니 봄이 가까이 오고
새 소리가 조용하니 한낮임을 알겠네

天影倒江星在水
野昏生樹月沈城

하늘이 강물에 비치니 별이 물속에 떠 있고
야혼이 나무에 드리우니 달빛이 성에 잠기네

雲將雨氣多生峀
風從花香細入幃

구름이 우기를 띠니 산 위에 많이 생기고
바람 부니 꽃향기가 휘장 안에 들어오네

雨氣移山昏嶽色
風聲逗壑漾松濤

빗기운이 산으로 옮겨가니 산색이 어두워지고
바람소리 계곡에 머무니
소나무 물결이 파도 치는 것 같네

映階碧草自春色
隔葉黃鸝空好音
파란 풀 뜰에 비치니 스스로 봄색을 이루고
잎 사이의 꾀꼬리 공중에서 호음을 내네

人情多醉黃花色
客夢初驚落葉聲
인정에 크게 취하니 황국화의 형색이요
객몽을 놀라 깨니 낙엽지는 소리로다

末路莊心餘劍氣
窮家至樂但書聲
말로에 장심은 남아있는 검기요
궁가에 즐거움은 오직 글 읽는 소리로다

大海心平風情後
群山氣秀月生初
대해에서 마음이 편안함은 바람이 고요하기 때문이요
모든 산의 빼어난 기색은 달이 처음 떠오르는 때로다

霜前信息黃花在
酒後淸歌白髮憐
서리 앞에 새 소식은 황국화가 아직 있음이요
취후에 맑은 노래소리 백발이 가련토다

澄潭風靜魚遊鏡
絶壁雲生鶴踏氈
맑은 못에 바람 자니 고기 노는 것이 거울처럼 보이고
절벽에 구름 이니 학이 융단 위를 걷는 것 같네

夜靜月懸鶴口曙
谷深花散馬蹄春
고요한 밤 달빛은 새벽닭의 입을 비추고
깊은 계곡 꽃이 날리어 말발굽에 떨어지네

碧嶂閑雲歸玉角
黃花明月在庭心
푸른 산장 한가한 구름 옥각으로 돌아가고
황국화와 밝은 달은 뜰 가운데 있네

百川逝意來頭海
백천이 흐르는 뜻은 바다에 오기 위함이요

萬樹封心畢竟花
만수에 담긴 마음 마침내는 꽃을 피우기 위함일세

鳳去庭梧非別樹
봉황이 정오를 떠나감은 나무를 떠나고자 함이 아니요

蝶來圃菜亦奇花
나비가 채소밭에 오는 것은 기이한 꽃이 있기 때문이네

寶樹三枝垂雨露
삼지의 보수에는 비와 이슬이 드리우고

高樓百尺帶雲林
백척 고루에는 구름 숲을 띠었구나

晴天月載歸鴻背
맑은 하늘에 달이 뜨니 돌아가는 기러기를 비추고

古寺秋懸落木聲
고사에 가을 되니 낙엽 지는 소리 들리네

傷懷此夜無窮月
이 밤에 회포가 상함은 무궁한 달빛 때문이요

佳約明春自在花
명춘을 기약함은 스스로 꽃이 있기 때문이네

寒雲碧海孤帆影
벽해에 한운이 드리우니 외로운 돛배의 그림자요

落木斜陽獨鳥愁
석양에 지는 낙엽 홀로 있는 새의 근심일세

白日濃窓眠細柳
대낮에 창을 짙게 가리우니 졸고있는 수양버들이요

微風點水潤胎花
미풍에 빗방울은 꽃망울을 윤택케 하네

山陰雪色猶殘白
산 그늘 속에 눈빛은 녹다 남은 잔설이요

江懸梅梢己放紅
강가에 매화나무 벌써 붉게 피었구나

寒士幽懷秋後夢
한사의 깊은 회포는 가을 후에 꿈이요
故人清趣晩來琴
고인의 맑은 취미 때 늦은 거문고 소리이다
松扉日掛仙尨吠
사립문에 해 걸치니 선계에 삽살개 짖고
竹逕苔深子鹿超
대숲길에 이끼가 짙으니 새끼사슴 넘어가네

古岸風輕眠細柳
고안에 바람 가벼우니 수양버들 졸고 있고
前江雨過綻新梅
앞강에 비 지나가니 새로 매화꽃 피네
萬壑倚笻雲遠近
지팡이에 의지하여 만학에 이르니 구름이 원근에 있고
千峯開窓月高低
창을 열어 천봉을 바라보니 달이 고저로 보이네

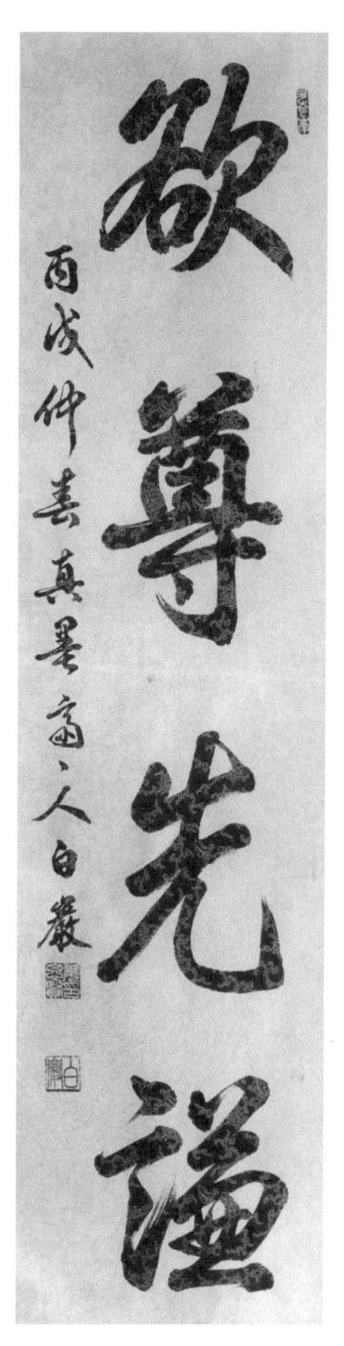

欲尊先謙 35×135cm

草邊牧笛歸牛背
초원 목동 피리소리 돌아가는 소 등 뒤에서 들리고
磯上魚簑伴鷺頭
물가에 어옹은 백로와 짝을 했네

高樓剩得千峯色
높은 누각에 올라 얻는 것은 천봉의 경치요
危磴還教六月寒
위험한 비탈에서 얻는 교훈은 유월의 한기로다

山容屈曲雲藏半
산모양 굴곡이 심하니 구름에 반은 감춰지고
野路橫斜水斷中
들길이 가로 비껴 있으니 물이 보이다 안보이다 하네

千家玉散無憑富
천가에 옥이 흩어져 있으니 부자에 비길 바 없고
萬樹花開別樣春
만수에 꽃이 피니 봄색이 다양하네

殘春楊柳長川逈
잔춘에 수양버들 긴 냇물을 장식하고
落日蒹葭遠水平
해질녘 갈대밭 멀리 수평선 같구나

昌門柳色煙中遠
창문에 안개 끼니 버들색 멀리 보이고
茂苑鸎聲雨後新
무원에 꾀꼬리 소리 비 온 후에 새롭게 들리네

千畦禾氣風生後
바람이 불고나니 온 들의 벼에 생기가 나고
萬片山稜雨過初
만편의 산모롱이에 비가 처음 지나가네

歌謠千里春長暖
천리에 가요소리 들리니 봄이 길고 따뜻하네
絲管高樓月正圓
고루에 악기소리 달이 벌써 높이 떴네

城帶夕陽聞鼓角
寺臨秋水見樓臺
성 안에 석양을 띠니 고각소리 들리고
절에 오니 누대에서 가을물이 보이네

一樽酒盡青山暮
千里書遙碧樹秋
한통의 술을 다 마시니 청산이 저물었고
천리 먼 곳 서신 오니 벽수에 가을이 왔네

青山有雪諳松性
碧落無雲稱鶴心
청산에 눈이 오니 비로소 송성을 알겠고
푸른 하늘에 구름 없으니 학의 마음 일컫네

星光亂點侵銀漢
秋摘黃花釀酒濃
성광이 어지럽게 비치니 은하수를 침범하고
가을에 황화를 따다 술을 담그니 잘도 익었네

日落江痕千里色
月當樓上一聲歌
해질 무렵 강 노을 천리에 빛나고
달 뜨니 누상에선 한가락 노랫소리 들리네

馬嘶古樹行人歇
麥秀空城野雉飛
고목에 말을 매고 행인은 쉬어있고
보리 팬 빈 성에는 들꿩이 날아가네

秋草不堪頻送遠
白雲何處更相期
가을 풀 견디지 못해 먼 곳으로 사라지고
흰 구름 어디로 가는지 다시 만날 기약하네

竹廊影過中庭月
松檻聲來半壁泉
죽랑에 그림자 지나가니 뜰 가운데 달이 오고
난간에 소나무 소리 들리니 반벽에 시냇물이 흐르네

離心日遠如流水
回首天長共落暉

마음 떠난 지 오래되니 흘러간 물과 같고
머리 돌려 하늘을 보니 지는 햇빛 같구나

出寺馬嘶秋色裏
向稜鴉亂夕陽中

절을 떠난 말이 우니 가을색이 깊고
산골 들녘 갈가마귀 나니 해는 벌써 석양일세

古樹含風常帶雨
寒岩回月始知春

고목에 바람을 머금으니 항상 비를 띠었고
한암에 달이 뜨니 비로소 봄이 온 줄 알았네

細浪無風光可鑑
亂峯斜日紫成堆

잔잔한 물결 바람 없으니 물빛이 거울같이 맑고
난봉에 해 비끼니 언덕이 붉게 물들었네

風生寒渚白蘋動
霜落山峽黃葉深

바람 이니 찬물가에 백빈이 움직이고
산골짝에 서리 내리니 단풍이 곱구나

高低樹密疑無路
次第花開別有春

높고 낮은 수목이 빽빽하니 길을 찾기 어렵고
차제에 꽃이 피니 봄이 됨을 알겠네

山含紅日依村樹
風拂銀濤碎釣磯

산이 붉은 햇빛 머금으니 나무들이 의지하고
바람 부니 은빛 파도 낚시터에 부서지네

雪盡獨看晴塞鴈
月明遙聽遠村砧

눈 녹으니 변방에 기러기 날아감이 보이고
달 밝으니 먼 마을에서 다듬이 소리 들리네

望深江漢連天遠
짙은 강물 바라보니 멀리 하늘과 닿았고

思起鄉關滿眼愁
고향 생각 일어나니 눈에 수심이 가득하네

青樓明月曾相識
청루에 달 밝으니 일찍이 아는 사람 같고

黃菊重陽後一看
황국은 중양절 후에 더욱 아름답게 보이네

寒磵日陰流水細
맑은 시내 해 그림자는 물이 잔잔히 흐름이요

高樓人靜碧山多
고루에 인적이 고요함은 푸른 산이 많기 때문이네

詞騷故人湖上去
시 짓는 故人들은 호수가로 나가고

鞦韆兒女柳邊來
그네 뛰는 처녀들은 유변으로 찾아오네

村晚匏花煙際白
마을 늦게 피는 박꽃 연기속에 더욱 희고

樓空梧葉雨中黃
빈 누대에 오동잎 우중에 단풍드네

城上暮雲時倚樹
성 위에 저문 구름 때때로 나무에 의지하고

床頭明月夜看書
책상 위에 달 비치니 밤에 책 읽기 좋구나

辭酒深盟長伏蟄
술 안 먹기 깊은 맹세 벌레들이 엎드리고

看花偏愛又經過
꽃을 보고 편애함은 그대로 이어가네

無可奈何花落去
못 마땅한들 어찌하나 꽃이 떨어져 가는 것을

似曾相識鷰歸來
일찍부터 봄에 제비 돌아옴을 서로 알지 않은가

高低嶽色晴踰箔
遠近林香澹襲衣
높고 낮은 산색은 발을 걷은 것처럼 맑고
원근의 숲의 향기 옷에 맑게 스며드네

聚散那知今日後
尋常不過九秋間
모였다 헤어짐을 어찌 알랴 오늘 이후를
항상 찾아도 지나가지 않는 구추의 계절이라

雲滿山中高士臥
月明林外美人來
구름 가득한 산중에 고사가 누워있고
달 밝으니 숲 밖에는 미인이 오고있네

麥氣滿衣郊叟臥
江光上笠釣人高
보리향기 가득한데 들에 노인 누워있고
맑은 강 위 삿갓 쓴 어부 조대에 높이 앉아있네

山重水複疑無路
柳暗花開學有村
첩첩산중 겹친 강물 길이 없나 의심되고
버들 우거지고 꽃이 핀 곳 이곳에 학촌이 있네

日斜江上孤帆影
草綠湖南萬里情
해 기우니 강상에는 고범의 그림자요
풀 푸른 호수 남쪽 만리의 정취로다

依山地古竹孫碧
挾水籬低梅子黃
산을 의지한 옛 땅에는 죽순이 푸르르고
물가에 울타리 낮으니 매실이 노랗게 익었구나

細雨濕衣看不見
閑花落地聽無聲
이슬비가 옷은 적시나 빗방울은 보이지 않고
꽃이 한가로이 땅에 떨어지나 그 소리는 들리지 않네

荷葉亂鳴欹枕雨
연잎이 요란하게 우니 의침에 빗소리 들리고

柳條輕颺捲簾風
버들가지 가볍게 날리니 바람에 발이 흔들리네

亂點碎紅山杏發
점점이 어지럽게 붉음은 살구꽃이 피었고

平鋪新綠水蘋生
평포에 신록은 수빈에서 생기네

舊暑漸消蟬語後
무더위가 식어감은 매미소리가 들린 후요

新涼將近雁來時
신량이 가까워지니 기러기가 오는 때로구나

樵歌遠歛空山色
초군의 노랫소리 멀리 그치니 온 산이 빈 것 같고

牧笛遙生夕照輝
목동의 피리소리 멀리서 들리니 저녁달이 비치누나

朝登絶壁雲生足
아침에 절벽에 오르니 구름이 발 아래서 일고

暮飮清溪月掛唇
저녁에 우물을 마시니 달이 입술에 걸려있네

野稻漸黃香滿地
들에 벼가 누렇게 익으니 향기가 땅에 가득하고

村醪新熟月明樓
촌가에 술 익으니 누대에 달이 밝구나

雁啄舊灾從北去
묵은 재앙 기러기가 물고 북쪽으로 가고

燕含新福向南來
새 복은 제비가 물고 남쪽에서 오네

三更燭穩燃鄉夢
삼경에 은은한 촛불 고향 꿈을 태우고

萬户砧聲搯客愁
만호의 다듬이 소리 객의 수심 일으키네

瘦竹當窓皆玉篆
殘楓落地亦花茵
수죽이 창에 비치니 옥으로 만든 전서 같고
남은 단풍 떨어지니 꽃 잔디밭 같구나

世事如雲終易散
人心似水儘難斟
세상사 구름같아 마침내 쉽게 흩어지고
인심은 물과 같아 모두가 짐작하기 어렵구나

桃花細逐楊花落
黃鳥時兼白鳥飛
도화꽃이 사라지니 버들꽃도 떨어지고
꾀꼬리 때를 맞춰 백조가 날아오네

欲雨欲風芳草際
看山看水夕陽時
비 오고 바람 부니 풀들이 곱게 자라는 때요
산 보고 물을 보니 해가 지는 때로구나

勤勉誠實 35×70cm

天上白雲明日雨
岩間落葉去年秋

천상에 흰 구름은 내일에 비가 되고
암간에 낙엽 보니 작년 가을 지났구나

雪拍吟唇詩欲凍
梅飄歌口曲生香

시 읊는 입술에 눈이 부딪히니
읊던 시가 얼어붙으려 하고
노래하는 입에 매화꽃 날리니
곡조에 향기가 나누나

影侵綠水衣無濕
夢踏青山脚不勞

녹수에 그림자가 잠겼는데 옷은 젖지 않고
꿈에 청산을 걸었는데 다리는 피로하지 않네

絶壁雖危花笑立
陽春最好鳥啼歸

절벽이 비록 위태로우나 꽃은 웃으며 서 있고
양춘이 가장 좋은 때이나 새들은 울면서 돌아가네

秋雲萬里魚鱗白
枯木千年鹿角高

가을 구름 만리에 고기 비늘같이 희고
천년 된 고목은 사슴 뿔처럼 가지만 높네

水作銀杵春絶壁
雲爲玉尺度青山

물은 절벽을 절구질 하고(은절구)
구름은 옥척으로 청산을 재고 있네

和氣自生君子宅
春光先到吉人家

화목한 기운은 자연히 군자의 집에서 나오고
봄빛은 먼저 길인가에 이른다

青山買得雲空得
白水臨來魚自來

청산을 사들이니 구름은 공짜로 얻어지고
백수가 흘러오니 고기는 자연히 따라오네

一勤天下無難事
百忍堂中有泰和
부지런하면 천하에 어려운 일이 없고
백번 참는 집안에는 큰 평화가 있다

天生四時春作首
人間五福壽爲先
하늘이 四계절을 만든 중에 봄이 가장 먼저이고
인간의 五복 중에는 장수함이 으뜸이다

平安卽是家門福
孝友可爲子弟風
집안이 평안함은 곧 가문의 복이요
효도와 우애는 자제들에게 기풍이 된다

居家自有天倫樂
處世惟存地步寬
집에 있어서는 천륜에 즐거움이 있고
처세에는 오직 너그러움이 있어야 한다

心田種德客滿堂
福地安居賓如雲
마음의 밭에 덕을 심으면 손님이 집안에 가득하고
복된 땅에 편히 살면 손님이 구름처럼 모여든다

風吹不動天邊月
雪壓難摧磵底松
바람이 불어도 하늘가의 달은 움직이지 않고
눈이 쌓여도 계곡 밑의 소나무는 꺾기 어렵다

青山綠水元依舊
明月淸風共一家
청산과 녹수는 원래 예전과 같고
명월과 청풍은 같은 한 집안에 있다

安禪不必須山水
滅却心頭火自凉
좌선을 하면 반드시 산수의 시원함을 바랄 것이 없고
심두를 멸각하면 火宅도 저절로 시원해진다

閑中信步花留住
醉後高歌月送歸
한가한 가운데 천천히 가는데
꽃이 발걸음을 멈추게 하고
취한 끝에 고성방가 하니 달이 귀로를 밝혀주네

揮毫對客風生座
載酒論詩月滿篷
휘호하면서 손님을 대하니 바람이 좌중에 생기고
술을 싣고 시를 의논하니 달빛이 선창에 가득하네

秋色自隨黃葉老
野懷常共白雲舒
추색은 자연히 황엽을 따라 늙어지고
전원을 생각하는 나의 회포는 백운과 함께 펴진다

幽徑草花聊適趣
閑窓筆硯不留塵
그윽한 길가에 풀들은 애오라지 정취에 맞고
한적한 창가에 붓과 벼루는 티끌 하나 없이 깨끗하네

古墨輕磨滿几香
硯池新浴照人光
옛 먹을 가볍게 가니 향기가 책상에 가득하고
못에 벼루를 새로 씻으니 광택이 사람의 얼굴을 비추네

掃地燒香聊自遣
栽花種竹儘風流
마당을 쓸고 향을 살라서 애오라지 스스로 위로하며
꽃을 재배하고 대를 심음은 모두 풍류스러운 재미로다

山林受用琴書鶴
天地交遊風月吾
산림이 수용하는 물건은 거문고와 책과 학이요
천지간에 교류할 벗은 바람과 달과 나뿐이다

青雲白石聊同趣
霽月光風更別傳
청운과 백석은 애오라지 취미를 같이 하고
제월 광풍은 따로 전한다

快日明窓閒試墨
寒泉古鼎自煎茶

맑은 날 밝은 창 아래서 한가로이 글씨를 써보고
찬물을 옛 솥에 길러서 스스로 차를 끓인다

門無客至惟風月
案有書存但老莊

문에는 오는 손님 없으니 오직 풍월만이 찾아오고
책상에는 다른 책은 없고
다만 老子와 莊子의 서적이 있네

秋愛冷吟春愛酒
詩家眷屬酒家仙

찬 가을에는 詩 읊기를 좋아하고
따뜻한 봄에는 술 마시길 좋아하니
참으로 시인의 권속이요 주가의 신선이로다

身無遺憾常安枕
室有餘閑自煮茶

신상에 아무런 거리낌이 없으니 항상 잠이 편안하고
가정에 한가한 겨를이 있으니 스스로 차를 끓인다

閒中覓伴書爲上
身外無求睡最安

한가할 때 벗을 찾는데는 책이 제일이고
몸밖에 구하는 바가 없으니 수면이 가장 편안하다

老去自于閒有得
困來每與客相忘

늙어지면 자연히 한가함에서 자득함이 있고
곤궁해지니 매양 객과 더불어 서로 잊어버려지네

世路羊腸千里曲
功名蝸角幾人間

인생의 행로는 羊腸과 같아 천리는 구부러져 있고
功名을 구하는 蝸牛角上의 싸움에는
몇 명이나 참여하였는지

擧世無知心自得
衆人皆醉我何醒

온 세상에서 알아주는 이 없어도
내 마음은 스스로 간직하고
뭇 사람이 다 취해있는데 나만 어찌 깨어있으리

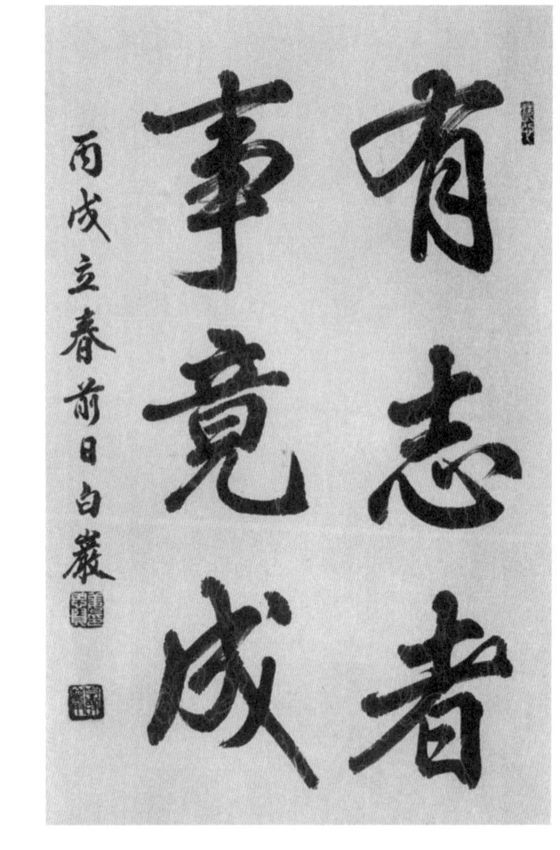

後漢書 45×65cm

涉世百年眞逆旅
忘機萬事卽安心

한 평생 겪어보니 세상은 정말 여관 같고
세상사 잊어버리니 만사가 바로 安心의 境地에 이르르네

浮雲富貴吾何慕
陋巷簞瓢分所甘

옳지 못한 부귀영화 내 어찌 사모하리
누항에서 단사표음이 나의 분에 맞는도다

濟世功名付豪傑
野人事業在林泉

세상을 다스리는 공명은 호걸들에 맡기고
서민들의 사업은 임천 중에 있구나

靜中見得天機妙
閑裏回觀世路難

고요한 가운데서 천기의 현묘함을 보았고
한가한 속에서 세로의 어려움을 돌이켜보았다

人情好惡花甘苦
世事榮枯草短長
인정의 좋고 싫고 한 것은 꽃향기의 달고 쓴 것과 같고
세상 일의 榮枯盛衰는 풀의 키가 길고 짧은 것 같네

正欲清言聞客至
偶思小飲報花貴
누구하고든지 淸談이나 하고싶던 차에
좋은 손님이 오고
우연히 한잔 생각이 있던 참에
꽃이 피었다고 알리어 오네

門無車馬終年靜
身臥雲山萬事輕
문 앞에 차마가 없으니 해가 다 가도록 조용하고
몸을 누워 운산을 바라보니 만사가 홀가분하구나

琴書自足閑中樂
天地能容醉後狂
금서로 자족하니 한가한 가운데 즐겁고
술에 취하여 몸과 마음을 천지에 맡기네

千卷蠹書忘歲月
一樽濁酒信乾坤
천권의 고서를 탐독하며 세월의 복잡함을 잊고
한 통의 술에 취하여 자연에 방사한다

素志與白雲同悠
高情與青松共爽
평소의 뜻은 백운과 더불어 유유자적하고
높은 정취는 청송과 더불어 함께 시원하다

志正則衆邪不生
心靜則衆事不躁
뜻이 正大하면 모든 邪心이 생기지 않고
마음이 고요하면 모든 일이 잘 되어
紛亂이 생기지 않는다

靜定工夫忙裡試
和平氣象怒中看
마음이 안정되고 고요하게 하는
공부는 바쁜 때에 시험하고
화평한 기상은 성났을 때 보고 조정하라

功名多向窮中立
禍患常從巧處生
공명은 곤궁한 가운데서 많이 성립되고
화와 근심은 항상 교묘한 잔재주에서 생긴다

國奢則示之以儉
衆儉則示之以禮
국민이 사치를 하거든 검소함으로 시범을 보이고
중민이 검소하거든 예의를 가르쳐야 한다

立身須作眞男子
臨事無爲賤丈夫
立身을 하였거든 모름지기 참다운 남자가 되어야 하고
일을 당해서는 비겁한 장부가 되지 말아야 한다

一夜風霜萬木枯
歲寒惟見老松孤
하룻밤 사이에 바람과 서리로 萬木이 잎이 다 떨어지는데
찬 겨울에 오직 老松만이 외로이 靑靑하네

寒砧萬户月如水
寒雁一聲霜滿天
달빛은 물과 같이 맑은데
다듬이 소리는 사방에서 들려오고
서리 기운 가득한 변방 하늘에서
기러기 소리가 들려오네

細草幽蘭秋徑馥
清風明月夜窓虛
가을의 길가에는 풀과 난초가 향기롭고
고요한 밤 창문에 청풍과 명월이 찾아왔네

江畔楓葉初帶霜
渚邊菊花亦己黃
강가에 나뭇잎들 첫 서리에 붉어졌고
언덕 위에 국화도 역시 벌써 누레졌네

林間暖酒燒紅葉
石上題詩掃綠苔
숲 사이에서 낙엽을 태워 술을 데우고
돌 위에 푸른 이끼를 쓸고 詩를 쓴다

夜露無聲衣自濕
秋風有信葉先知

밤 이슬은 소리도 없는데 옷은 젖었고
가을바람 소식이 있으니 잎이 먼저 아네

八言聯句

靜坐題書墨香滿堂
誦詩飮茶益友情談

조용히 앉아 글을 쓰니 방안에 묵향이 가득하고
다정한 친구와 시 읊고 차 마시며 정담을 나눈다

種樹成陰藝蘭近石
對雲思友就月披書

나무 심어 그늘 만들고 난초 가꾸어
돌 옆에 두고보며
구름을 대하니 친구가 생각나고
달이 뜨니 책을 펼쳐 읽는다

人間私語天聽若雷
暗室欺心神目如電

인간이 속삭이는 말도 하늘은 우레처럼 듣고
암실에서 마음을 속여도 귀신의 눈은 번개처럼 안다

倚蘭春分高松晩翠
澹凝秋水絢發晨霞

난초는 봄에 향기를 풍기고 고송은 추운 겨울에도 푸르르며
가을 물은 맑게 흐르고 새벽 안개는 아름답기도 하네

陽氣發處金石亦透
精神一到何事不成

양기가 발하는 곳에는 쇠와 돌도 뚫을 수 있고
정신을 집중하면 이루지 못할 것이 없다

夜深人靜獨坐觀心
始覺妄窮而眞獨露

밤이 깊어 조용할 때 홀로 앉아 마음을 살펴보면
비로소 헛된 생각이 사라지고
참된 마음만이 남게 됨을 안다

得山水情其人多壽
饒詩書氣有子必賢

산수의 정을 얻으면 그 사람은 오래 살고
시서에 배부르면 자손이 반드시 어질게 된다

呑舟之魚不遊支流
鴻鵠高飛不集汚池
배를 삼킬 만한 큰 물고기는 얕은 물에서는 놀지 않고
홍곡은 높이 날지만 더러운 연못에는 모이지 않는다

鶴壽千年不食死魚
鳳飛萬里不休非梧
학은 천년을 살아도 죽은 고기는 먹지 않고
봉황은 만리를 날아가도 오동나무가 아니면 쉬지 않는다

日麗風和門庭有喜
月圓花好家室成宜
날씨가 따뜻하고 바람이 포근하니
가정에 기쁨이 가득하고
달은 둥글고 꽃이 고우니 집안에 좋은 일이 생기네

禍福無門惟人自召
善惡之報如影隨形
화와 복은 오는 문이 따로 없고
오직 사람이 스스로 불러들이고
선과 악의 보답은 물체에 그림자가 따라다니는 것 같다

知足常足終身不辱
知止常止終身無恥
만족한 것을 알면 항상 만족하게 느껴
평생토록 욕됨이 없고
그칠 줄을 알고 항상 맞게 그치면
평생토록 부끄러움이 없다

人雖至愚責人則明
雖有聰明恕己則昏
사람이 비록 어리석을지라도
남을 책망하는 데는 밝고 비록 총명하다는 사람도
자기의 잘못을 용서하는 데는 어둡다

鏡以精明美惡自服
衡平無私輕重自得
거울은 밝은 것으로 아름답고 추악함이 저절로 비춰지고
저울은 공평하고 사가 없어서
가볍고 무거움이 자연히 나타난다

溫恭敬遜承親之禮
正謙嚴格臨衆之儀
온공 경손은 부모로부터 이어받은 예절이요
정겸하고 엄격함은 대중을 대하는 위의이다

清潔自守語不及私
溫良謹謙不以行驕

청결함을 자신이 지키고자 하면
말도 사사롭게하면 안되고
온량하고 근겸하고자 하면
행실을 교만하게 해서는 안된다

君賢臣忠國勢盛昌
父慈子孝家庭隆興

임금이 어질고 신하가 충성하면 국가 형세가 성창하고
아버지가 인자하고 자식이 효도하면 가정이 융흥해진다

貞肅儉素是其清白
臨財能讓是以清廉

정숙하고 검소하면 이것이 곧 청백한 것이며
재물에 임하여 양보할 수 있으면
이것을 일러 청렴이라 한다

積善之家其福惟昌
積惡之家必有餘殃

적선을 하는 가정에는 그 복이 융창할 것이요
악행을 쌓는 집안에는 반드시 재앙이 있을 것이다

治身者以積誠爲寶
治國者以績賢爲道

몸을 다스림에는 정성을 쌓는 것이 보배가 되고
나라를 다스림에는 賢人을 많이 기용함을
道로 삼아야 한다

孝悌爲基恭默爲本
畏法爲務勤儉爲道

효도와 우애를 기초로 삼고 공손과 과묵을 근본으로 하며
법을 두려워 함에 힘쓰고 근검을 道로 삼아야 한다

聖人爲衡四方取則
志守公平體兼正直

성인은 평형같아서 四方국민이 법으로 삼고 따르게 되며
뜻을 공평하게 지키면 체모도 정직함을 겸하게 된다

守心節儉行爲慈讓
足己濟人習禮畏法

마음을 지킴은 절도와 검소로 하고
행동은 인자와 겸양으로 하며
자신이 풍족하면 남을 구제하고
예에 익숙하여도 법을 두려워하라

貪得者身富而心貧
知足者身貧而心富

얻는 것을 탐하면 자신은 부자라도
마음은 항상 가난하게 되고
만족함을 알면 몸은 비록 가난하여도
마음은 항상 부자인 것이다

其身爲正不令而行
其身不正雖令不從

그 몸이 바르면 명령하지 않아도 스스로 행하게 되고
그 몸이 바르지 않으면 비록 명령을 하여도
따르지 않는다

讀未見書如得良友
讀已見書似逢故人

미처 보지 못한 책을 읽으면 좋은 친구를 얻은 것 같고
이미 보았던 책을 읽으면 옛 친구를 다시 만난 것 같네

松齡鶴壽春光不老
水笑山歡萬衆更新

소나무와 학같이 장수하고 늙지말고
봄같은 청춘을 누리고
물의 웃음 산의 환희 속에 만상이 다시 새로워지소서

德業相勸過失相規
禮俗相交患難相恤

덕을 베푸는 일은 서로 권하고
허물되는 일은 서로 규제하며
예의와 양속으로 서로 사귀고
환난을 당할 때는 서로 구출하라

結怨於人謂之種禍
捨善不爲謂之自賊

남과 원한을 맺는 것은 화의 씨를 심는 것이 되고
좋은 일을 보고 하지 않는 것은
스스로 적을 만드는 것이다

經目之事猶恐未眞
背後之言豈足深信

직접 눈으로 본 일도 혹시 잘못 보았을까 두려운데
남이 하는 말을 뒤에서 듣고 어찌 깊게 믿을 수 있겠는가

得寵思辱居安慮危
榮輕辱淺利重害深

사랑을 받거든 욕됨을 생각하고
편안하게 거처할 때 위험을 생각하라
영화가 가벼우면 욕됨이 적고
이익이 많으면 손해도 깊으니라

自强不息前程遠大
無我無爲到處皆春
쉬지 않고 스스로 노력하니 앞길이 원대해지고
나를 내세우지 않고 구함도 없으니
가는 곳마다 봄같이 화창할 것이다

言忠信行篤敬懲念
窒慾改過遷善是踐
말은 충신되게 행동은 공경스럽게
분함을 응징하고 욕심을 막고
허물을 고쳐서 선으로 인도함
이것을 꼭 실천해야 한다

欲量他人先須自量
傷人之語還是自傷
남을 달아보려거든 먼저 자신을 달아보고
남을 해롭게 하는 말은
오히려 자신에 해로운 말이 된다

聰明思睿守之以愚
功被天下守之以讓
지혜가 뛰어나고 생각이 투철하더라도
어리석은 듯이 지켜가고
공덕이 천하를 덮을 지라도 사양함으로 지켜나가야 한다

明德親民

丙戌仲春
白巖居士

大學句 135×35cm

立身有義而孝爲本
治政有理保民爲道

몸을 세우는 데는 義가 있으니 효도가 근본이요
정치를 하는 데 理가 있으니 백성을 보호함을 道로 하라

己所不欲勿施於人
行有不得反求諸己

내가 하기 싫은 것을 남에게 베풀지 말고
행하고 얻음이 없거든 반성하고
그 원인을 자신에게서 찾아보라

終身行善善猶不足
一日行惡惡自有餘

일평생을 두고 착한 일을 해도 착한 일은 오히려 모자라고
하루만 악한 일을 하여도 악행은 스스로 남아있다

種瓜得瓜種豆得豆
天網恢恢踈而不漏

오이씨를 심으면 오이를 얻고
콩을 심으면 콩을 얻을 것이니
하늘은 넓고 넓어 그물이 보이지는 않으나 새지는 않는다

樂見善人樂聞善事
樂道善言樂行善意

착한 사람 보기를 즐거워하고
착한 일 하는 것을 듣기를 즐거워하며
착한 말 하는 것을 본받기를 즐겨하며
착한 뜻 행하기를 즐거워하라

欲知其君先視其臣
欲知其父先視其子

그 임군을 알고자 하거든 먼저 그 신하를 보고
그 아비를 알고자 하거든 먼저 그 아들의 행실을 보라

幼而不學老無所知
春若不耕秋無所望

어려서 배우지 아니하면 늙어서 아는 바가 없고
봄에 씨앗을 심지 아니하면 가을에 수확할 것이 없다

韓國名詩

五言絶句

遺于仲文

乙支文德 詩

神策究天文
妙算窮地理
戰勝功既高
知足願言止

신통한 꾀는 천문을 궁구하였고
오묘한 계산은 지리를 통달하였네
싸움을 이겨 공이 이미 높았거니
만족함을 알아 그치기를 바라오

秋夜雨中

崔致遠 詩

秋風惟苦吟
世路少知音
窓外三更雨
燈前萬里心

가을바람 쓸쓸하고 애처로운데
세상에는 알아줄 이 별로 없구나
창밖에 밤은 깊고 비는 오는데
등잔불만 고요히 비추어주네

寒松亭曲

張延祐 詩

月白寒松夜
波安鏡浦秋
哀鳴來又去
有信一沙鷗

한 송정 달 밝은데 밤은 다시 고요하고
경포대 물결 잘 때 가을 더욱 맑구나
이처럼 좋은 시절 백구 너는 무슨일로
잠 못들고 슬피 울며 오락가락 하는가

東宮春帖

金富軾 詩

曙色明樓角
春風着柳梢
鷄人初報曉
已向寢門朝

날이 새니 다락 머리 환하여지고
버들 끝에 봄바람 하늘거리네
순라꾼(鷄人) 돌아가며 새벽 알리니
어느덧 침문에는 아침 문안을 하네

樂道吟

李資玄 詩

家在碧山岑
從來有寶琴
不妨彈一曲
祇是少知音

산중에 조용히 살고 있어도
전부터 내려오는 거문고 있어
때로는 한 곡조 타고 싶건만
어느 누가 내 곡조 알아주리요

庚寅重九

金莘尹 詩

輦下干戈起
殺人如亂麻
良辰不可負
白酒泛黃花

구중궁궐 깊은 속에 무슨 난리 났기에
사람 죽이기를 삼 베듯 하네
한 해 한 번 오는 명절 그냥 보냄 서운하여
국화 밑에 잔을 들어 찌는 시름 헤쳐보리

書黼座後障上

金仁鏡 詩

園花紅錦繡
宮柳碧絲綸
喉舌千般巧
春鸜却勝人

꽃은 곱게 수를 놓은 듯
버들은 치렁치렁 인끈 같은데
임금님께 아첨하는 무리들보다
변하는 꾀꼬리가 차라리 낫겠네

江村夜興

任奎 詩

月黑烏飛渚
煙沈江自波
漁舟何處宿
漠漠一聲歌

으스름 달 침침한데 새들은 물가를 날고
안개는 희미하게 물결 위에 잠겼구나
고깃배 어디서 묵어갈거나
뱃소리만 아득히 들려오누나

家庭教育十訓 70×45cm

棄官歸鄉

申淑 詩

耕田消白日
採藥過青春
有水有山處
無榮無辱身

시골에서 농사하니 한가한 세월
산에 올라 약을 캐다 청춘도 갔네
물도 산도 좋은데 사는 이 몸은
영화도 굴욕도 관계없구나

使宋船上

崔思齊 詩

天地何疆界
山河自異同
君無謂宋遠
回首一帆風

하늘 땅 망망하여 경계 없는데
산과 물만 네것 내것 다르다 하네
그대는 송나라가 멀다고 마오
순풍에 돛을 다니 바로 여길세

下第贈登第

李公壽 詩

白日明金榜
青雲起草廬
那知廣寒桂
尚有一枝餘

햇빛도 찬란하게 금방을 번쩍이니
가난한 시골집에 벼슬길이 열렸네
아직도 광한전 높은 대궐에는
월계화 한 가지 걸려있음을 어이알리

示諸子

趙仁規 詩

事君當盡忠
遇物當至誠
願言勤夙夜
無忝爾所生

임금님 섬김에는 충성 다하고
모든 일 앞에 놓고 지성 다하며
다만 밤낮으로 부지런하면
너희들의 앞날에 욕됨은 없으리라

龍宮村閑居

金元發 詩

江闊修鱗縱
林深倦鳥歸
歸田是吾志
非是早知機

강물은 넓고 넓어 고기 뛰놀고
수풀은 깊고 깊어 새들이 자네
시골로 돌아가기 이 내 소원을
옳고 그름 미리미리 기틀 알았소

江口

鄭誧 詩

移舟逢急雨
倚檻望歸雲
海闊疑無地
山明喜有村

배 떠나자 소낙비 퍼부어대고
가는 구름 바라보니 고향 그리워
바다는 넓고 넓어 끝이 없더니
산모습 떠오르니 반가웁구나

夜行

咸承慶 詩

淸曉日將出
雲霞光陸離
江山更奇絶
老子不能詩

새벽의 맑은 하늘 해 뚜렷이 떠오르니
구름 안개 눈부시게 찬란하구나
강산의 모습이 더욱 좋으니
천하의 문장인들 이 풍경 어이할꼬

碧瀾渡

柳淑 詩

久負江湖約
紅塵二十年
白鷗如欲笑
故故近樓前

강호로 돌아가길 깜박 잊고서
어수선한 세상 일에 한 세월 흘렀네
한가로운 갈매기는 이 내 처사 비웃는 듯
오락가락 누 앞으로 날아드네

絶句

趙仁壁 詩

蝶翅動名薄
龍腦富貴輕
萬事驚秋夢
東窓海月明

인간의 훈업도 나비 날개와 같고
세상의 부귀도 용뇌처럼 가볍구나
모두가 한바탕 꿈 속 같아서
깨고 보니 창 밖엔 달빛 뿐이네

絶命飼

金自粹 詩

平生忠孝意
今日有誰知
一死吾休恨
九原應有知

평생에 품은 뜻 충성과 효도
오늘날 누가 있어 알아나주리
이렇게 돌아가니 내 원한도 그만인가
구원에 임의 정령 이 내 뜻 알아주리

法住寺

咸傅霖 詩

雞園閒日月
雁塔鎖雲烟
偶入三清洞
都忘世事牽

세월이 한가로워 닭의 울음뿐
불탑은 높아서 구름 서렸네
우연히 절간에 들어와보니
모든 세상 일 잊어버리네

偶題

柳方善 詩

結茅仍補屋
種竹故爲籬
多少山中味
年年獨自知

새를 베어 이엉 엮어 지붕 해 이고
대 심어 그 숲으로 울타리 하니
산중에서 사는 재미 이렇듯 좋은 걸
뉘라서 알까 보냐 나 홀로 아네

題僧軸

讓寧大君 詩

山霞朝作飯
蘿月夜爲燈
獨宿孤庵下
惟存塔一層

산 허리 도는 안개 아침 연기인가?
숲 사이 돋는 달 저녁 등일세
홀로 서 외론 암자 찾아와보니
중들은 어디 가고 탑만 서있네

文殊臺

孝寧大君 詩

仙人王子晉
於此何年游
臺空鶴已去
片月今千秋

왕자님 여기 와서
논 적이 언제런가
세월은 흘러가고 대만 홀로 남아있네
다만 밝은 달이 있어 천추에 변함없네

題閣老畵幅

安平大君 詩

萬疊青山遠
三間白屋貧
竹林烏鵲晚
一犬吠歸人

청산은 첩첩이 놓여있는데
초가집 듬성듬성 늘어섰구나
해 저무니 까막 까치 둥지로 들고
오가는 사람 보고 개만 짖누나

受刑詩

成三門 詩

擊鼓催人命
回頭日欲斜
黃泉無客店
今夜宿誰家

북소리는 이 내 명을 재촉하는데
고개 돌려 바라보니 서산에 해는 저무네
저승으로 가는 길엔 재우는 집 없다는데
오늘 밤 우리들은 뉘 집에서 자고 가나

別南秋江

李揔 詩

相知八年來
會少別離多
臨分千里手
掩淚聞清歌

서로 알아 사귄 지 팔 년만인데
떨어져 살다 보니 만남 적었네
떠나시는 이번 길 아득하여라
이별곡 듣고나니 애가 끊누나

閨情

金克儉 詩

未授三冬服
空催半夜砧
銀釭還似妾
漏盡却燒心

핫옷 꾸며 임에게 보내 못드려
밤 깊도록 다듬이질 매우 바쁘네
켜 있는저 등잔불 내 맘 같아서
눈물지며 속 타는 마음 야속도 하네

睡起 徐居正 詩

簾影依依轉
荷香續續來
夢回孤枕上
桐葉雨聲催

발 그림자 어른어른 흔들거리고
연꽃 향기 맑고 맑아 스며드는데
외로운 베개 머리 잠이 깨이니
비 속에 지는 잎 처량하구나

沙斤驛 李瓊仝 詩

倦客支頤臥
探詩日向中
一聲聞翡翠
啼在驛窓東

낮잠을 청하려고 턱을 괴고 누웠는데
글 생각 하는 중에 해는 벌써 한낮일세
어디선가 들려오는 비취새 소리
동창을 열고 보니 거기서도 우는구나

論語句 *70×35cm*

伯牙 申沆詩

我自彈吾琴
不必求賞音
鍾期亦何物
强辨絃上心

거문고 위에 내 마음 실어 내가 타거니
뉘더러 나를 칭찬해 달랠손가
종자기도 나와 같은 사람이거늘
줄 위에 잠긴 내 뜻 어이 알리오

居昌山中 金湜詩

日暮天含墨
山空寺入雲
君臣千載義
何處有孤墳

해 저무니 하늘은 먹장 같은데
구름 속에 싸인 절간 쓸쓸하구나
군신의 옳은 뜻 길이 전하노니
외론 무덤 어느 곳에 있을까보냐

浪吟 朴遂良詩

口耳聾啞久
猶餘兩眼存
紛紛世上事
能見不能言

벙어리 귀머거리 된지 오랜데
다만 두 눈만 남아있구나
어지러운 세상 일 참견 말 것이
이러쿵 저러쿵 말할 것 없네

山中書事 吳慶詩

雨過雲山濕
泉鳴石竇寒
秋風紅葉路
僧踏夕陽還

산 위에 내리는 비 구름이 젖고
돌 틈에 흐르는 샘 차기도 하다
가을바람 붉은 잎 길을 덮는데
늙은 중 석양 밟고 돌아가누나

鷺 林億齡 詩

人方憑水檻
鷺亦入沙灘
白髮雖相似
吾閒鷺未閒

사람은 다락 난간 의지해 앉고
갈매기는 모래 위로 날아 들어오네
머리털이 흰 것은 서로 같으나
한가로움 너와 내가 같지 않구나

期不至 安敏學 詩

莞城雨初歇
落日淡秋山
佳期隔江浦
望望水雲間

완성에 오던 비 산뜻 개이고
지는 해 산에 걸려 더욱 곱구나
그리운 님 만나려니 강이 막히고
바라보니 물과 구름 아득하여라

黃鶴樓 李密 詩

白鷗波萬里
黃鶴月千秋
憔悴三韓客
登臨淚不收

갈매기 나는 물결 몇 만리려나
황학루 비치는 달 길이 밝구나
모습이 초췌한 삼한 나그네
이 다락 올라와 눈물 흘렸네

偶吟 曺植 詩

人之愛正士
好虎皮相似
生前欲殺之
死後方稱美

누구나 옳은 사람 사랑하기를
호랑이 좋은 가죽 마찬가진데
살았을 땐 얄미워서 잡으려 해도
죽은 뒤엔 입을 모아 칭찬한다네

詠梅 成允諧 詩

梅花莫嫌小
花小風味長
乍見竹外影
時聞月下香

매화꽃이 작다 하여 싫다 하지마소
풍치 좋은 멋걸이 비길 데 없네
연연히도 고운 자태 넘쳐 흐르고
달 아래 맑은 향기 풍기어주네

四老會 絶句 安鳳 詩

昔日商山老
今朝會小亭
相看雙鬢白
便作兩眸青

말로 듣던 상산 四豪
오늘에야 모았노라
머리 털은 은실이요
두 눈동자 구슬 같네

閨怨 林悌 詩

十五越溪女
羞人無語別
歸來掩重門
泣向梨花月

어여쁜 열다섯 소녀 애틋한 그의 정을
수줍어 말 못하고 그린 님 보내고서
꽃 곱게 피는 아침 달 몹시 밝은 밤을
문 첩첩 닫아 걸고 눈물로 지새노라

山中 栗谷 李珥 詩

採藥忽迷路
千峰秋葉裏
山僧汲水歸
林末茶烟起

약 캐다 길을 잃고 두루 살피니
봉마다 잎이 져서 온 길 덮었네
산승은 물을 길어 절로 가더니
숲 속에 이는 연기 차를 끓이나

出城感懷

栗谷 李珥 詩

四遠雲俱墨
中天日正明
孤臣一掬淚
灑向漢陽城

사방은 구름 함께 컴컴하더니
중천에 해 뚜렷이 밝아오누나
외로운 이 내 시름 눈물 짜내어
임 계신 한양성에 뿌려볼까나

秋夜

鄭澈 詩

蕭蕭落葉聲
錯認爲疎雨
呼童出門看
月掛溪南樹

우수수 지는 잎 소리를 듣고
성근 비 내리는 줄 잘못 알고서
아이더러 나가보라 당부했더니
달빛만 숲 위로 걸려있다네

絶句

李後白 詩

細雨迷歸路
騎驢十里風
野梅隨處發
魂斷暗香中

가랑비 보슬보슬 길을 적시고
바람은 산들산들 말머리에 부네
들매화 새침하게 피어있는데
은은한 향기 속에 혼이 빠졌네

詠黃白二菊

高敬命 詩

正色黃爲貴
天姿白亦奇
世人看自別
均是傲霜枝

가을 들어 황국화 너만 홀로 고울소냐
하이얀 백국화도 어이 아니 귀여운가
말썽 많은 세상 사람 희다 붉다 하거니와
아마도 황백국이 능상고절 일반일세

聞笛 鄭碏 詩

遠遠沙上人
初疑雙白鷺
臨風忽橫笛
寥亮江天暮

모래사장 앉은 백로 사람인가 다시 보고
그 가운데 섞인 사람 백로인가 의심하네
솔솔 부는 바람 결에 처량히도 들려와서
해 지는 강물 위로 피리소리 흩어지네

偶吟 宋翰弼 詩

花開昨夜雨
花落今朝風
可憐一春事
往來風雨中

어젯밤 오던 비에 꽃이 피더니
오늘 아침 바람 앞에 꽃이 지누나
가련타 한 해의 좋은 봄철이
비바람 치는 속에 왔다 가는구나

無題 李誠中 詩

紗窓近雪月
滅燭延淸暉
珍重一杯酒
夜闌人未歸

눈 속에 밝은 달빛 사창에 드니
찬 등불 가물가물 희미하구나
술 있어 은근히 기다리는데
그대는 오지 않고 밤만 깊었네

聞赦到摩天嶺 趙憲 詩

北闕君恩重
南州母病深
摩天有歸日
感淚自盈衿

북궐을 바라보니 임의 은혜 무겁고
고향 계신 엄마 병환 더욱 깊다 하시네
이제야 귀양 풀려 돌아가노니
고맙고 슬픈 눈물 옷깃을 적시네

在海鎭營中

忠武公 李舜臣 詩

水國秋光暮
驚寒雁陣高
憂心轉輾夜
殘月照弓刀

바닷가 가을철 짙어가는데
추위 놀란 기러기떼 높이 날고
나랏일 걱정되어 잠 못 이룰제
싸늘한 달빛이 칼을 비추네

弘慶寺

白光勳 詩

秋草前朝寺
殘碑學士文
千年有流水
落日見歸雲

쓸쓸한 옛 절간은 추초 속에 묻혀있고
가신님의 좋은 글발 빗돌 함께 남았구나
천년의 긴긴 세월 물과 같이 흘러가고
해 저문 하늘가에 뜬 구름 아득하네

山寺

李達 詩

寺在白雲中
白雲僧不掃
客來門始開
萬壑松花老

산 높이 지은 절 백운 속에 싸였는데
중들은 모르는지 널린 구름 쓸지 않네
온 손님 맞으려고 비로소 문을 여니
산 가득 송화꽃만 누렇게 피었네

傷春

鄭之升 詩

草入王孫恨
花添杜宇愁
汀洲人不見
風動木蘭舟

방초 언덕 푸르른 풀빛 왕손 시름 더욱 깊고
봄 동산 고운 꽃을 저 두견이 애를 끊네
오가는 사람 없어 강마을 고요한데
잔 물결에 조각배 출랑대네

誠重勞輕

丙戌仲春 白巖居士

誠重勞輕 140×35cm

松都懷古

權韐 詩

雪月前朝色
寒鍾故國聲
南樓愁獨立
殘郭曉雲生

눈 속에 밝은 빛 전에 보던 그 달이요
찬 바람 울리는 종 귀에 익은 그 소릴세
다락 위에 홀로 서서 시름 속에 잠겼을 제
성 넘어 먼 산머리 새벽 구름 떠오르네

江東卽事

洪慶臣 詩

日落江天碧
烟昏山火紅
漁舟殊未返
浦口夜多風

해가 지니 강물은 하늘 함께 푸르르고
연기 어린 어둠 속에 불빛만이 비춰오네
고기잡이 떠난 배 아직도 못 왔는데
포구에 밤은 깊고 바람 일어 파도치네

江夜

車天輅 詩

夜靜魚登釣
波淺月滿舟
一聲南去雁
啼送海山秋

밤 적적 고요한데 고기 제법 무는구나
물결이 잔잔하니 배 안엔 달빛만 가득하네
산 넘고 물 건너 남쪽 만리 머나먼 길
밤마다 울어예는 기러기소리 듣는구나

東屯八詠一

車雲輅 詩

霜輕葉未苦
夜靜風初歇
玉琴爲誰彈
空山對明月

된 서리 아직 멀어 나뭇잎 지지 않고
밤 깊어 고요하니 바람마저 자는구나
가냘픈 저 거문고 뉘를 위해 타시는고
산 적적 비었는데 달만 홀로 밝았구나

東屯八詠二

車雲輅 詩

楊花雪欲漫
桃花紅欲燒
繡作暮江圖
天西餘落照

버들 꽃 눈처럼 눈부시게 희고
도화는 망울망울 타는 듯 붉었구나
지는 해 서산마루 반 넘어 걸려있네
저무는 강 물결 위에 곱게 곱게 수를 놓네

伽倻山逢尹正卿

金長生 詩

邂逅伽倻寺
行裝帶雨痕
相逢方一笑
相對却忘言

가야사 좋은 절 찾아를 드니
때마침 내리는 비 행장 젖었네
우연히 서로 만나 반가운 마음
무슨 말을 해야할지 망설여지네

紫霞洞

河偉量 詩

松花金粉落
春澗玉聲寒
盤石客來坐
仙人舊有壇

언덕 위에 송화꽃 금분처럼 떨어지고
시냇물 맑게도 흘러가누나
손님들 찾아드는 이 넓은 반석
아마도 옛날에는 신선이 놀던 곳이리

老松

李埱 詩

弱幹才盈尺
如何得老名
伯夷稱大老
豈是歲崢嶸

이때껏 자란 가지 불과 한 자인데
어찌해 부르기를 노송이라 하는가?
옛적에 夷齊(백이숙제) 보고 大老라고 불렀거니
나이먹고 해만 묵어 이름 높음 아니로세

閨怨

曺臣俊 詩

金風凋碧葉
玉淚銷紅頰
瘦削只緣君
君歸應棄妾

늦은 가을 깊은 밤 바람 일어 잎이 지고
눈물 흘려 뺨 적실 제 귀뚜리도 슬피우네
여위어 미운 이 꼴 임으로 해 그렇건만
돌아와 보시고는 싫다마다 하시리라

咏懷

馬尙遠 詩

浮生百年內
此生能幾何
中宵彈鋏處
萬事一長歌

뜬 세상 구름 같고 백년도 꿈이어니
이 가운데 사는 우리 풀 끝에 이슬일세
옛 사람 한밤중에 칼집 치며 노래하니
부귀영달 누리기도 허술한 장난일세

松京南樓

李志完 詩

獨鳥孤城外
殘鐘古寺秋
興亡千載事
長嘯倚南樓

허물어진 외론 성터 새들만 오가고
적막한 오랜 옛 절 종만 굴러 남았구나
전조의 흥망성쇠 꿈이런듯 사라졌고
이제는 길손들만 추억만을 자아내네

夜坐有感

李秉林 詩

秋堂夜氣清
危坐到深更
獨愛天心月
無人亦自明

가을 들어 밤 기운 차고 맑은데
잠 못 들고 앉았으니 처량하구나
하늘 높이 걸린 저 달 사랑하노니
보는 사람 없이도 절로 밝구나

夜坐

嚴義吉 詩

谷靜無人跡
庭空有月痕
忽聞山犬吠
沽酒客敲門

골짝은 태고런듯 오가는 사람 없고
정원은 하늘인 양 달빛뿐일세
어디서 개 짖는 소리 들려오더니
친구 있어 술병 차고 문을 두드리네

待郎君

凌雲 詩

郎云月出來
月出郎不來
想應君在處
山高月上遲

동천에 달 오를 제 임 오신다 하시더니
그 달 이미 기울어도 임 오실 줄 모르시네
아마도 생각건대 임 계신 그 곳에는
산이 높고 골이 깊어 달이 늦게 뜨는 게지

詠半月

黃眞伊 詩

誰斲崑山玉
裁成織女梳
牽牛離別後
謾擲碧空虛

뉘라서 곤산옥을 찍어내어서
직녀의 얼레빗 만들었는지
서방님 눈물 지며 헤어진 뒤에
아무렇게 벽공 위에 던져버렸나

閨情

李玉峯 詩

有約來何晩
庭梅欲謝時
忽聞枝上鵲
虛畵鏡中眉

봄이 되면 오신다고 약속하고 가시더니
뜰 앞에 매화 져도 오실 줄 모르시네
문 앞의 나무 위에 까치가 울어대니
허사인 줄 알면서도 화장 곱게 하였다오

巖下細流歸海意 窻前翠竹拂雲心

丙戌初夏 眞墨齋主 白巖 姜思賢

巖下細流 35×135cm

五言律詩

登昭陽亭

金時習 詩

鳥外天將盡
水邊恨不休
山多從北轉
江自向西流
雁下沙汀遠
舟回古岸幽
何時抛世網
乘興此重遊

새들은 하늘 끝으로 날아가고
시원한 강가에서도 한은 끝이 없네
많은 산봉우리는 북쪽으로 둘러있고
강물은 서쪽으로 흘러가네
저 멀리 물가에는 기러기 내려앉는데
배는 그윽한 기슭을 돌아오네
언제나 세상사를 모두 잊고서
이곳에 다시 와서 흥겹게 놀아보나

有客

梅月堂 詩

有客清平寺
春山任意遊
鳥啼孤塔靜
花落小溪流
佳菜知時秀
香菌過雨柔
行吟入仙洞
消我百年憂

나그네가 청평사에 와서
봄산을 마음껏 유람하네
새는 울어도 탑은 홀로 고요히 서 있고
꽃잎은 떨어져 개천으로 흘러가네
맛있는 산채는 때를 맞춰 솟아나고
향기로운 버섯은 비 맞아 자라나네
풍월을 읊으며 선인동을 들어가니
내 평생의 시름을 다 잊는 듯하네

花石亭

栗谷 李珥 詩

林亭秋已晩
騷客意無窮
遠水連天碧
霜楓向日紅
山吐孤輪月
江含萬里風
塞鴻何處去
聲斷暮雲中

숲속 정자에 가을 이미 저무는데
풍류객의 시정은 끝이 없어라
강물은 저 멀리 푸른 하늘에 맞닿았고
서리맞은 단풍 햇볕 받아 더욱 붉네
산이 토하듯 둥근 달은 떠오르고
강물은 만리 밖 바람을 실어오네
변방에 기러기떼 어디로 날아가는지
저무는 구름 속에서 울음소리 끊어지네

陣中吟

李舜臣 詩

天步西門遠
君儲北地危
孤臣憂國日
壯士樹勳時
誓海魚龍動
盟山草木知
讐夷如盡滅
雖死不爲辭

임금님 수레는 서쪽으로 멀어지고
왕자들 계신 북쪽이 위태하구나
나라 걱정에 지새우는 외로운 신하
장수들은 이제 공훈을 세워야 할 때로다
바다에 서약하니 어룡이 따라주고
산에 맹세하니 초목이 내 뜻 알아주네
오랑캐 원수들 다 무찌른다면
비록 죽음인들 사양하리까?

生陽館共威堂賦詩

申辛植 詩

昔覽關河去
幾年始我還
仙樓沸流水
珠瀑妙香山
浪跡留詩裏
眞緣記夢間
名區宛如昨
何處覓朱顔

일찍이 관서산천 두루 보고서
이내 몸 돌아온 지 몇 해이던가
비류강 맑은 물가 다락 높은데
묘향산 깊은 속 폭포도 좋네
간 곳마다 흥이 겨워 시를 읊었고
참 연분 꿈이런 듯 황홀했었네
승지강산 옛 모습 그대로인데
어디서 젊은 청춘 찾아볼까나

淸凉館會吟

尹定鉉 詩

鳴蟬會人意
切切不知休
一葉聞梧落
三星見火流
對樽消永日
倚杖撫新秋
客去仍簾閣
悄然始欲愁

매미는 이 내 마음 미리 아는지
온종일 쉴새 없이 울고 있구나
벽오동 잎사귀 지는 걸 보니
더위도 이제는 고비를 넘네
잔 들어 취한 속에 여름 보내고
한가로이 거닐면서 가을을 맞네
임은 가고 나홀로 앉았노라면
잠긴 시름 또 다시 고개를 드네

甘露寺次韻

金富軾 詩

俗客不到處
登臨意思清
山形秋更好
江色夜猶明
白鳥高飛盡
孤帆獨去輕
自慚蝸角上
半世覓功名

뜬 세상 모든 사람 가기 어려운데
혼자서 올라보니 상쾌하구나
가을철 돌아보니 산 모습 더욱 좋고
강 경치 밤 들어 뚜렷하구나
백조는 높이 높이 다 날아가고
돛배만 까물까물 외로이 가네
세상은 하찮게도 좁고 좁은데
공명 찾아 헤매인 게 부끄럽구나

宿金壤縣

高兆基 詩

鳥語霜林曉
風驚客榻眠
簷殘半窺月
人在一涯天
落葉埋歸路
寒枝罥宿烟
江東行未盡
秋盡水村邊

새벽이라 새들은 지저귀고
바람은 짓궂게도 잠을 깨우네
처마는 이즈러져 달이 새들고
만리밖에 나그네 홀로 있구나
나뭇잎은 떨어져 길에 쌓이고
밤 연기 희꾸무레 숲에 어렸네
언제나 고향엘 돌아갈는지
쓸쓸한 강마을에 가을 저무네

宿樂安郡禪院

金敦中 詩

偶到山邊寺
香煙一室開
林深惟竹栢
境靜絶塵埃
俗耳聞僧語
愁腸得酒盃
蕭然已清爽
況有月華來

우연히 절간에 찾아오니
향기로움 방 안에 풍기는구나
대나무 잣나무가 어우러지고
뜬 세상 멀리한 선경이로세
염불소리 들어보니 부처가 된 듯
안타까운 가슴 속 술이 달래네
게다가 밝은 달이 돋아오르니
어느새 이 내 마음 상쾌하구나

石竹花

鄭襲明 詩

世愛牧丹紅
栽培滿院中
誰知荒草野
亦有好花叢
色透村塘月
香傳隴樹風
地僻公子少
嬌態屬田翁

세상에선 모란꽃이 제일 곱다고
화원에 심어 놓고 좋아하건만
푸나무 우거진 산과 들에도
더 좋은 진달래가 피어있다네
밤에는 고운 자태 못 속에 안겨
향기로움 바람 따라 풍겨주누나
산골이라 호화로운 손님이 적어
순진한 농부 들에 교태 보내네

東郊馬上演雅體

郭預詩

信馬尋春事
牛兒方力耕
鳥鳴天氣暖
魚泳浪紋平
野蝶成團戲
沙鷗作隊行
自嫌隨燕雀
不似鷺鷥清

말을 몰아 꽃놀이를 가노라니
송아지는 논밭갈이 한창이구나
새들은 봄날 즐겨 노래를 하고
물고기떼 시원하게 헤엄치누나
나비는 둘레지어 춤을 추는데
갈매기떼 열을 지어 날아들 가네
어이해 한사들과 벗을 못하고
小人들 따라서 헤매었던고

慈護寺樓

許洪材詩

早起獨登樓
悠然八月秋
白煙橫野外
紅日上峰頭
客路風霜冷
僧軒花木幽
一罇開笑語
消遣利名愁

일찍이 혼자서 다락에 오르니
어느덧 세월은 가을철일세
연기는 뿌옇게 들 밖에 스며있고
아침해 환하게 산위에 솟네
나그넷길 언제나 고생이 많고
절간에는 화초들이 그윽하구나
술잔이 오고가고 웃음꽃 피니
세간의 모든 시름 사라지누나

南堤柳崔校勘韻

崔滋詩

南堤一株柳
濯濯秀風標
毒虺藏空腹
嬌鶯弄細腰
歲寒無勁節
春暖有長條
但問材何用
休論百尺喬

언덕 위에 한 그루 버드나무가
무릇무릇 우뚝 서 눈에 띄누나
텅 빈 구멍속에 뱀이 서리고
날씬한 가지에는 꾀꼬리 노래하네
날이 차고 눈 내릴 땐 보잘것없고
봄이 되어 새가 울 땐 제철이라네
가는 청풍 잡아매어 시원하거니
어느 때 쓰이느냐 묻지를 마오

有感

李達衷詩

將行有河海
將涉無舟航
要見我所思
欲往還彷徨
才非傳說楫
世運亦未昌
潛光且俟命
妄動遭禍殃

우리의 앞길엔 바다가 가로놓여
건너려 애를 써도 뱃길조차 끊겨있네
이리저리 여러모로 생각해봐도
가려다 오려다 거리에 방황하네
전설에 나오는 돛대도 없고
세상운수 아직도 까마득하네
가만히 몸을 숨겨 때를 기다려야지
주책없이 까불대면 화를 받느니

思舊山

郭珚 詩

舊山煙蘿中
三椽有茅屋
故人作奇信
當歸盈一掬
微官不放歸
歸計徒自熟
愁來鳴玉琴
霜楓生古木

안개 곱고 물 맑은 곳 내 고향인가
오막살이 초가집이 우리집이요
어제께 친구한테 기별왔는데
돌아오라 당귀 한 줌 부쳐보냈네
낮은 소임 내려놓고 갈 수 없건만
갈 마음만 저절로 솟아오르네
아픈 생각 달래려 거문고 타니
서리바람 부는듯 쓸쓸하구나

帆急

金九容 詩

帆急山如走
舟行岸自移
異鄉頻問俗
佳處强題詩
吳楚千年地
江湖五月時
莫嫌無一物
風月也相隨

돛 다니 산들은 둥실 떠가고
배가 가니 강 언덕 떨어지누나
고장 따라 가는 곳 풍속을 묻고
배 대고 내리면 詩歌를 읊네
吳와 楚는 어느 때 나라였던고
江湖는 오월이 제일이라오
재물이 없다 하고 혐의를 마오
맑은 바람 밝은 달이 내 것이라네

浮碧樓

李穡 詩

昨過永明寺
暫登浮碧樓
城空月一片
石老雲千秋
麟馬去不返
天孫何處遊
長嘯倚風磴
山青江自流

어제는 영명사에 들러 구경을 하고
지금은 부벽루에 온 탐승객일세
성은 비어있고 달빛만 찬데
돌은 얼마나 되었는지 구름만 오락가락
인마는 어디로 갔는지 올 줄 모르고
천손은 어디서 노는지 소식도 없네
휘파람 불며 비탈길을 올라가니
산은 항상 푸르고 강물만 절로 흐르네

遣懷

李穡 詩

倏忽百年半
蒼黃東海隅
吾生元跼蹐
世路亦崎嶇
白髮或時有
青山何處無
微吟意不盡
几坐似枯株

어느덧 나이는 백년의 반이 지났고
공연히 어수선하게 동해(고려)에 가서
내 평생 원래로 움츠려 살았건만
세상일 매 한가지 기구하고나
흰 터럭 때때로 늘어만 가고
청산은 어디인들 없을까보냐
詩로써 깊은 뜻 어이 다하리
말 없이 앉은 모양 고목 같구나

憶三峰

李崇仁 詩

不見鄭生久
秋風又颯然
新編最堪誦
狂態更誰憐
天地容吾輩
江湖臥數年
相思渺何恨
極目斷鴻邊

그대를 못 본 지도 오래로구려
바람도 쓸쓸한 가을이 왔네
새 소식 모두 다 기억하건만
이 꼴을 뉘라서 가엽다 하리
하늘은 우리들을 용납하시어
강호에 누운 지 여러 해 되오
서울과 시골이 얼마나 먼지
기러기 날아가 뵈지도 않는 곳

過楊口邑

元天錫 詩

破屋烏相呼
民逃吏亦無
每年加弊瘼
何日得歡娛
田屬權豪宅
門連暴惡徒
子遺殊可惜
辛苦竟誰辜

헐린 집터에 까마귀 짖고
백성이 못 살으니 아전 놈도 아니 오네
해마다 폐단은 더하여가니
어느 날 즐거움 있을것 인가
논밭은 세력 있는 집으로 돌아가고
문에는 못된 놈들 늘어서 있네
어린 것들 더욱이 불쌍하구나
괴롭고 애태움 무슨 죄일까

雲

任元濬 詩

駘蕩三春後
悠揚萬里雲
凌風千丈直
映日五花文
祥光應玉殿
瑞氣擁金門
待得從龍日
爲霖佐聖君

무르익은 봄 하늘에
구름은 말이 없이 떠다니누나
손구쳐 흰 무지게 세로 놓을 때
얼비쳐 오색무늬 찬란하구나
瑞氣는 옥좌를 둘러싸고서
금문에 어리고 서리었다가
언제라도 장맛비 골고루 끼어다
해마다 좋은 풍년 내려주누나

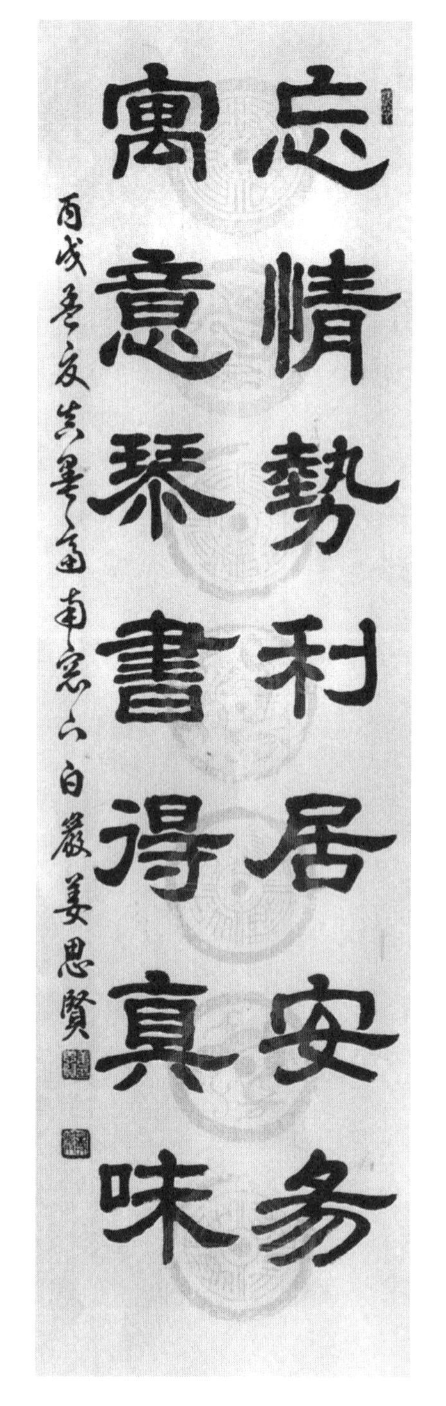

忘情勢利 35×135cm

遊西溪

安琛詩

散策斷橋西
尋詩春水渚
物情爾自如
老境吾誰與
岸草坐王孫
溪風迎小女
幽探到暝煙
還共沙禽語

한가로이 다리 서쪽 거닐어보고
다시 와서 시냇가로 돌아와보니
세상물정 모두 다 쌀쌀하거늘
늙어지니 뉘 더불어 함께 지낼꼬
언덕 위에 젊은 사람 놀이를 하고
시냇가 어린 소녀 소꿉질 하네
조용한 곳 찾아서 혼자있으니
갈매기 너와 함께 놀아볼까나

放言

李鼇詩

我欲殺鳴鷄
恐有舜之聖
雖欲不殺之
亦有跖之横
風雨鳴不已
舜跖同一聽
善惡各孜孜
不鳴非鷄性

새벽에 우는 닭을 잡으려 하니
순 임금 착한 뜻 언제 베풀며
잡지를 말자 하고 생각해보니
도척의 고약한 일 어이하오리
바람 밤비 새벽 우는 저 닭을
순 임금도 도척이도 같이 듣건만
옳고 그름 제각기 서로 다르니
저 닭이 울지 않고 어이하오리

初春感興

李黿 詩

陽生混沌竅
萬物自陶鎔
誰知有形物
生此無形中
日月互相代
往來無臭聲
猗歟伏羲心
信合天地情

대지의 구석구석 봄 기운 들고
여러 가지 푸샛것들 새움 트이네
뉘라서 알리, 이 세상 모든 물건이
이치의 테두리 안에 있음을
세월은 서로서로 바뀌이는데
오가는 소리도 자취도 없네
가로세로 수억년 흘러를 가도
천지의 이치는 매 한가지일세

榮州浮石寺

周世鵬 詩

浮石千年寺
半臨鶴背山
樓居雲雨上
鐘動斗牛間
斫木分河逈
開巖鍾玉閑
非關耽佛宿
蕭灑劫忘還

부석사 천년 옛절 찾아를 드니
한가닥 학배산 임하고 있네
다락은 구름 위에 높이 있는데
종소리 하늘로서 떨어져우네
나무를 찍어내며 물길 트고
바위를 쪼개내어 샘물도 맑네
절간에 머물기 즐겨 아니요
맑고도 깨끗하여 가기를 잊네

次石川韻

嚴昕 詩

有底花飛急
風光不貸人
春歸殘夢裏
家在大江濱
酒薄難成醉
更長未易晨
猶餘輸寫處
得句寄東隣

꽃잎은 이리저리 흩날리는데
풍광은 사람 위해 머물지 않네
어수선한 꿈속에 봄은 가고요
서늘한 강가에 우리집 있소
헐한 술 아직도 취하질 않어
다시금 차려놓고 마셔나보세
술김에 마음 내켜 붓을 든다면
글 지어 임 계신 곳 보내드리지

酬奇高峰

趙昱 詩

欂櫟生深山
歲月閱飛電
枝幹老擁腫
剝落苔滿面
久無斧斤侵
敢望明堂薦
願爲仙槎去
不怕海波卷

깊은 산 가락나무 자라날 적에
세월은 번개처럼 날아가더니
줄기는 울룩불룩 혹이 돋고
옹이 속에 움푹움푹 이끼 끼었네
오래도록 도끼 자취 덤비질 않아
큰 집의 들보 기둥 어이 바라리
다행히도 뗏목으로 쓰이게 되면
그까짓 바다 파도 무서울소냐

次友人韻

李滉 詩

性癖常耽靜
刑骸實怕寒
松風關院聽
梅雪擁爐看
世味衰年別
人生末路難
悟來成一笑
曾是夢槐安

언제든지 조용함을 탐탐 즐기고
뼈만 남은 약한 몸 추위 두렵네
고향산 솔바람 그윽히 듣고
매화꽃 화로 끼고 가만히 보네
늙어가니 세상 재미 별로 없구나
인생의 끝 가는 길 정말 어려워
깨달으니 모든 일 한바탕 웃음
일찍부터 내 마음 허황하였오

遊梵宇

尹鉉 詩

亂石鳴春溜
孤雲斂多岑
松扉僧閉久
林逕客來深
藤老過墻蔓
鐘淸出寺音
夜來山籟寂
禪話散塵襟

처마물 방울방울 돌을 울리고
구름 차츰 거치면서 산 모습 나네
솔 사립 닫아건 채 중들은 자고
숲 사이 뚫린 길로 손님이 오네
등넝쿨 오래되어 담에 얽히고
종소리 집 밖으로 울려나가니
밤들어 절간 자못 고요하온데
염불소리 세상잡념 흩어지누나

四老會

安鳳 詩

昔日商山老
今朝會小亭
相看雙鬢白
便作兩眸青
渺渺悲前事
飄飄惜此生
都人爭聚見
羽客下蓬瀛

말로만 듣던 상산 四老
오늘에야 모였노라
서로 보니 머리털은 은실이요
두 눈동자 구슬 같네
먼 옛날 지난 일 모두가 그지없고
이 생애 그지없이 안타깝구나
세상에 모든 사람 우리를 보고
신선이라 부러워하네

詠薔薇

洪暹 詩

絶域春歸盡
邊城雨送凉
落殘千樹艶
留得數枝黃
嫩葉承朝露
明霞護晩粧
移床故相近
拂袖有餘香

머나먼 변방에는 봄이 다 가고
쓸쓸한 성 위에 비가 내리니
못다 진 나무마다 그 빛이 붉고
늦게야 피는 가지 그 가지 곱네
피어나는 잎사귀 이슬을 머금고
밤안개 서리어 꽃 다시 붉네
한 송이 꺾어다 상 위에 꽂으니
풍기는 맑은 향기 방 안에 차네

亂後歸故山

張顯光 詩

不堪鄕國戀
千里策蹇驢
節古春光滿
人消境落虛
山河風雨後
日月晦塞餘
剝盡繁華跡
渾如開闢初

오매불망 그린 고향 차마 못 잊어
나귀를 채찍하며 길을 떠났네
시절은 예와 같이 봄이 왔는데
먼 먼 길 사람 자취 희소하구나
산과 물 난리 속에 형용 변하고
해와 달 풍진 쌓여 제 빛 잃었네
번화한 옛날 모습 어디갔는지
천지는 다시 한번 혼몽 중일세

澄淸樓次韻

沈守慶 詩

竹色分雙島
荷香滿一池
雨過平野後
人倚小樓時
勝地誰同賞
羈愁只自知
慾將詩作疊
聊用酒爲基

섬나라 대 그늘 시원도 한데
연꽃 향기 맑게 맑게 가득하구나
소낙비는 넓은 들 지나갔는데
사람은 다락 위에 남아있구나
좋은 풍경 뉘 더불어 같이 즐길고
나그네 깊은 시름 아는 이 없네
흥겨워 좋은 시구 지을 양이면
애오라지 술을 마셔 취해야 하네

瑞興客中

李潑 詩

洞府民居少
松杉秀色多
陰崖泉夜吼
晴隴鹿晨過
剩醉山中酒
狂歌陌上花
遠遊心未己
馬上送年華

마을은 호젓하여 사는 이 적고
다만 나무들만 우거졌구나
바위아래 맑은 샘 밤을 울리고
양지쪽 자던 사슴 일찍 뛰닫네
좋은 술 가득가득 취한 나머지
미칠 듯 꽃을 보고 노래 불렀네
두루 구경 하려는 뜻 아직 덜 풀려
말을 타고 오가며 세월 보내네

齊居有懷

柳成龍 詩

細雨孤村暮
寒江落木秋
壁重嵐翠積
天遠雁聲流
學道無全力
臨岐有晩愁
都將經濟業
歸臥水雲陬

이슬비 부슬부슬 해 저무는데
강물 위에 잎새 지는 가을이 왔네
푸른 안개 다락 위에 쌓여 서리고
뜬 기러기 하늘 높이 울어예노라
여태껏 닦고 배움 쓸 데 없으니
큰 일을 앞에 놓고 후회뿐이네
차라리 집 살림 이룩해놓고
돌아가 한가로이 누워지내리

百嶺途中

李德溫 詩

曉山峽中路
滿衫山雨後
逕斜知避石
泉潑更逢源
羽慅禽難辨
林深日易昏
欲投人處宿
何地有柴門

새벽녘 산골길 걸어가다가
차림 옷 비를 맞아 흠뻑 젖었네
돌비탈 바위 피해 슬쩍 감돌고
시냇물 구비쳐 다시 흐르네
알롱달롱 산새들 처음 보는데
어두컴컴 숲속은 낮도 밤일세
해 저무니 하룻밤 묵고 가려는데
어드메 마을 있어 사립문 열어줄까?

閒居

玄德升 詩

結茅溪水上
簷影落潭心
醉睡風吹醒
新詩鳥和吟
放牛眠細草
驚鹿入長林
依杖青松側
千峯紫翠深

띠집 몇 칸 오막살이 시내 위에 지었더니
으스러진 처마 그늘 못물 속에 떨어졌네
취한 후에 고이 든 잠 바람결에 다시 깨니
글소리 물소리 함께 섞여 화창하네
꼴 뜯던 늙은 암소 잔풀밭에 누워있고
잠든 사슴 놀라 깨어 숲속으로 뛰어드네
청려장 의지하고 그늘 밑에 서서 보니
푸른 안개 잠긴 곳 산이 첩첩 높았구나

騎省偶吟

金止男 詩

遲暮身常惓
昏昏隱几眠
番仍三日後
官是十年前
短短新栽柳
疎疎半死蓮
衰容與弱植
相對兩堪憐

늙게야 몸놀림 무거워져서
궤를 베개하여 졸고 있으니
사흘 걸러 한 차례 나들던 시절
벼슬살이 헤맨 지도 십년 전일세
심은 버들 짤막짤막 새로 푸르고
시들시들 연잎들 말라버리네
여위고 시듦 서로 같으니
너나 내나 다함께 가련하구나

言志

鄭蘊 詩

生世何巇嶮
三旬月暈中
一身無足惜
千乘亦云窮
外絶動王事
朝多賣國凶
老臣何所事
腰下佩霜鋒

세상 일 왜 이리도 험악하온지
한달을 두고두고 달무리졌네
내 한 몸 그 무엇이 아까우련만
상감님 궁하심 차마 못 뵈요
임 생각 하는 이 밖엔 끊이고
나라 파는 무리들 조정에 찼네
늙은 신하 하올 일 그 무엇인가?
서리칼 내 허리에 차고 있느니

寄崔遲川

金尙憲 詩

成敗關天理
須看義與歸
雖然反夙暮
未可倒裳衣
權或賢猶誤
經應衆莫違
奇言明理士
造次愼衡機

잘되고 못되기는 하늘 운수 달렸거니
모름지기 우리 함께 의를 따라 돌아가세
조석으로 뒤엎는 수 설혹 있다 할지라도
옷과 치마 거꾸로 입음 아예 당초 없으리라
권도란 현혹돼서 까딱 잘못 있거니와
튼튼한 도리 앞에 누가 감히 어길소냐
명철한 군자에게 한 말 당부 올리나니
깜빡하는 겨를에도 저울기를 조심하오

在瀋獄和金淸陰韻

崔鳴吉 詩

靜處觀群動
眞成爛漫歸
湯氷俱是水
裘褐莫非衣
事或歸時別
心寧與道違
君能悟斯理
語默各天機

고요히 무리들 움직임 보고 있느니
진실로 원만한 귀결 이루네
끓는 물 얼음덩이 함께 물이요
갖옷과 칡베옷 모두 옷일세
일은 때를 따라 다르지마는
마음이야 어찌 도를 떠나 다르랴
그대여 이 이치를 깨달았는가
지키세 잠잠이 하늘 기틀을

客居用王輞川韻

鄭弘溟詩

憂來仍獨臥
燈火照寒更
谷靜幽泉響
山深怪鳥鳴
新篇吟更穩
遠夢覺還成
來日持明鏡
應添白髮生

걱정근심 쌓인 속 홀로 누우니
등잔불 가물가물 찬밤 지키오
고요한 골짝에 샘물이 울고
새들은 산속에서 지저귀누나
새 글귀 읊고나니 마음 편하고
그리던 꿈 깨고 보니 허전하구나
거울 속에 이 모습 비추어보면
밤 사이 센 터럭 부쩍 많으리

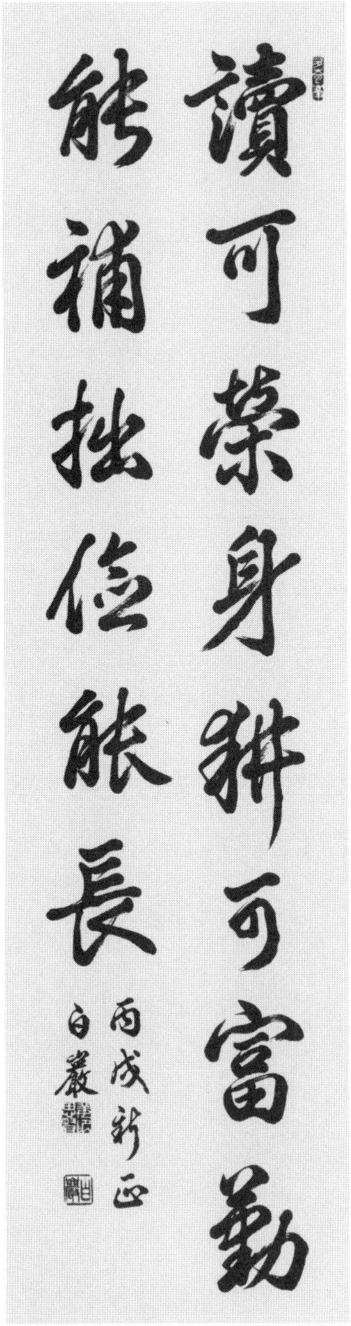

讀可榮身 35×140cm

蒼水院

吳䎘 詩

歷盡千重險
停車一院深
山光仍晚照
海氣雜春陰
舞蝶疑歸夢
懸旌似客心
聊偸簿書暇
倚枕發孤吟

가팔막진 험한 산길 돌고 넘어서
깊고 깊은 창수원 찾아들었네
산봉우리 저녁노을 걸려서 붉고
봄 안개 바다 위로 서려 떠 있네
나비는 꽃을 찾아 어릿거리고
깃발은 客心 알아 팔랑거리네
공사의 한가한 틈 가려 골라 와서
베개를 돋우베고 글귀 읊으오

題昌洲堡

具鳳瑞 詩

地勢西來盡
山形北去高
鴨江天塹壯
雉堞石門牢
漢將曾屯戍
秦邊昔限洮
憑欄多意緖
一嘯撫龍刀

땅 생김 서쪽으로 기울어 낮고
산 형상 북방으로 치닫아 높네
압록강 좋은 참호 하늘이 주고
성가퀴 험한 성벽 더욱 굳고나
일찍이 한나라의 수자리 터요
진나라 洮 땅 멀리 지경 하였네
떠오르는 모든 회포 누를 길 없어
휘파람 불어가며 칼을 만졌오

省中夜作

蔡裕後 詩

禁漏風交響
華燈月竝明
良宵宜勝集
熱酒且徐傾
節意寒將煖
身名寵若驚
何當謝簪組
林水送餘生

금루는 바람 따라 울리어오고
등불은 달과 함께 비춰 주누나
좋은 날 즐겁게 놀아나 보고
따뜻한 술 천천히 기울여 보세
절서 장차 바뀌려 추워가는데
사람은 귀염받다 멀어지느니
어찌해야 벼슬살이 그만 두고서
산수간에 노닐며 여생 보내나

停舟訪清隱

趙璞 詩

停船綠楊岸
爲尋清隱居
溪雲連檻起
野竹傍階疎
鑿翠開苔逕
研朱點道書
箇中塵不到
孤坐意何如

버들 푸른 강 언덕에 배를 대고서
일부러 임 사는 데 찾아 들렀오
구름은 난간 머리 어리어 뜨고
대그늘 뜰가로 흩어져 있네
푸른 이끼 헤치며 좁은 길 내고
책장을 넘겨가며 朱點을 찍네
시끄러운 세상 일 멀리하고서
고요하게 살아가니 재미 어떻소

夜登廣寒樓

金集 詩

烏鵲橋邊月
廣寒樓下塘
山開一面爽
牕納半天凉
夜色連空遠
川光入望長
徘徊耿無寐
風露濕衣裳

오작교 다리 위에 달이 환하고
광한루 다리 아래 못물 맑구나
산들은 시원하게 늘어서 있고
서늘하고 맑은 기운 창 안에 드네
밤 빛은 하늘 연해 까마득하고
시냇물 멀리멀리 흘러가누나
오락가락 거닐며 잠 못 이룰 제
밤이슬 축축히 옷을 적시네

次玄悟軸韻中

李志賤 詩

物外知誰是
人間向誰非
姑先催進酒
然後合言詩
綠水應無恙
青山定不違
疎簾宜早捲
雲細月如眉

세상 밖에 옳은 사람 그 누구이며
이 세상에 그른 이는 누가 되리요
우선 먼저 몇 잔 술 취케 마시고
그런 후 글귀 한 수 지어봅시다
녹수는 탈이 없어 흘러가는데
청산은 예런 듯 우뚝하구나
주렴 일찍 걷고서 바라다 보니
간드러진 초승달 눈썹 같구나

亂後聞京信

李時楷 詩

喪亂還如此
吾生亦不辰
傳聞西塞信
俱作北朝臣
頗牧今千載
桓文古一人
腐儒空攬涕
蹈海未亡身

난리란 이렇게도 참담한 건가
불운한 세상에 태어났구나
요즈음 서울 소식 전해 들으니
모두 함께 되놈의 신하 됐다네
염파 李牧 지금 세상 없단 말인가
齊桓晉文 옛적 사람 되어버렸오
썩은 선비 부질 없이 훌쩍거리며
동해바다 몸을 던져 죽지 못하네

周房寺

朴犾衢 詩

長年遊嶺外
幾度到周房
殿廢丹靑落
庭空草木荒
古臺惟有月
石窟已無王
欲問興亡事
忘言對夕陽

여러 해 영남 땅 두루 하면서
몇 번이나 이 절간 찾아왔던고
오랜 전각 단청조차 허술해지고
빈 뜰은 풀에 묻혀 쓸쓸하구나
대 위엔 달빛 있어 비춰주건만
석굴 안 숨은 임금 어데로 갔나
지나간 흥망성쇠 물을 곳 없네
지는 해 바라보며 말없이 서있네

※石窟: 옛날 周王이 숨어있던 周房窟

暮春宿光陵奉先寺

李端相 詩

曉夢回淸磬
空簾滿院春
暗燈孤坐佛
殘月獨歸人
馬踏林花落
沾衣草露新
前溪鳴咽水
似訴客來頻

새벽잠 깨고 보니 경쇠소리 맑게 울고
발 밖에 핀 꽃 위로 송이송이 봄이 왔네
으스름 등불 아래 부처 앉아 졸고 있고
서산에 달이 질 때 중은 바삐 절로 드네
봄놀이 말굽 아래 꽃 떨어져 밟히우고
새로 차린 옷자락 풀 이슬에 젖었구나
앞 시내 흐르는 물 목메어 우는 것은
속객 자주 오고감을 하소연 함이런가?

三藏寺用板上韻

卓柱漢 詩

秋色千峰裏
溪聲一路中
林風正蕭瑟
山日已高春
草有三椏綠
塵無半點紅
諸天看漸近
誰謂我途窮

봉마다 가을빛 물들어있고
가는 도중 물소리 맑게 들리네
숲속에 바람소리 솔솔 나는데
해는 벌써 산 높이 솟아있구나
요초는 묘하게도 새싹 푸른데
절간에는 먼지 한 점 뜨지 않았네
불가의 八方天 가까이 있으니
뉘라서 내 앞길 궁하다 하리

華陰書事

金壽增 詩

林廬日亭午
綠陰清且美
不恨無跫音
禽語亦可喜
流鶯最多情
款款鳴不已
絶勝俗人來
謾說塵世事

숲속의 산마을에 한나절 되니
푸른 그늘 맑고도 아름답구나
찾는 이 없다 하여 한하질 마오
어여쁜 새 소리가 좋지 않은가
노니는 꾀꼬리 다정하게도
온종일 끊임없이 노래부르네
좋은 풍경 구경하러 오는 사람들
부질 없이 세상 일 떠들어대네

江行

趙顯期 詩

八月蘋風起
蕭蕭蘆荻多
秋聲向暮緊
孤笛隔江過
拖白雲歸洞
翻金月湧波
此時何處客
更唱竹枝歌

팔월이라 강바람 불어오더니
갈대꽃 우수수 흔들거리네
밤이 되니 가을소리 쓸쓸하고요
강 언덕 피리 소리 처량하구나
구름은 산골짝에 희게 어리고
달빛은 물결 따라 반짝이누나
그 누가 어드메서 흥에 겨운지
멋 들어진 노래가락 들리어오네

生陽舘共威堂賦詩

申在植 詩

昔覽關河去
幾年始我還
仙樓沸流水
珠瀑妙香山
浪跡留詩裏
眞緣記夢間
名區宛如昨
何處覓朱顔

일찍이 관서산천 두루 보고서
이 내 몸 돌아온 지 몇 해이런가
비류강 맑은 물가 다락 높은데
묘향산 깊은 속 폭포도 좋네
간 곳마다 흥이 겨워 시를 읊었고
참 연분 꿈이런 듯 황홀했었네
승지강산 옛 모습 그대로인데
어디서 젊은 청춘 찾아볼까나

清凉館會吟

尹定鉉 詩

鳴蟬會人意
切切不知休
一葉聞梧落
三星見火流
對樽消永日
倚杖撫新秋
客去仍簾閣
悄然始欲愁

매미는 이 내 마음 미리 아는지
온종일 쉴새없이 울고 있구나
벽오동 잎사귀 지는 걸 보니
더위도 이제는 고비를 넘네
잔 들어 취한 속에 여름 보내고
한가로이 거닐면서 가을을 맞네
임은 가고 나홀로 앉았노라면
잠긴 시름 또다시 고개를 드네

孔俯漁舍詩卷

李稷 詩

柳陰密成幄
黃鳥送好音
幅巾步回渚
沙白水淸深
問君何爲者
不憂世紛侵
潔身富春志
濟世磻溪心
乾坤一竿竹
氣味古猶今

버들은 그늘져 장막 이루고
아름다운 꾀꼬리 노래부르네
폭건을 덮어쓰고 강가를 도니
물소리 깨끗하고 모래도 좋아
묻노니 그대는 누구이런가
어지러운 세상일 탄도 않으니
엄자릉 본을 받아 밭갈이 하고
강태공 벗을 하여 물가에 나와
낚대 잡고 앉았으니 조용하구나
고금이 일반일세 맑은 취미는

送安順之赴求禮

趙光祖 詩

君行屬春時
天地養仁和
活潑江新流
丰茸草生坡
道逈千里遠
眼中歷幾多
君子惟心遠
無非意所加
佗日聞報政
須憶所日歌

봄날이 화사한데 부임길 뜨니
하늘도 땅도 함께 축복하누나
강물은 출렁출렁 새로 흐르고
풀빛도 파릇파릇 움터오르네
천리 밖 멀리멀리 길은 뻗치고
눈 앞에 산과 들 얼마나 바뀠나
옳은 사람 마음은 크고 머니
어느 곳 조심뜻 아님이 없네
다른 날 착한 정사 기별 들으면
이 자리 이 노래를 되풀이 하세

七言絶句

芋江驛亭

崔致遠 詩

沙亭立馬待回舟
一帶煙波萬古愁
直得山平兼水渴
人間離別始應休

사정에 말 세우고 배 오기를 기다리니
강 위에 뜬 안개는 시름인 양 서려있네
마음대로 산도 물도 없앨 양이면
세상의 숨은 이별 이제로 끊어지리

禁中東池新竹

崔承老 詩

禁籜初開粉飾明
低臨輦路綠陰成
宸遊何必將天樂
自有金風撼玉聲

녹죽이 의의하여 금원을 단장하니
輦 타고 가시는 길 시원하구나
고운 님 노시는 데 다른 풍류 필요하랴
아름답고 맑은 소리 苑中에서 들려오니

絶句

崔沖 詩

滿庭月色無煙燭
人座山光不速賓
更有松絃彈譜外
只堪珍重未傳人

하늘 높이 솟은 달 뜰에 가득 차 있구나
산 풍경 좋다기에 청함없이 찾아왔네
들려오는 바람마저 가락 없는 풍류려니
그윽하고 맑은 취미 인간에는 주질 않네

江陵送安上人之楓岳

金富儀 詩

江陵日暖花先發
楓岳天寒雪未消
氄笑上人山水癖
未能隨處作逍遙

강릉에는 날씨 따뜻 꽃이 폈지만
풍악산은 아직도 눈이 쌓였오
산수를 좋아한다 임은 웃지만
따라서 이리저리 왜 못 노닐까?

大同江

鄭智常 詩

雨歇長堤草色多
送君南浦動悲歌
大同江水何時盡
別淚年年添綠波

비 개이니 이 강산에 봄이 왔건만
고운 님 작별노래 구슬프구나
흐르는 대동강 물 어느때나 마를까?
해마다 눈물 뿌려 물결 보태네

西都(平壤)

鄭知常 詩

紫陌春風細雨過
輕塵不動柳絲斜
綠窓朱户笙歌咽
盡時梨園弟子家

화사한 봄바람에 보슬비 내리니
거리엔 먼지 자고 버들가지 늘어졌네
사방에서 노래소리 들려를 오니
이 모두가 객들이 사는 집인가?

西都口號

李之氏 詩

大同江水琉璃碧
長樂宮花錦繡紅
玉輦一遊非好事
太平風月與民同

강물은 유리처럼 맑고 푸르고
장락궁 고운 꽃은 비단 수화 같구나
임금님 놀으심을 즐겨 마시고
태평의 좋은 세월 백성 함께 즐겨야지

晉州山水圖吟

鄭與齡 詩

數點青山枕碧湖
公言此是晉陽圖
水邊艸屋知多少
中有吾廬畵也無

청산은 여기저기 물을 베고 누웠는데
여기가 진양의 산수도라오
물가로 초가집들 늘어섰는데
그 중에 우리 집은 보이질 않네

題任實公館 金若木 詩

老木荒榛來古溪
家家猶未飽蔬藜
山禽不識憂民意
惟向林間自在啼

나무조차 거치른 고장에 오니
집집마다 푸샛것도 굶주린다오
새들은 이 시름을 모르련마는
숲속에서 왜 저리 울고 있는지

漁翁 金克己 詩

天翁尚不貰漁翁
故遣江湖少順風
人世嶮巇君莫笑
自家還在急流中

하늘은 고기잡이 싫어하는지
강호엔 어이 그리 바람 거센고
세상이 험악하다 웃지를 마소
언제든지 그대는 물에 살면서

江上月夜望客舟 李奎報 詩

官人閒念笛橫吹
蒲席凌風去似飛
天上月輪天下共
自疑私載一船歸

간드러진 피리소리 한가로이 들리는데
바람은 심술궂게 펴놓은 자리 날리누나
하늘 높이 솟은 달 사사의 것 아니거늘
강 위에 뜬 저 조각배 제 것인 양 싣고 가네

方山寺 白文節 詩

樹陰無罅小溪流
一炷清香滿石樓
苦熱人間方卓午
臥看初日在松頭

나무 그늘틈 없는데 물소리 새고
촛불은 향기롭게 다락에 차네
더위에 부대끼는 한낮인데도
이제야 솔 사이로 해가 비치오

厭髑舍人廟(이차돈 사당) 大覺國師 詩

千里歸來問舍人
青山獨立幾經春
若逢末世難行法
我亦如君不惜身

멀리서 돌아와 임의 일을 물으니
이 곳에 사당 모셔 여러 해라오
세상이 어지러워 전도를 못할 양이면
나 또한 그대처럼 희생하리라

異次頓讚頌 釋一然大師 詩(三國遺史)

殉義輕生己足驚
天花百乳更多情
俄然一劍身亡後
院院鍾聲動帝京

의에 죽고 저 생을 가벼이하니 뉘 아니 놀랄손가?
천화와 백유 더욱 다정하구나
어느덧 한 칼에 몸이 없어지니
절에서 울려오는 종소리 서울을 진동하네

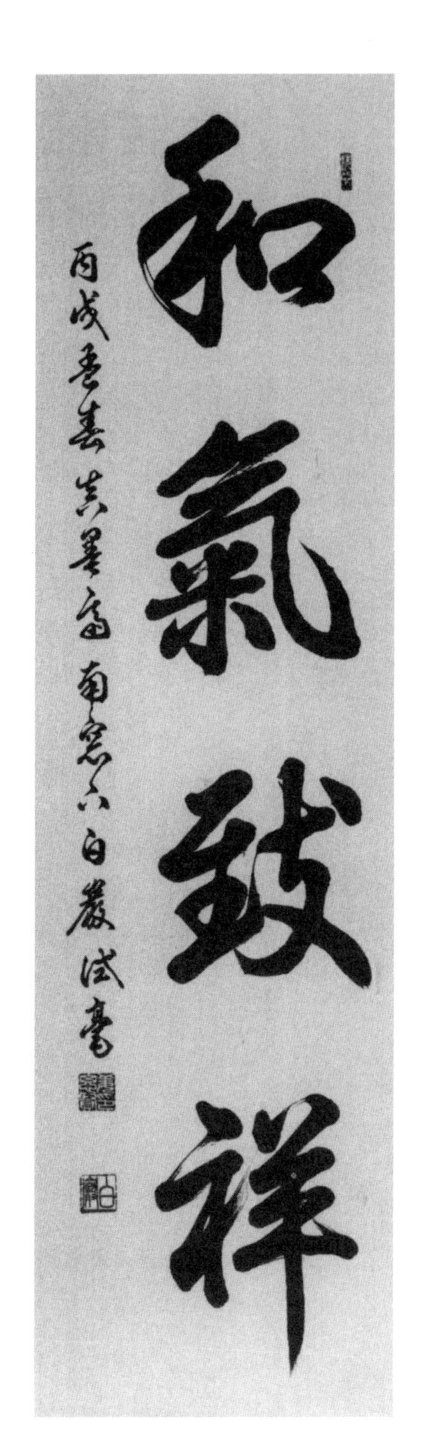

劉向句 35×135cm

寄息影菴禪老

李嵒 詩

浮世虛名是政丞
小窓閑味卽山僧
個中亦有風流處
一朶梅花照佛燈

세상에 허무한 건 벼슬자리요
절간에 좋은 재미 어이 당하리
그 중 하나 좋은 곳 다시 있으니
佛燈에 비친 매화 곱게 핀다오

過昇平燕子樓

張鎰 詩

霜月凄凉燕子樓
郎官一去夢悠悠
當時座客休嫌老
樓上佳人亦白頭

달 아래 연자루 서리 내려 처량한데
밤마다 꿈길 속에 가신 님이 그리워라
철 따라 오르는 손님 늙었다 탓을 마오
이 자리 미인들도 검은 머리 세오리라

書江城縣舍

鄭忠宜 詩

凌晨走馬入孤城
籬落無人杏子成
布穀不知王事急
傍林終日勸春耕

새벽녘에 말을 달려 성 안에 드니
사람은 간 곳 없고 울도 허물어
나랏일 급한 줄을 새는 모르고
숲에서 온종일 봄갈이하라 우짓네

落梨花

金坵 詩

飛舞翩翩去却回
倒吹還欲上枝開
無端一片粘絲網
時見蜘蛛捕蝶來

이리저리 팔랑팔랑 날리는 꽃잎
떨어짐이 아까워서 다시 피려네
어쩌다가 한 조각 줄에 걸리니
거미란 놈 나비로 알고 기어나오네

夜宴

權溥 詩

露色銀河月色團
酒盈金盞却天寒
紫泉一曲人如玉
紅燭花殘夜未闌

은하수 완연하고 달은 밝은데
잔에 찬 술기운이 훈훈하구나
노래는 아름답고 사람도 고우니
촛불이 다 닳도록 밤새워보세

有感

安裕(珦) 詩

香燈處處皆祈佛
絲管家家競祀神
唯有數間夫子廟
滿庭秋草寂無人

등불은 여기저기 불공 드리고
노래소리 집집마다 굿하는 광경
사람 하나 볼 수 없는 공자님 사당
뜰에 찬 가을 풀만 처량하구나

山寺

曺繼芳 詩

敲門俗客直須麾
莫使山家奇事知
屋角梨花開滿樹
子規來叫月明時

조용한 곳 좋아하여 찾아온 손님
절간에선 별일이라 생각을 마오
나무마다 배꽃은 활짝 피었고
달 밝은 밤 우는 두견 들으러 왔오

題福州映湖樓

金方慶 詩

山水無非舊眼青
樓臺亦是少年情
可憐故國遺風在
收拾絃歌慰我情

산도 물도 옛 모습 그대로 있고
소년 시절 놀던 다락 변함 없구나
아직도 그 전 풍도 남아있어서
아름다운 노래로 이 맘 달래오

雲 鄭可臣 詩

一片纔從泥上生
東西南北已縱橫
謂爲霖雨蘇群槁
空掩中天日月明

조각조각 한편에서 피어오르다
가로세로 사방으로 흩어져 나네
비가 되어 풀, 나무 되살려 놓고
어느 때엔 하늘 덮어 해를 가리네

燕居(한가한 틈을 타서 집에 있는 것) 白頤正 詩

矮屋蕭條十肘餘
焚香靜讀聖人書
自從人爵生天爵
情欲秋林日漸疎

성글은 오막살이 좁은 방안에
꿇어앉아 조용히 옛 글 읽으니
인간의 부귀영화 하잘것없어
잎 지는 가을처럼 쓸쓸하구나

百花軒 李兆年 詩

爲報栽花更莫加
數盈於百不須過
雪梅霜菊情標外
浪紫浮紅也漫多

주섬주섬 이 꽃 저 꽃 심어야 하나
백화헌에 백 가지 꽃 차야 맛인가
매화꽃 국화꽃 맑고 좋은데
울긋불긋 다른 꽃 부질없구나

歸田詠 李晟 詩

藥砌清風欺我老
竹溪明月誘吾情
昨宵已決歸田計
雪盡江南匹馬行

약밭에 맑은 바람 늙음 모르고
시냇가에 달이 밝아 흥을 돋우네
봄이 되면 강남으로 돌아가기로
이미 나는 밤을 새워 결심했다오

映湖樓

金忻 詩

十載前遊入夢清
重來物色慰人情
壁間奉繼嚴君筆
堪咤愚我萬户行

십년 전 놀던 일이 꿈결같은데
모든 풍물 다시 보니 반가웁구나
벽 위에 높이 걸린 아버님 글월
어린 몸 벼슬길이 죄송하여라

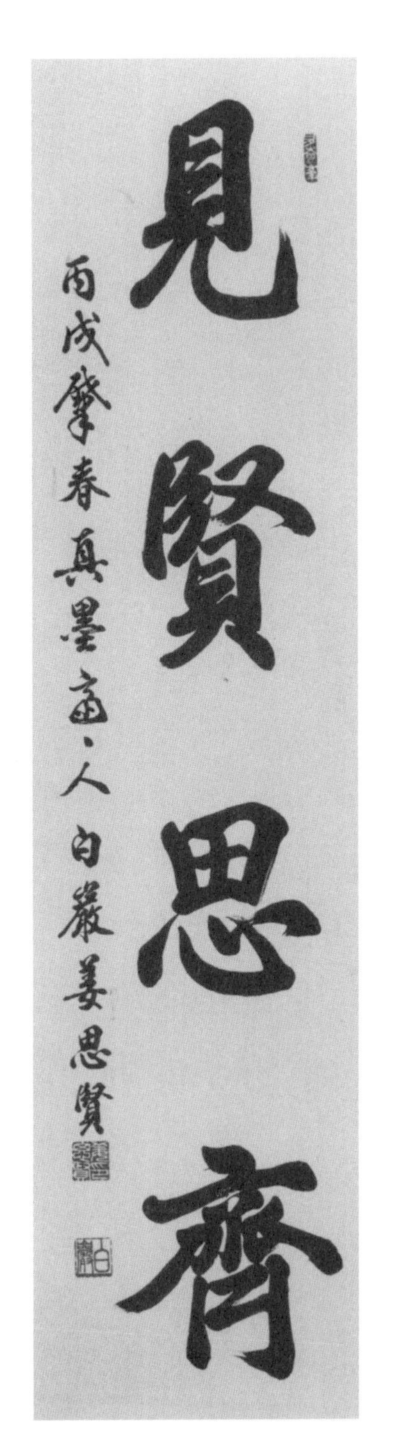

見賢思齊 35×140cm

太公釣周

崔瀣 詩

當年罷釣釣無鉤
意不求魚況釣周
終遇文王眞偶爾
此言吾爲古人羞

위수에 들인 낚시 갈고리 어이없나
낚시질 뜻이 없고 때 오기만 기다렸네
영대를 지어놓고 문왕이 맞아가니
부질없는 이 말씀 옛 사람이 부끄럽소

山居春日 王伯 詩

村家昨夜雨濛濛
竹外桃花忽放紅
醉裏不知雙鬢雪
折簪繁蕚立東風

간밤에 이슬비 보슬보슬 내리더니
울 밖에 복사꽃이 곱게 피었네
얼근히 취한 중에 늙은 줄을 모르고
꽃 꺾어 머리에 꽂고 노래하며 춤을 췄네

江頭 吳洵 詩

春江無際暝烟沈
獨把漁竿坐夜深
餌下纖鱗知幾箇
十年空有釣鰲心

강물은 가이 없고 연기 침침 잠겼는데
낚대 잡고 앉았으니 밤은 점점 깊어가네
가련한 잔고기떼 입감 탐해 모아드니
긴 세월 흐른 동안 이 노릇이 부질 없네

瀟湘夜雨(소상강 밤비) 李齊賢 詩

楓葉蘆花水國秋
一江風雨灑扁舟
驚回楚客三更夢
分與湘妃萬古愁

갈대꽃 핀 강마을에 가을이 되니
비바람 쓸쓸하게 배에 뿌리네
나그네 깊이 든 잠 놀래 깨어서
아황 여영 만고 원한 추억해보네

奉使日本 羅興儒 詩

千年古國三韓使
萬里洪濤一葉舟
留滯海東驚歲暮
寂廖山月水明樓

역사 깊은 고려국 사신 몸 되어
일엽편주에 몸을 싣고 바다를 건너
왜국에 머무른채 해(歲)가 저무니
달 밝은 밤 이 내 시름 처량하구나

待人 崔斯立 詩

天壽門前柳絮飛
一壺來待故人歸
眼穿落日長程晩
多少行人近却非

문 앞에 버들솜이 눈처럼 날리는데
술병을 차고 와서 임 오시기 기다리오
長亭에 해 지도록 오가는 길손들을
긴가 하고 다시 보면 기다리던 임 아닐세

奉使關東聞杜鵑 李堅幹 詩

旅館挑殘一盞燈
使華風味澹於僧
隔窓杜宇終宵聽
啼在山花第幾層

여관에 밤이 깊어 홀로 앉아 있노라니
사신가는 이 내 몸이 중보다도 멋쩍구나
새도록 우는 두견 새도록 들었노라
네 울음에 지는 꽃이 그 얼마나 쌓였을까?

扈駕西郊(임금님 모시고) 李邦直 詩

春風駿馬繞長城
水遠天長霽色明
釣得溪魚挑野菜
午陰深處等閒烹

봄 맞아 말을 몰고 성을 끼고 돌아가니
물은 맑고 하늘 높아 산뜻하게 개었구나
냇물에 고기낚아 안주를 마련하니
서늘한 그늘 속에 술자리 즐겁구나

寄無說師 金齊顔 詩

世事紛紛是與非
十年塵土汚人衣
落花啼鳥春風裏
何處靑山獨掩扉

세상은 서로서로 옳다 글타 다투는데
여러 해 더렵힌 몸 낸들 어이 씻을손가
봄바람 부는 곳에 꽃 지고 새 울거늘
청산은 어이하여 알고도 모르는 듯

征婦怨

鄭夢周 詩

一別年多消息稀
寒垣存沒有誰知
今朝始寄寒衣去
泣送歸時在腹兒

헤어진 지 몇해련고 소식조차 드무니
戊 자리 계신 님이 무사한지 누가 아오
이제야 비로소 핫옷 꾸며 보내면서
눈물지며 하는 말이 태중이라 전해주오

次曹南堂韻

元松壽 詩

少日心期老未閒
宦情容易損朱顏
君恩報了方歸去
吾眼無由對碧山

늙어지면 못 놀 것을 젊어서도 알았건만
벼슬자리 하는 동안 좋은 얼굴 다 버렸오
임의 은혜 갚으려니 언제나 돌아가리
좋은 강산 보려 하나 겨를 없어 하노라

閒居

吉再 詩

臨溪茅屋獨閒居
月白風清興有餘
外客不來山鳥語
移床竹塢臥看書

시냇가에 집을 짓고 한가로이 살아보니
풍월에 흥이 겨워 주체할 길 바이 없네
손님은 오지 않고 새들만 지저귀니
자리를 옮겨놓고 책을 보며 누웠노라

燕子樓

王康 詩

伽倻勝事幾經春
寂寞金微掩素塵
只有招賢臺上月
清光猶照古今人

이 땅에 이 다락을 이룩함이 몇 해던가
丹靑은 희미하고 먼지만이 쌓였구나
다만 밝은 달이 밝은 빛을 지녀두어
이 밤도 예런듯이 비춰주누나

題枕流亭 廉興邦 詩

金沙居士枕流亭
楊柳陰陰暑氣淸
洗耳不聞塵世事
潺湲只有小溪聲

침류정 좋은 정자 물을 베고 누워있고
버들이 그늘져서 더운 줄 모르러라
맑은 물에 귀 씻으니 세상 일 어이 알리
다만 들리는 건 졸졸졸 시냇물 소리뿐

警世其一 懶翁禪師 詩

昨是新春今是秋
年年日月似溪流
貪名愛利區區者
未滿心懷空白頭

어제는 새봄이더니 오늘은 벌써 가을일세
해마다 세월이 시냇물처럼 흘러가니
이름을 탐하고 이익을 사랑하던 자잘한 자들이
제 욕심도 못 채운 채 부질없이 백발됐네

警世其二 懶翁禪師 詩

終世役役走紅塵
頭白焉知老此身
名利禍門爲猛火
古今燒盡幾千人

허덕 허덕 뜬 세상 헤매이다가
센 머리 어느덧 몸은 늙었네
분수밖에 부귀공명 화가 되느니
얼마나 이 속에서 몸을 망쳤나

偈 (法語) 普覺國師 詩

三十年來不入塵
水邊林下養精眞
誰將擾擾人間事
繫縛逍遙自在身

삼십년 긴긴 세월 티끌 세상 멀리하고
산 깊고 물 맑은 곳 참뜻 길렀소
뉘라서 어수선한 세상일 끌어다
절간에 거니는 이 몸을 어이하리

遊神勒寺

涵虛堂 詩

衆山迢遞一江深
殿閣崢嶸萬樹林
江月軒明江月下
始知江月昔年心

산은 높고 강물은 깊은데
전각은 우뚝하게 숲 사이 솟아있네
강월헌 옛 정자에 달이 밝으니
강월스님 깊은 뜻 이제야 알 것 같네

送春日別人

趙云仡 詩

謫宦傷心涕淚揮
送春兼復送人歸
春風好去無留意
久在人間學是非

귀양살이 마음 상해 눈물 뿌렸소
봄 가는데 임도 가니 야속하구나
봄바람이 가는 뜻을 어이 알랴만
시끄러운 세상이 싫어가겠지

登白雲峰

太祖 李成桂 詩

引手攀蘿上碧峰
一庵高臥白雲中
若將眼界爲吾土
楚越江南豈不容

댕댕이 넝쿨 휘어잡고 상상봉 올라가니
조용한 암자 한 채 구름 속에 누웠구나
눈앞에 뵈는 땅이 내 것이 될 양이면
초월 강남 먼 먼 데를 어찌 용납 않으리

安州懷古

趙浚 詩

薩水湯湯漾碧虛
隋兵百萬化爲魚
至今留得漁樵話
不滿征夫一笑餘

살수는 하늘인 양 넓고 깊어서
隋兵百萬 모조리 고깃밥 됐네
지금도 길이길이 이야기되어
오가는 행인들의 웃음거리로 전해오네

四月初一日

鄭道傳 詩

山禽啼盡落花飛
客子未歸春已歸
忽有南風情思在
解吹庭草也依依

새가 울고 꽃이 져서 봄도 갔건만
임은 어이 오실 줄을 모르시는고
그래도 바람만이 차마 못 잊어
다정하게 방초 위로 감돌아주네

春日城南卽事

權近 詩

春風忽已近清明
細雨霏霏晩未晴
屋角杏花開欲遍
數枝含露向人傾

봄바람이 어느덧 청명절인데
이슬비 부슬부슬 개일 줄 모르네
집 모퉁이 살구꽃이 활짝 피려고
가지가지 이슬비 맞아 늘어졌구나

幽興

劉敞 詩

步逐閒雲入翠林
松風澗水洗塵襟
悠悠浮世無知己
只有山禽解我心

한가한 구름 좇아 숲속에 드니
솔바람 냇물소리 옷깃을 씻네
저 바깥 뜬 세상에 나를 알 리 없고
다만 산새들이 내 마음 아네

寄證明師

姜淮伯 詩

人情蟬翼隨時變
世事牛毛逐日新
想得吾師禪榻上
坐看東海碧粼粼

인정은 얇고 얇아 매미 날개요
세상 일 많고 많아 쇠터럭일세
스님의 책상 앞에 앉아 본다면
동해바다 깊은 물도 훤히 비치리

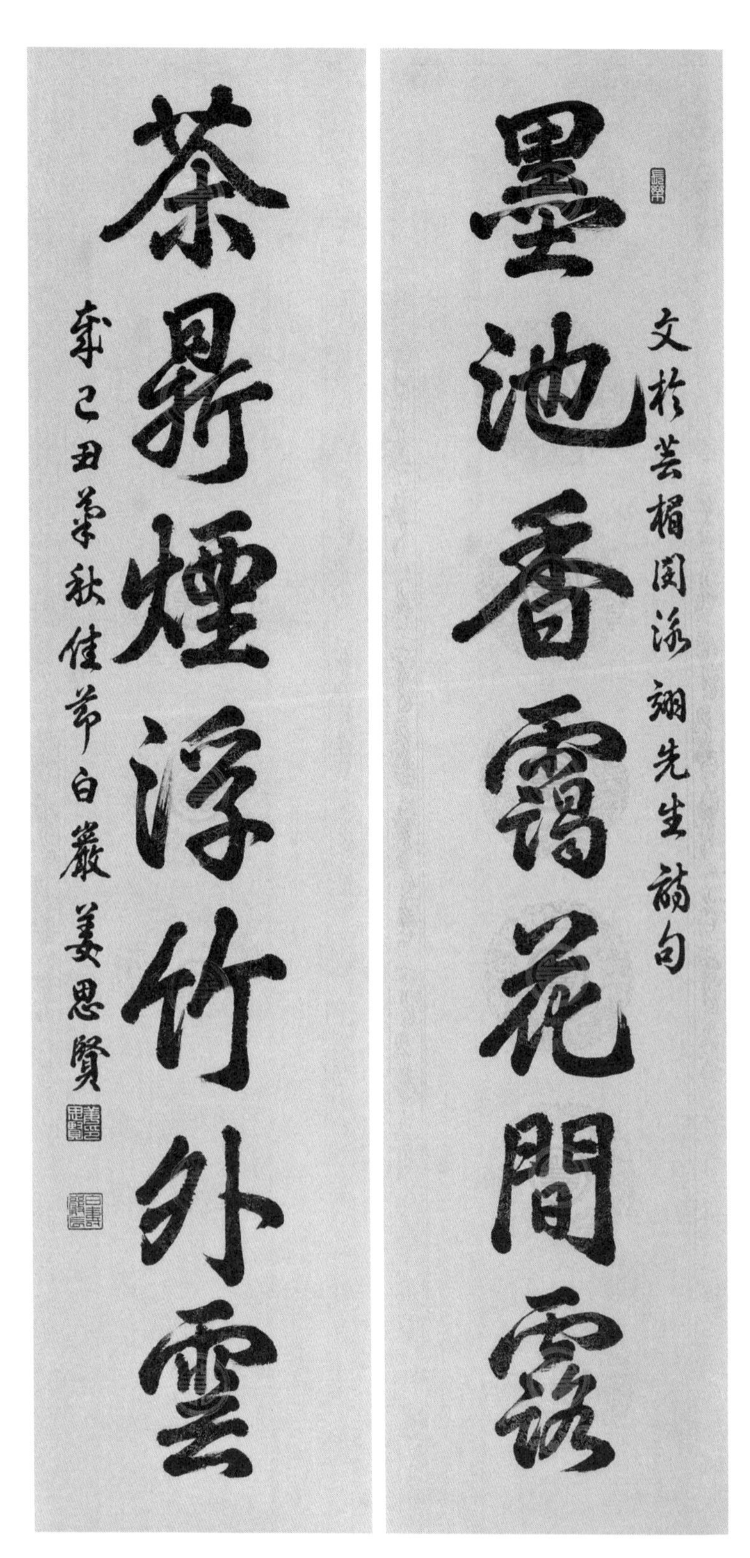

墨池香靄 35×135cm×2

松山幽居 鄭矩 詩

蓬華門前一老松
百年春雨養髯龍
暮天霜雪埋窮壑
看取亭亭特秀容

문 앞에 푸른 솔 몇백년 지났는지
봄바람 가을비 그 몸 늙어 용이로다
간밤에 쌓인 눈 메도 골도 덮였는데
우뚝하게 섰는 모습 홀로서 장부일세

松山 卞仲良 詩

松山繞繞水縈廻
多少朱門盡綠苔
惟有東風吹雨過
城南城北杏花開

산은 물을 막고 물은 산을 돌아가는데
이끼에 쌓인 집들 듬성듬성 있구나
봄바람 비를 몰아 불어오는 곳
여기저기 피는 꽃 향기롭구나

秋日 權遇 詩

竹分翠影侵書榻
菊送清香滿客衣
落葉亦能生氣勢
一庭風雨自飛飛

대 그림자 시원하게 서탑에 들고
국화꽃 향기는 옷속에 스며드네
뜰 앞에 지는 낙엽 무어 그리 좋은지
쓸쓸한 비바람에 펄펄 난다네

夢中作 世宗大王 詩

雨饒郊野民心樂
日暎京都喜氣新
多黃雖云由積累
只爲吾君愼厥身

풍년비 들에 차니 백성 즐기고
서울에 상서 햇빛 기쁜 일일세
아직도 창황한 일 쌓였다지만
나라의 밝은 정치 있어야하지

次寄鄭伯容

鄭以五 詩

二月將闌三月來
一年春色夢中回
千金尙未買佳節
酒熟誰家花正開

이월이 가고 삼월이 돌아오니
일년 춘광이 꿈이런듯 오고가네
천금을 들여서도 못 사는 시절
뉘집에 술 익고 꽃 피었더냐

安山東軒

李原 詩

獨坐東軒望碧山
禪宮隱約白雲間
乞身何日尋僧去
臥聽松風特地寒

동헌에 홀로 앉아 푸른 산 바라보니
선궁은 은연히도 구름 사이 놓였구나
어느 때 이 내 몸도 절간을 찾아가서
차고 맑은 바람소리 들어보려나

鏡浦臺

黃喜 詩

澄澄鏡浦涵新月
落落寒松鎖碧煙
雲錦滿地臺滿竹
塵寰驛有海中仙

경포대 맑은 물에 달빛 잠기고
낙락장송 저 가지에 연기 서렸네
운금은 땅에 차고 臺에는 죽림이 가득하니
이 가운데 노니는 이 해중선일세

燕子樓

孟思誠 詩

駕洛遺墟幾見春
首王文物亦隨塵
可憐燕子如懷古
來傍高樓喚主人

가락국 옛 터전에 몇 봄이 오고갔나
수로왕 세운 문물 티끌 따라 없어졌네
가련타 제비만이 옛 정을 못 잊는지
이 다락 찾아와 주인을 부른다오

退休吾老齋

鄭種 詩

世間從富不從貧
藏蹤幽谷耳聾人
猶有乾坤無厚薄
數椽茅屋亦青春

부자 싫고 가난 좋다 누가 말하리
숨어 사니 귀머거리 거의 다 됐오
하느님 뜻 언제나 私가 없어서
오막살이 초가에도 봄은 온다네

秀庵卷子

姜碩德 詩

點斷煙霞心自閑
茅茨高架碧孱顔
飢食倦睡無餘事
春鳥一聲花滿山

푸른 산 높은 곳에 초가 삼간 지어놓고
연하로 짝을 하니 마음도 한가롭네
하는 일 별로 없이 흐르는 이 세월이라
어느새 꽃 피고 새우는 봄이로구나

南浦(大同江南岸)

金宗瑞

送客江頭別恨多
管絃凄斷不成歌
天敎風伯阻征旆
一夕大同生晩波

강 머리 임 보낼 제 시름도 그지없어
처량한 이별 곡도 목 메어 우는구나
하느님 오늘밤 비바람 내려주어
떨치고 가는 길 만류해주소서

臨死絶筆

李塏 詩

禹鼎重時生亦大
鴻毛輕處死還榮
明發不寐出門去
顯陵松柏夢中青

맡은 일 하려는덴 그 생명 중하지만
임 위에 죽을 때엔 목숨이 홍모일세
오매불망 못 잊히던 가신 님 그 모습을
마지막 길 밟으면서 길이 품고 가는구나

釣魚
成聃壽 詩

把竿終日趁江邊
垂足滄浪困一眠
夢與白鷗飛萬里
覺來身在夕陽天

온종일 낚대 잡고 오르내리다
맑은 물에 발 담그고 깜빡 졸았네
내 생각 백구 따라 헤매이더니
놀란 듯 문득 깨니 해 지는구나

西江寒食
南孝溫 詩

天陰籬外夕煙生
寒食東風野水明
無限滿船商客語
柳花時節故鄉情

하늘은 컴컴하고 저녁 연기 떠도는데
한식절 가까우니 바람 제법 따뜻하네
오가는 상선들 나그네 말하기를
꽃 피는 이 시절이 고향 제일 그립다네

望月亭
李智活 詩

夜夜相思到夜深
東來殘月雨鄉心
此時寃恨無人識
孤倚山亭淚不禁

밤마다 그리는 정 밤 깊는 줄 모르겠오
저 달빛 처량히도 임 계신 데 비치리다
요즈음 애끊는 마음 누가 있어 알아주리
이 정자 몰래 올라 새워가며 울어보네

蓴池漁樵
金漢 詩

五柳清風今栗里
一竿明月古桐江
孤臣何事憐風月
春水蓴池赤恨羸

버들 새로 거니는 도연명인가?
낚대 잡고 앉았으니 엄자릉일세
풍월을 사랑하는 이 내 심사 아니니
숨못(蓴池) 물결 위에 피 눈물을 뿌렸오

※栗里: 도연명의 은거지
※桐江: 엄자릉 부춘산에 들어가 동강에서 낚시질 함
※蓴池: 愚齊 金漢이 단종 손위 때 비분통한 여생을 마침

夢遊山寺 元柱 詩

山寺依然似舊遊
白雲紅樹繞虛樓
僧歸塔下三更月
鷺立溪邊一點秋

절간은 어찌 그리 옛 모습 지녀있고
흰 구름 붉은 나무 빈 다락 싸고 있네
깊은 밤 달 밝은데 중들은 돌아오고
조용한 시냇가엔 해오라기 졸고 있네

阿赤河陣中 申叔舟 詩

虜中霜落鐵衣寒
突騎橫行百里間
夜戰未休天欲曉
臥看星斗正闌干

찬 기운 갑옷 속에 스며드는데
말을 달려 적진 속을 횡행하였오
밤새도록 싸움은 끝이 안나고
하늘에는 별들만 깜빡이누나

海雲臺 崔恒 詩

登臨不必御冷風
拂盡東華舊軟紅
醉踏金鼇吟未已
紫簫聲徹海雲中

나는 듯 수월하게 대에 오르니
이 밖에 좋은 풍경 또 다시 있나
삼신산 올라서서 노래부르니
사무치는 퉁소소리 아름답구나

示子 朴元亨 詩

今夜樽前酒數巡
汝年三十二靑春
吾家舊物惟淸白
好把相傳無限人

오늘밤 즐겁게 술을 마시자
내 청춘 올해에 설흔 둘인가
淸白 두 자 우리집에 세전물이니
잘 지켜 길이길이 전하여다오

笑臥亭

柳義孫 詩

笑臥亭兮閒臥笑
仰天大笑復長笑
傍人莫笑主人笑
顰有爲顰笑有笑

소와정에 누워서 한가로이 웃어보니
하늘 보고 웃고 또 다시 웃네
주인이 웃는다고 따라 웃지 마소
웃다가 울어보고 울다 웃느니

題山水屛

金守溫 詩

描山描水摠如神
萬草千花各自春
畢竟一場皆幻境
誰知君我亦非眞

청산은 우뚝 우뚝 물 감돌아 흐르는데
붉은 꽃 푸른 풀이 제각기 봄철일세
풍경이 하좋기로 다시 보니 그림이라
이 내 몸 그대 함께 이 가운데 꿈을 꾸나

題望遠亭

成宗大王 詩

浩浩乾坤思不窮
一亭高趣水雲中
登臨幾憶桃源客
欲問仙家興異同

하늘 땅 멀고 멀어 이 생각도 그지없고
물가에 높은 정자 구름밖에 솟아있네
무릉도원 계신 님을 몇 번이나 그렸는고
묻노니 신선 놀이 우리 인간 어이 달소

南浦

李克堪 詩

江上雪消江水多
夜來聞唱竹枝歌
與君一別思何盡
千里春心送碧波

춘풍이 건듯 불어 눈 녹이고 강 풀리니
밤 들어 노래 가락 멋지게도 들려오네
고운 님 이별하고 그린 심사 어이하리
멀리멀리 떠나는 마음 저 물결에 띄워보세

北征時作

南怡將軍 詩

白頭山石磨刀盡
豆滿江水飮馬無
男兒二十未平國
後世誰稱大丈夫

백두산 바위돌이 다 닳도록 칼을 갈고
두만강 깊은 물은 말을 다 먹이며
사나이 젊어서 나라 평정 못한다면
후세에 그 누가 장부라 칭하리오

慶州題詠

盧盼 詩

舊時春燕入誰家
遼鶴歸來邱隴多
只有今人能解事
閒吹玉笛弄韶華

지난 해 왔던 제비 뉘 집으로 들어갔나
언덕 위에 노송에 학들만 돌아오네
다만 사람들만 지나간 일 짐작할 뿐
한가로운 피리 소리 좋은 시절 자랑하네

老將

朴撝謙 詩

白馬嘶風繫柳條
將軍無事劍藏鞘
國恩未報身先老
夢踏關山雪未消

백마는 매어둔 채 목 메어 울고
용천금 드는 칼도 집에 꽂혔오
큰 공 아직 못 이루고 몸만 늙어서
돌아오니 고향 산천 꿈결같구나

田家

姜希孟 詩

流水涓涓泥沒蹄
煖烟枯桑鵓鳩啼
阿翁解事阿童健
剡竹通泉過岩西

물 졸졸 시냇가 올무 묻히고
연기 서린 뽕 나무엔 비둘기 우네
일에 늙은 할애비 궁통 맞아서
홈대를 만들어서 물을 대누나

漁夫

成侃 詩

數疊青山數谷烟
紅塵不到白鷗邊
漁翁不是無心者
管領西江月一船

겹겹 쌓인 청산이요 골짝마다 연기 이니
갈매기 떠도는 곳 홍진 어이 미칠소냐
뉘라서 어옹일러 뜻이 없다 하였는고
서강의 달빛까지 도맡아 참견일세

題狎鷗亭

崔敬止 詩

三接慇懃寵渥優
有亭無計得來遊
胸中自有機心靜
宦海前頭可狎鷗

임의 은총 은근히 세 번 받아서
미리서 오렸더니 이제야 왔소
가슴 속 고요히 잠긴 이 마음
갈매기 짝을 하여 세월 보내오

雲溪寺

李深源 詩

樹陰濃淡石盤陀
一逕縈廻透澗阿
陣陣暗香通鼻觀
遙知林下有殘花

나무 그늘 돌비탈에 짙고 옅은데
산길은 시내 함께 뚫려 있구나
숲 사이 못다 진 꽃 남아있는지
이따금 좋은 향기 풍기어 오네

書懷

金宏弼 詩

處獨居閒絶往還
只呼明月照孤寒
憑君莫問生涯事
萬頃烟波數疊山

한가로이 홀로 사니 오가는 이 별로 없고
다만 밝은 달이 차갑게 비춰주네
요즈음 내 생애를 그대는 묻지 말게
이 뒷산 저 앞 강물 얼마나 좋은가?

題天壽亭

中宗大王 詩

千峯萬壑似雲飛
五宿松京今日歸
望遠山光鋪錦褥
觀光皆是古人非

천봉우리 만구렁에 구름 날 듯 하는 곳에
오래오래 노닐다가 오늘에야 돌아가네
경치는 아름다워 비단요를 깔아놓은 듯
산은 옛이 분명한데 임은 가고 못 오시네

舟下楊花渡

申用漑 詩

水國秋高木葉飛
沙寒鷗鷺淨毛衣
西風落日吹遊艇
醉後江山滿載歸

강마을 가을 되니 나뭇잎 지는구나
모래사장 앉은 백구 나래 더욱 희노매라
해는 지고 저문 날에 서풍에 배를 띄워
취토록 마신 후에 강산 싣고 돌아가리

綾城謫中

趙光祖 詩

誰憐身似傷弓鳥
自笑心同失馬翁
猿鶴定嗔吾不返
豈知難出覆盆中

화살 맞아 상한 새 불쌍하다 뉘하리오
말 잃고 마굿간 속 이미 늦음 웃는구나
고향의 잠든 원학 나의 신세 비웃겠네
엎친 물 도로 담아 한정대로 채울손가

醉題梨花亭

申潛 詩

此地來遊三十春
偶尋陳迹摠傷神
庭前只有梨花樹
不見當時歌舞人

여기 와 논 지도 三十 때 청춘
옛 자취 돌아보고 눈물 지었소
뜰 앞에 배꽃은 피어있건만
그 때 함께 놀던 이들 어디로 갔나

義相庵

奇遵 詩

孤臺矗矗入煙空
雲盡滄溟一望窮
三十八峰秋夜月
玉簫吹徹海天風

암자는 높고 높아 구름 속에 잠겨 있고
바다는 넓고 넓어 바라봐도 가이없네
서른 여덟 봉우리 봉마다 달이로다
어디서 부는 퉁소 바다 하늘 사무치네

三日浦

田禹治 詩

秋晩瑤潭霜氣清
天風吹下紫簫聲
青鸞不至海天闊
三十六峯明月明

요담에 서리 차니 가을 이미 늦었구나
어디선지 부는 퉁소 바람결에 들려오네
난새는 오지 않고 해천은 열렸는데
서른 여섯 봉우리 봉마다 달빛일세

呂望(太公呂尙)

申光漢 詩

清渭東流白髮垂
一竿誰見釣璜時
悠悠湖海多漁父
不遇文王定不知

위수가 낚대 들고 백발 노인 앉았더니
좋은 기회 만났음을 어느 누가 보았는고
넓고 넓은 바닷가에 고기잡이 많건마는
어느 때 임을 만나 영달한 이 몇이런가?

題江陵連谷倉

尙震 詩

關山篴裏思悠哉
遠客愁腸日九回
漢水終南何處是
五雲空復夢邊來

처량한 피리소리 말없이 듣노라니
나그네 애끊는 시름 갈수록 더하구나
임 계신 서울 장안 바라보니 어드메뇨
하늘가 구름인 양 꿈길 속에 오고가네

村庄卽事

許澣詩

春霖初歇野鳩啼
遠近平原草色齊
步啓柴門閒一望
落花無數漲南溪

봄장마 처음 개니 비둘기 울고
너른 들판 여기저기 풀빛도 좋네
한가로이 거닐며 바라다 보니
지는 꽃 셀 수 없이 냇물에 차네

落花巖

洪春卿詩

國破山河異昔時
獨留江月幾盈虧
落花巖畔花猶在
風雨當年不盡吹

산과 물 백제 때와 어이 같으리
달 찾다 이즈러짐 얼마이런가?
낙화암 바위 위에 꽃이 피었으니
그 때의 모진 바람 못다 불었나

山居雜咏

成守琛詩

朝日微茫翳復明
臥看天末片雲生
須臾遍合翻成雨
萬壑崩湍共一聲

아침 햇빛 반짝이다 다시 가리고
조각구름 산 머리로 펄펄 날더니
온 하늘 뒤덮으며 비가 내리니
골짝 골짝 물소리 벅차 흐르네

聽松堂晩步

成守琮詩

一疊秋山落市邊
層城日落散風煙
幽居近壑人來小
獨採黃花坐石田

한폭의 가을 산이 그림처럼 늘어섰고
층층 높은 성곽 위엔 해 지고 바람 이네
깊은 산골 살아오니 온 종일 찾는 이 없어
들국화 꺾어들고 밭 가운데 거닌다오

晩泊雙溪

李楨 詩

蟾津渡口晩潮回
百丈牽船緩緩來
長笛一聲山水綠
隔江雲樹是蓬萊

섬진강 나룻가에 밀물이 드니
물결 위에 배 둥실 떠 돌아오누나
피리소리 나는 곳 山水 푸르니
강 건너 저 구름 속에 神仙 사는가?

卽事

李顯郁 詩

風驅驚雁落平沙
水態山光薄暮多
欲使龍眠移畵裏
其如漁艇笛聲何

추위 놀란 기러기떼 평사 위로 떨어지고
산 모습 물에 잠겨 저 물빛 곱구나
훌륭한 화공 불러 이 풍경 그리라면
배 위서 들려오는 피리소리 어이할꼬

丹陽峽中

李湞春 詩

山欲蹲蹲石欲飛
洞天深處客忘歸
澄潭日落白雲起
一縷仙風吹羽衣

돌 바위 이고 지고 엉거주춤 솟았는데
깊고도 좁은 산길 길손 갈 바 모르노라
못가에 해는 지고 고개 위에 구름일제
한오라기 맑은 바람 옷깃 스쳐 가누나

梅下感舊

鄭和 詩

三十年前植此梅
年年長向壽筵開
至今催折風霜後
每到花時不忍來

내 손수 심은 매화 서른 해 됐오
해마다 자라나서 올해도 폈네
눈 서리 쌓이어 꺾기게 되면
피는 시절 돌아와도 차마 못 오리

登瓦嶺 望冠岳

鄭礥 詩

荒村古木嘯飢鳶
蘆荻蕭蕭薄暮天
立馬橋頭回首望
蒼山遙在白雲邊

나무 위에 앉은 솔개 구슬피 울고
갈대 꽃핀 강마을에 해가 저무네
다리 위에 말 세우고 돌아다보니
청산은 구름밖에 멀리 솟았네

海州芙蓉堂

鄭礥 詩

荷香月色可淸宵
更有何人吹玉簫
十二曲欄無夢寐
碧城秋思正迢迢

연꽃은 향기롭고 달은 밝은데
퉁소소리 어디선지 들리어오네
열두 구비 난간 위에 잠 못 이룰 제
가을 밤 깊은 시름 끊임 없구나

矗石樓

權應仁 詩

漏雲微月照平波
宿鷺低飛下岸沙
江閣捲簾人倚柱
渡頭鳴櫓夜聞多

구름이 흘린 달을 물결이 주워담고
물결 따라 날던 백로 모래사장 반겨맞네
주렴을 걷어올려 다락 위에 앉았으니
요란한 놋소리에 밤의 정막 깨어지네

浿江歌

林悌 詩

浿江兒女踏春陽
江上垂楊正斷腸
無限烟絲若可織
爲君裁作舞衣裳

서경의 아가씨들 봄놀이 즐겨놀세
피는 꽃 드리운 버들 애끊는 시절일세
하늘하늘 저 푸른 실 능라비단 짤 양이면
이 내 옷 그만두고 임의 옷 지으리라

還鄉(一) 清虛詩

三十年來返故鄉
人亡宅廢又村荒
青山不語春天暮
杜宇一聲來杳茫

집 떠난 지 三十年 에 고향이라 돌아오니
알던 사람 없어지고 눈 익은 집 다 헐렸네
푸른 산 말이 없고 봄 하늘은 저무는데
두견새 한소리만 멀리서 들려오네

還鄉(二) 清虛詩

一行兒女窺窓紙
鶴髮隣翁問姓名
乳號方通相泣下
碧天如海月三庚

아이들 떼를 지어 창틈으로 엿보고
이웃집 늙은이는 누구냐고 묻는구나
아이 때 부르는 이름 말하니 붙잡고 서로 우네
하늘은 바다런 듯 달은 이제 삼경일세

陽春布德
丙戌孟春 白巖居士

顔延之句 140×35cm

送退溪先生南還

朴淳 詩

鄉心不斷若連環
一騎今朝出漢關
寒勒嶺梅春未放
留花應待老仙還

돌고 도는 고향생각 끊임없어서
아침 일찍 말을 몰아 서울 떠났오
아직도 매화는 봄을 아껴두어
임 오시길 기다렸다 곱게 피오리

偶吟

成渾 詩

四十年來臥碧山
是非何事到人間
小堂獨坐春風地
花笑柳眠閑又閑

반 평생 산에 누워 한 일 없으니
뉘라서 나를 보고 시비할손가
봄바람 우리 집에 찾아를 오니
웃는 꽃 조는 버들 한가하여라

關東別曲

鄭澈 詩

江湖多病竹林臥
八百關東方面授
如何聖恩日罔極
欲報涓埃任奔走

강호에 병이 깊어 죽림에 누웠더니
관동 팔백리에 방면을 맡기시니
이와 성은이야 갈수록 망극하다
깊은 은혜를 갚고자 하나 맡은 일이 바쁘구나

挽栗谷

李俊民 詩

芝蘭空室不聞香
奠罷單杯老淚長
斷雨殘雲藏栗谷
世間無復識吾狂

지초 난초 시드니 향기도 갔네
잔 올리며 임 그리워 길이 울었소
내리는 비 쓸쓸하고 구름도 차니
세상에 누가 있어 미친 나 알리

望月 宋翼弼 詩

未圓常恨就圓遲
圓後如何易就虧
三十夜中圓一夜
百年心思摠如斯

초승달 보름 늦다 한하더니만
만월이 쉽게 이즈러짐 어이하리오
둥근 달은 한달 중에 한밤 뿐이니
백년 인생 좋은 꿈도 저와 같으리

山行 宋翼弼 詩

山行忘坐坐忘行
歇馬松陰聽水聲
後我幾人先我去
各歸其止又何爭

산을 가다 쉬노라니 갈길 깜빡 잊고 앉아
그늘 밑에 말 세우고 물소리 듣노라니
나중 올 이 몇 분이며 먼저 간 분 얼마런가
제각기 오가거니 헐고 뜯고 무삼하리

詠懷 鄭介淸 詩

三椽茅屋一架書
百歲人生半世餘
心上經綸賢聖事
世間無望冐簪居

오막살이 초가삼간 쌓여있는 모든 서적
이 글 읽다 백세인생 반 평생이 가버렸네
가슴 깊이 품은 뜻 밝게 밝게 펴렸더니
이 세상 말썽 많아 모든 희망 끊겼구나

傷懷呈鄭困齋 徐起 詩

虞韶聞盡淳風去
岐鳳鳴殘好事非
天地不回生物意
凍殍何處見春暉

虞舜 때 좋은 풍속 다 없어지고
성인이 가버리니 그른 일 뿐일세
하늘은 아직도 쌀쌀하거니
얼어 부푼 어느 곳에 봄빛을 보랴

次玉堂小桃韻

黃廷彧 詩

無數宮花倚粉墻
遊蜂戲蝶趁餘香
老翁不及春風看
空有葵心向太陽

궁성 안 곱게 핀 꽃 향기로워서
벌과 나비 노래하며 춤을 추누나
늙은이 봄풍경을 알 바 못 되어
해바라기 그 꽃처럼 햇빛 반갑네

奉杵女

柳永吉 詩

玉杵高低弱臂輕
羅衫時擧雪膚呈
蟾宮慣搗長生藥
謫下人間手法成

콩콩콩 방아찧는 아가씨 팔뚝
옷소매 걷어칠 때 살빛도 곱네
월궁에서 약 찧던 좋은 솜씨요
방아소리 익숙함은 여전하구나

芙蓉堂

辛應時 詩

金梭織柳晩鶯呼
驚起西床客夢孤
一霎荷塘山雨過
乍看銀竹變明珠

버들장막 깊은 속에 꾀꼬리 울어
나그네 외로운 꿈 놀라 깨었네
삽시간 연당 앞에 비가 지나니
연잎 위에 방울방울 구슬 맺혔소

春日山村

河應臨 詩

竹籬臨水是誰家
隱約青帘出杏花
欲典春衣沽酒飮
不堪芳草日西斜

산을 등져 물을 임해 뉘집이러냐
旗 날리는 저기 저 곳 행화촌일세
옷 벗어 전당하고 취하려 함은
芳草 위에 해가 짐이 안타까워서

次淸心樓韻

李海壽 詩

驪江秋水鏡如澄
江上青山面面層
孤鶩落霞眞冪畫
雁聲鷗夢畫誰能

여강의 가을물 거울같이 맑은데
강 위에 솟은 산은 푸른 듯 붉었구나
나는 새 잠긴 안개 구름 속에 놓였으니
안성과 구몽은 그 뉘라서 그려낼꼬

暮出

李山海 詩

海天風定日沈霞
蒲葦洲邊夕露多
瘦馬倒鞭沙路迥
夜深明月宿漁家

해지는 바다 위로 저녁 노을 잠겼는데
갈대 우는 강가에는 맑은 이슬 서려있네
야윈 말 채찍해도 갈 길은 멀었구나
밤 늦게 어촌 들러 달과 함께 지새우네

濟州寓吟

金應南 詩

瀛海漫天未見涯
蓬山東去路非賒
瑤臺笙鶴月明夜
開盡碧桃千樹花

망망한 바닷물결 하늘 닿은 듯
봉래산 아마도 멀지 않으리
요대에 학은 울고 달은 밝은데
복사꽃 향기롭게 활짝 폈구나

題春帖

禹性傳 詩

舊疾已隨殘臘盡
休祥還趁早春生
眼如明鏡頭如漆
最是人間第一榮

오래된 병 선달 따라 사라져가고
좋은 일 새봄 함께 돌아오누나
초롱초롱 밝은 눈 칠흑같은 머리
평생에 이 시절이 제일이라오

懶翁禪師 詩

青山見我無語居
蒼空視吾無埃生
貪慾離脫怒拋棄
水如風居歸天命

청산은 나를 보고 말없이 살라 하고
창공은 나를 보고 티없이 살라 하네
탐욕도 벗어놓고 성냄도 벗어놓고
물같이 바람같이 살다가 가라 하네

悟道頌

趙州禪師 詩

春有百花秋有月
夏有凉風冬有雪
若無閑事掛心頭
便是人間好時節

봄에는 아름다운 백화가 만발하고
가을에는 밝은 달이 온 천지 비치도다
여름에는 서늘한 바람이 불어오고
겨울에는 아름다운 흰 눈이 날리네
쓸데없는 생각만 마음에 두지 않으면
우리 인간에는 이것이 바로 좋은 시절이라네

再入賊營

四溟堂 詩

孤臣一劍渡流沙
路入扶桑泛海槎
白首空吟子美句
中原將帥憶廉頗

외로운 신하 칼 한 자루로 流沙를 건너
길이 부상에 들어가며 뗏목을 띄웠네
흰 머리로 부질없이 두보 시나 읊으랴
중원의 장수였던 염파를 생각하네

過嚴江

李光友 詩

風波苦海世沈淪
野渡無人更問津
惟有嚴陵磯一面
清風不盡閱千春

세상은 고해런가 바람 일고 파도 치니
건너려니 배는 없고 물을 곳 바이없네
엄자릉 낚시터만 이 풍파를 멀리하니
천만년 길이길이 맑은 바람 이어지리

矗石樓

金誠一 詩

矗石樓中三壯士
一盃笑指長江水
長江萬古流滔滔
波不渴兮魂不死

촉석루 올라오니 가신 세분 장하구나
술가득 부어들고 저 강 보고 맹세했네
강물은 출렁출렁 밤낮으로 흐르는데
갸륵한 임의 충령 저 물 함께 푸르리라

戲贈燕京面紗美人

趙徽 詩

也羞行路護輕紗
清夜微雲露月華
約束蜂腰纖一搦
羅裙新剪石榴花

길 나설 때 수줍어서 면사포를 하였는데
엷은 구름 뚫린 새로 방긋 나온 달이로다
가는 허리 질끈 동여 한 줌 밖에 안되는데
새로 입은 비단 치마 꽃과 같이 아름답네

暮春

洪迪 詩

草深窮巷客來稀
鳥啼聲中午枕依
茶罷小窓無個事
落花高下不齊飛

푸나무 깊은 마을 찾는 이 적고
어렴풋이 새소리에 잠이 깨었네
창문 열고 하염없이 내다보니
이리저리 지는 꽃 펄펄 날리네

夜坐

李恒福 詩

終宵默坐算歸程
曉月窺人入户明
忽有孤鴻天外過
來時應自漢陽城

한밤중 말없이 앉았노라니
새벽달 처량히도 창에 비치네
하늘가 슬피 울며 나는 저 기러기
임 계신 한양성 지나왔으리

作詩見志

金德齡 詩

絃歌不是英雄事
劍舞要須玉帳遊
他日洗兵歸去後
江湖漁釣更何求

거문고 뜯고 노래 부름 큰 뜻 아니요
칼춤과 활 당김 이 아니 영웅인가
대적을 평정하고 돌아를 가서
한가로운 낚시질로 세월 보내리

過善竹橋

泗溟堂 詩

山川如昨市朝移
玉樹歌殘問幾時
落日古城春草裏
祇今惟有鄭公碑

산천은 어제런듯 변함없는데
옥수의 좋은 곡조 어느 때런고
풀 우거진 옛 성터 해 저무는데
임의 비 홀로 서서 옛일 말하네

皐蘭寺

冲徽 詩

僧敲疎磬起眠鷗
千點漁燈水國秋
明月掛簾天欲曉
櫓聲鴉軋下槍州

경쇠 울자 갈매기 놀라 날고
등불은 강물 위에 흩어져있네
새벽달 발에 걸려 희미하온데
놋소리 삐걱삐걱 저어 흐르네

松京

李達 詩

前朝臺殿草煙深
落日牛羊下夕陰
同是等閒亡國地
笑看黃葉滿鷄林

화려하던 옛 대궐터 풀속에 묻혔으니
꼴 뜯는 牛羊들만 석양 띠고 누웠구나
나라 망한 슬픈 원한 이제야 누가 알리
꽃보다 더 곱다고 단풍놀이 좋아하네

懷人

洪淸學(僧) 詩

山川重隔更堪悲
回首天涯十二時
寂寞山窓明月夜
一想思了一想思

산 막히고 물도 막혀 애 태우는 이 내 심사
하루면 열두시간 임 계신 곳 바라보네
山窓은 태고런듯 달만 고이 밝은 밤에
그립고 또 그리워 끊일 줄을 모르노라

七峰庵

秀演(僧) 詩

水滿前江鏡面平
岸風微動錦紋成
渺茫何處耽羅島
雲捲南天一髮青

강물은 깊고 맑아 거울인 양 널렸는데
산들산들 부는 바람 고운 물결 일으키네
망망한 물결 따라 탐라섬 어드메냐
구름 걷힌 하늘 저 쪽 푸른 산이 떠오르네

次忘軒

吳億齡 詩

少年湖海氣猶存
頭白黃塵道路昏
春入薜蘿歸夢短
半隨征鴈落江雲

활발한 젊은 기운 아직도 남았는지
황진 속 시달린 몸 머리 벌써 세었구나
고향 산에 봄 왔다기에 돌아가려 하였더니
어느새 기러기 떼 찬 강 위에 내려 앉네

春宮怨

李晬光 詩

禁苑春晴晝漏稀
閒隨女伴鬪芳菲
落花也被東風誤
飛入宮墻更不歸

금원에 봄이 드니 날씨도 화사하다
한가로운 궁녀들 고움을 시새우네
얄궂은 비 바람에 지는 꽃 흩날려서
궁장 안에 떨어진 채 다시 날 줄 모르노라

贈宋德求

成輅 詩

露滴梧桐月欲低
滿階寒影竹欄西
秋來無限江南思
水濶蘋香早雁啼

오동잎 이슬 맺고 밝은 달 나직한데
뜰에 찬 대그림자 서쪽으로 기울었네
가을 바람 높이 불어 고향생각 떠오를 때
남북만리 먼 하늘에 첫 기러기 울어예오

送別

徐克溫 詩

送君江上正秋風
欲說離懷意萬重
霜前正有南歸雁
爲寫餘情寄一封

강상에 임 보낼 제 바람마저 처량코야
떠나가고 보내는 정 말로 어이 다할소냐
서리 찬 밤 기러기 남쪽으로 울어옐 제
못내 그려 하는 정을 편지 적어 보내려오

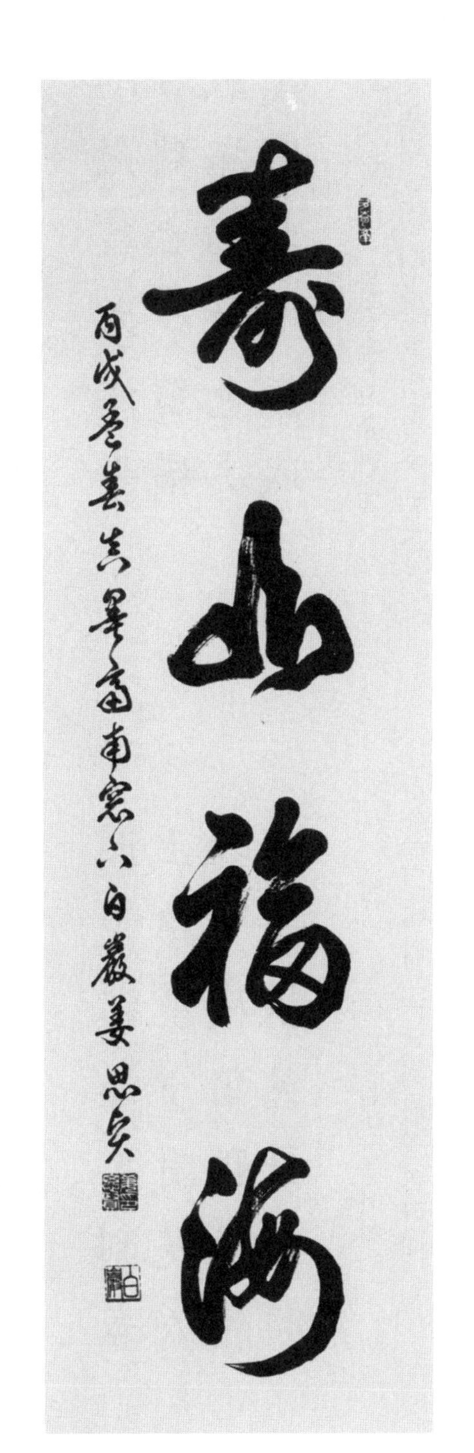

伸聞詩 35×135cm

百濟懷古

金槢 詩

斜陽斂盡大江平
千古興亡一笛橫
閒載滿船秋色去
濟王宮北弔孤城

강 위에 해는 지고 물결은 고요한데
가냘픈 피리 소리 천고 흥망 말하는듯
가을이라 좋은 경치 배에 가득 싣고 가다
백제원한 길이 서린 옛 성터를 조상하오

白馬江

李明漢 詩

何處高臺何處樓
暮山千疊水西流
龍亡花落他時事
漫有浮生不盡愁

어드메 대가 있고 어디에 누가 있나
산마다 해 저물고 물은 흘러 서로 가네
낙화암 꽃도 지고 조룡대 용은 가도
우리 인생 끓는 시름 어느 때나 없어질꼬

江南春

李健 詩

聞說江南又到春
上樓多少看花人
牧童橫笛驅黃犢
兒女携筐採白蘋

강남 땅 올해도 봄이 돌아와
곳곳마다 꽃놀이 한창이라네
목동은 꼴 뜯기며 피리를 불고
아가씨들 광주리에 마름 딴다오

題贈鄭可遠

文繼朴 詩

東西南北盡相知
交道何曾有變移
半世無心營爵祿
只緣憂國淚長垂

여기저기 사방으로 알아 사귄 친구들을
서로 믿어 친밀하니 어이 변함 있을소냐
반 세상 사는 동안 부귀공명 뜻 없어도
나라 위한 근심 걱정 눈물 마를 날 없구나

閒中用杜詩韻

崔奇男 詩

綠樹陰中黃鳥節
青山影裡白茅家
閒來獨步蒼苔逕
雨後微香動草花

푸른 장막 그늘 속에 꾀꼬리 노래하고
산 그림자 둘러선 곳 초가집들 놓여있네
이끼 푸른 좁은 산길 홀로서 거니노니
비 속에 피는 꽃들 향기 뿜어 보내주네

秋思

金孝一 詩

滿庭梧葉散西風
孤夢初回燭淚紅
窓外候蟲秋思苦
伴人啼到五更終

오동잎 바람 따라 우수수 지는 소리
겨우 든 잠 깨고 보니 촛불 홀로 눈물지네
창밖에 섬돌 밑에 귀뚜리 슬피울어
시름하는 사람 함께 잠 못 들고 새는구나

練光亭別後

崔大立 詩

鉤盡緗簾獨倚樓
酒醒人去又生愁
桃花水漲春江闊
何處飛來雙白鷗

발 밖에 달은 지고 밤은 깊어 고요한데
임은 벌써 가버리고 내 시름만 다시 이네
복사꽃 붉게 피고 강물 곱게 출렁일제
유정할손 흰 갈매기 물결 위로 오락가락

松京懷古

石希璞 詩

山河依舊市朝空
流水殘雲落照中
歇馬獨來尋往迹
斷碑猶記鄭文忠

산천은 의구한데 옛 모습 간데없네
저녁 노을 잠긴 곳에 물소리만 처량쿠나
홀로서 말 세우고 지난 자취 찾노라니
한 조각 남은 돌비 정문충공 말하는 듯

落葉

李海昌 詩

滿林紅葉錦斑斕
一夜霜威太劇殘
志士騷人休怨惜
獨憐蒼翠澗松寒

누른 잎 붉은 잎 산마다 물들더니
하룻밤 찬 서리에 시들어 마르누나
모든 풍경 처량타고 슬퍼를 마오
눈 내리고 바람 쳐도 솔푸름을 볼 수 있네

春詞

申最 詩

滿地梨花白雪香
東方無賴捐幽芳
春愁漠漠心如海
棲燕雙飛綾畵樑

이화꽃 흰 눈처럼 땅에 가득 향기론데
봄바람 얄궂게도 진 꽃마저 흩날리네
시름은 아득아득 바다인양 깊어 갈 제
쌍쌍이 나는 제비 들보 위에 새집 짓네

山行

金始振 詩

開花自落好禽啼
一徑清陰轉碧溪
坐睡行吟詩得句
山中無筆不須題

피었던 꽃 절로 지고 꾀꼬리 노래할 제
맑고도 푸른 그늘 시내 위에 드리웠네
가다가 앉아 쉬고 쉬었다가 다시 갈 제
떠오르는 좋은 글귀 지필 없어 못쓰누나

詠菊

高義厚 詩

有花無酒可堪嗟
有酒無人亦奈何
世事悠悠不須問
看花對酒一長歌

꽃 피자 술이 없어 애처롭더니
술 익어도 임 안오니 더욱 슬프네
허망한 세상 일 묻지를 마소
꽃 속에 술 마시며 노래 부르네

高山九曲花岩

宋奎濂 詩

二曲仙岩花映峯
碧波流水漾春容
落紅解使漁郎識
休說桃源隔萬重

바윗가 곱게 핀 꽃 봉에 비칠 때
물결은 봄을 싣고 흘러가누나
고깃배 떠내려오는 꽃잎을 보고
무릉도원 깊은 소식 이야길 말게

山寺

趙聖期 詩

小雨初晴淑氣新
巖花如錦草如茵
花間細路穿雲去
溪上和風吹角巾

가랑비 그치면서 날씨 맑게 개었는데
꽃은 곱게 피어나고 풀빛조차 푸르구나
꽃나무 헤치면서 산길따라 올라가니
화사한 봄바람이 머리 스쳐 가는구나

詠薝蔔樹

李頤命 詩

好在堂前薝蔔花
當時手種短如麻
今來老幹凌簷角
已結明年六出芽

뜰 앞에 치자나무 꽃 곱게 폈네
심을 땐 저 삼대보다 키가 작았는데
지금은 처마 위로 솟아있으니
내년엔 어우러져 지붕 덮으리

漫吟

李玄錫 詩

九月西風晚稻黃
寒林落葉盡迎霜
田翁白酒來相餉
漫興陶然醉夕陽

구월이라 서풍 일어 누런 벼 물결치고
나뭇잎 애처롭게 서리 맞아 지는구나
전옹은 마음 좋아 술을 서로 권하거니
얼근히 취한 김에 흥이 겨워 돌아오네

漁磯

金夏潤 詩

楊柳陰濃江岸多
綠蒲春漲靜無波
游魚自有從容樂
莫許漁人把釣過

버드나무 짙은 그늘 강 언덕에 드리우고
창포 푸른 봄 물결은 잔잔하기 그지없네
고기들 꼬리 저어 즐거운 양 노닐면서
낚시 던진 근방으론 지나가려 하지 않네

滿月臺歌

洪世泰 詩

滿月臺前落木秋
西風殘照使人愁
山河氣盡姜邯贊
日月明賢鄭夢周

우수수 잎이 지니 만월대도 가을일세
붉게 물든 저녁 노을 사람 회포 자아내네
산하의 좋은 정기 강감찬이 태어나고
해 달인 양 길이길이 포은 이름 뚜렷하네

長安萬户擣依聲

英祖大王 詩

長安城裏秋風淸
彩閣雲宮月色明
欲識此中何所取
家家户户擣衣聲

서울 장안 가을 들어 바람 맑게 불어오고
주란화각 좋은 궁궐 달도 밝게 비춰주네
가을 밤 가을 정서 그 무엇이 제일일꼬
집집에서 들려오는 옷 다듬는 소리일세

弼雲臺

朴文秀 詩

君歌我嘯上雲臺
李白桃紅萬樹開
如此風光如此樂
年年長醉太平杯

그대 함께 노래하며 대에 오르니
이화 도화 울긋불긋 활짝 피었네
풍경 속에 즐거움 이러하리니
해마다 같이 와서 길이 취하리

東都懷古

南景羲 詩

半月城邊秋草多
金鰲山上暮雲過
可憐亡國千年恨
盡入樵兒一曲歌

반월성 옛 성터에 덮인 풀빛 쓸쓸하고
금오산 재를 넘는 저문 구름 처량하네
꿈이런듯 살아진 신라 천년 긴 시름이
작대 장단 노래 속에 가락가락 숨어있네

觀豊刈稻

純祖大王 詩

霜天寒意九秋節
豊閣登臨看稻收
惟願八方同此畝
每年每歲似今秋

구월이라 가을철 하늘 높고 서리 찬데
관풍각 올라보니 벼를 베기 한창일세
다만 원하노니 내 나라 방방곡곡
해마다 해마다 올 가을처럼 풍년되길

水原八絶

韓致應 詩

隋州不改舊山河
父老如今感慨多
夾路兩行千柳樹
枝枝曾拂翠華過

산천은 변함없이 옛 모습 지녔는데
사람은 어찌하여 시름만 늘어가나
길을 끼고 푸른 버들 치렁치렁 늘어서서
가지마다 나부끼어 임의 행차 반겼으리

入金剛山

姜浚欽

來往千峯萬壑間
看看只識半邊顔
此身那得升天翼
全俯金剛内外山

이 골짝 저 봉우리 오르고 내리면서
샅샅이 구경해도 반도 미처 못 보았네
이 내 몸 날개 돋쳐 훨훨 날 수 있다면
속속들이 금강산을 빠짐없이 보았으리

驟雨

金正喜 詩

樹樹薰風葉欲齊
正濃黑雨數峯西
小蛙一種青於艾
跳上蕉梢效鵲啼

훈훈한 바람결에 나뭇잎 나풀대고
먹장구름 지나가며 소낙비 퍼부으려네
새파란 청개구리 어미무덤 떠내릴까
파초잎 위 뛰어올라 요란하게 울어대네

明心寶鑑句 35×70cm

七言律詩

涇州龍朔寺

朴仁範 詩

翠飛仙閣在蒼冥
月殿笙歌歷歷聽
燈撼螢光明鳥道
梯回虹影倒巖扃
人隨流水何時盡
竹帶寒山萬古青
試問是非空色裏
百年愁醉坐來醒

전각은 나는듯 하늘 높이 솟아있고
피리 소리 노래 소리 월궁에서 들리는듯
반짝이는 반딧불은 새들 밤길 밝혀주고
돌려박은 무지개는 바위에 빗장했네
사람이 유수라면 어느 때에 없어지리
대그늘 산과 함께 만고에 푸르구나
묻노니 옳고 그름 한 이치라면
우리의 백년 시름 취했다 깨어남일 듯

長安春日有感

崔匡裕 詩

麻衣難拂路岐塵
鬢改顔衰曉鏡新
上國好花愁裏艶
故園芳樹夢中春
扁舟煙月思浮海
羸馬關河倦問津
秖爲未酬螢雪志
綠楊鶯語太傷神

옷소매 떨치고서 이별하기 어려워라
흰 살결 여윈 얼굴 거울 보니 다르구나
딴 나라 고운 꽃도 시름 속에 피어나고
고향의 좋은 산천 꿈 가운데 봄이 오네
달 아래 배를 띄워 둥실둥실 가고 싶고
관하만리 말은 지쳐 길 묻기도 싫어지네
형설을 모아놓고 공부할 뜻 멀었거니
녹양삼월 우는 새 이 내 마음 아프구나

燈明寺

金敦時 詩

寺壓滄波遠淼茫
登臨如在海中央
捲簾竹影疏還密
欹枕灘聲抑更揚
夜静經樓香炧冷
月明賓榻葛巾涼
堪嗟好景無緣住
終日昏昏爲口忙

물결은 멀고 멀어 아득하온데
올라보니 절간은 바다 위에 떠 있는 듯
대 그림자 발틈으로 어른거리고
맑은 여울 베개 뒤에 울고있구나
다락에서 밤을 새니 등불이 차고
잠자리에 달이 밝아 서늘하구나
이렇듯 좋은 경치 인연 없어서
온 종일 정신 놓고 두런거렸네

題僧伽窟

鄭沆 詩

崎嶇石棧躡雲行
華構隣天若化城
秋露輕霏千里爽
夕陽遙浸一江明
漾空嵐細連香穗
啼谷禽閑遞磬聲
可羨高僧心上事
世途名利揔忘情

험한 산길 구름 새로 올라와보니
하늘을 이웃하여 집을 지은 듯
이슬기운 쌀쌀한 차가운 가을
저녁노을 물에 잠겨 곱기도 하네
아지랑이 아물아물 논이랑에 서리고
새소리 한가로워 경쇠 우는 듯
세상일 좋고 궂고 모두 있고서
절간에 찾아와서 중 되고 싶네

太原寺

朴椿齡 詩

簿領三年百病身
退公時訪舊情親
高低樹密疑無路
次第花開別有春
洞壑陰晴俯仰異
烟霞紫翠暮朝新
遠公不用過溪水
自有山人迎送人

벼슬살이 몇 해련가 병들은 몸이
퇴직하고 물러와서 옛 친구 찾네
우거진 나무들이 길을 가리고
꽃들이 피고지는 봄이로구나
골짝은 침침하다 환하여지고
안개는 울긋불긋 수시 변하네
부귀영욕 멀리하여 나가질 않고
산에서만 서로서로 오고 가누나

江口秋泊

朴浩 詩

荻花如雪雁南飛
倚棹何人動所思
晚浦風微青靄合
霽江雲盡碧天垂
鷄潮冷濺漁船枕
蟹火斜連島寺籬
湘瑟未休峯自翠
錢生新得夢中詩

갈대꽃은 눈같이 희고 기러기 나는데
배 위에 앉았으니 마음 설레네
바람 자는 저녁포구 안개 어리고
구름 걷힌 강물 위엔 푸른 하늘뿐
새벽물 밀려들어 배를 떠괴고
게 잡이 불 연달아 섬을 둘렀네
강상의 비파소리 끊이지 않아
술잔을 들면서 시를 읊었네

珍島碧波亭

蔡寶文 詩

畫欄飛出碧波濱
夾道黃蘆與綠筠
柳岸緬思彭澤令
桃村時見武陵人
蔽虧煙際蓬萊朶
出沒波間日月輪
金橘數枝低馬首
未應全道使君貧

그림 난간 좋은 정자 물결 위에 나는 듯
푸른 대길을 끼고 갈대 함께 어울렸네
언덕 위에 푸른 버들 도연명이 심었는가
복사꽃 향기로워 무릉도원 여기로세
몽실몽실 뜨는 연기 봉래산인 듯
해와 달은 파도 새로 들고 또 나고
감귤 얼마 말에 실려 보내주노니
그대에게 가난 모면하라는 뜻 아닐세

冬日途中

林椿 詩

凌晨獨出洛州城
幾許長程與短程
跨馬行衝微雪白
擧鞭吟數亂峯青
天邊月落歸心促
野外風寒醉面醒
寂寞孤村投宿處
人家門户早常扃

새벽녘에 혼자서 서울 떠난 후
멀고 가까운 길 얼마나 지나왔는지
싸락눈 하얗게 말 안장에 쌓이고
채찍을 드는 사이 몇 봉우리 지났느냐
하늘가에 달이 지니 고향 생각 간절하고
들밖에 바람 차니 취한 술이 다시 깨네
마을 찾아 하루밤 자고 가려니
집집마다 사립문 빗장하였네

浮碧樓

李混 詩

永明寺中僧不見
永明寺前江自流
月空孤塔立庭際
人斷小舟橫渡頭
長天去鳥欲何向
大野東風吹不休
往事微凉問無處
淡煙斜日使人愁

바라보니 영명사 안엔 아무도 없고
집 앞에는 강물만 절로 흐르네
달은 환히 밝은데 탑만 서있고
사람 없는 나룻가엔 배만 떠있네
새들은 하늘 높아 날 곳 모르고
부는 바람 들이 넓어 끊일 새 없네
지나간 일 이제 와서 물을 곳 없고
옅은 연기 지는 해에 마음 상하네

月影臺

蔡洪哲 詩

文章習氣轉崔嵬
忽憶崔候一上臺
風月不隨黃鶴去
烟波長送白鷗來
雨晴山色濃低檻
春盡松花亂入盃
更有琴心隔塵土
也時好興雨雲迴

누대는 높고 높아 찬란도 하니
文章 名筆 한 번 찾아 오름직하네
풍월은 변함없이 그대론데 황학은 가고
연파 위엔 갈매기 저절로 오네
비 개이니 산 모습 낮게 보이고
송화꽃 어지러이 술잔에 뜨네
탁한 세상 멀리하고 거문고 타니
구름일 듯 비오듯 흥겹구나

映湖樓

禹倬 詩

嶺南游蕩閱千年
最愛湖山景氣佳
芳草渡頭分客路
綠楊堤畔有農家
風恬鏡面橫烟黛
歲久墻頭長土花
雨歇四郊歌擊壤
坐看林梢漲寒槎

여기서 놀아난 지 여러 해 되오
물은 맑고 산은 고와 경치 좋아서
이리저리 갈림길 방초 사이로 뻗어있고
버드나무 늘어선 곳 농가들이 모여있네
안개는 살결인 양 거울 속을 어른대고
담장이 오래되니 버섯들이 돋아나네
비 개이니 나무 숲 어우러지고
여기저기 들에서는 풍년가를 부르네

賀元帥尹侍中

李顥

臨軒授鉞命東征
一擧腥膻盡掃清
漢塞已空無古月
秦人何苦築新城
滿庭諫切眞長策
拓地功高是大名
從諫擧功誰最急
吾君聖制兩分明

女眞을 쳐없애라 명령을 받고
한번에 오랑캐떼 쓸어버렸네
변방이 비어있어 太平 세월 없었으며
장성을 쌓느라고 고생 심했네
조정의 신하들은 치지말라 말렸거늘
뚜렷한 임의 공은 국토를 마련했네
만류하고 마련하고 그 무엇이 급했던고
임금님 밝으심이 정확히 갈라놨네

七夕小酌

李穀 詩

平生蹤跡等雲浮
萬里相逢信有由
天上風流牛女夕
人間佳麗帝王州
笑談款款罇如海
簾幕深深雨送秋
乞巧曝衣非我事
且憑詩句遣閑愁

한 평생 오고감이 뜬구름 같더니
타향에서 만나보니 미덥구나
천상에선 견우직녀 만나는 칠석 밤이고
여기는 문물이 찬란한 서울 거리일세
술자리 풍성하니 우수개도 난만하고
가을비 차가운 지 발들이 드리웠네
걸교하고 옷말림은 여자들 할 일이요
글을 읊고 술 마시며 시름 잊겠오

登州古城懷古

安軸 詩

暮天懷古立城頭
赤葉黃花滿眼秋
不覺蕭墻藏近禍
唯憑海島作深謀
百年丘隴無情草
十里風煙有信鷗
遙望朔方空嘆息
一聲羌笛使人愁

고성에 해가 지니 옛 생각 새로워지고
붉은 단풍 황국화 가을 더욱 처량하다
울 안의 형제다툼 화난을 자아내고
海島를 의지삼아 깊은 꾀 숨어있네
옛 사람 무덤 위엔 풀만이 우거지고
옅은 안개 잠긴 곳에 갈매기만 떠도누나
북방을 바라보며 깊은 시름하는 적에
어디서 江 피리 소리 나의 애를 끊는고

驪興清心樓次韻

薛文遇詩

萬景森羅指點端
登臨不覺屢回顏
長江西去赴蒼海
複嶺北來圍淺山
透網魚跳寒雨裏
忘機鷺立瞑煙間
一生脫却功名累
青蒻漁翁也自閑

모든 풍물 여기저기 벌려있어서
누에 올라 두루두루 얼굴 돌렸오
강물은 흘러흘러 바다로 돌고
산고개 이리저리산을 에웠네
고기는 비에 젖은 그물을 뚫고
백로는 안개 속에 졸고 있구나
시끄러운 부귀공명 다 버리고서
한 평생 한가로운 어옹 부럽네

鷄林東亭

田祿生詩

終日昏昏簿領間
偶因迎客出郊關
俯看逝水嘆流去
坐對青山多厚顏
半月城空江月白
孤雲仙去野雲閒
更尋陶令歸來賦
千載高風未易攀

종일토록 바쁜 공사 쉴 새 없더니
손님을 맞으려 교외로 나왔네
저 물은 흘러가서 어이 다시 못 오는고
산을 보고 생각하니 뻔뻔한 일 많았구나
휘영청 밝은 달은 반월성에 가득하고
고운 선생 돌아가니 구름조차 한가로워
벼슬살이 마다하고 돌아간 도연명의
길이길이 높은 풍도 그 뉘라서 본받으리

放舟向峨嵋山

李齊賢 詩

錦江江上白雲秋
唱徹驪駒下酒樓
一片紅旗風閃閃
數聲柔櫓水悠悠
雨催寒犢歸漁店
波送輕鷗近客舟
孰謂書生多不遇
每因王事飽淸遊

강 위에 구름 뜨고 구름 아래 물 흐르니
나귀를 채질하여 술집으로 찾아드네
바람이 살랑살랑 깃발이 팔랑대고
물결이 잔잔하니 놋소리도 한가하네
송아지 비 맞을까 바삐 몰아 돌아가고
물 위에 뜬 백구는 배 가까이 날아드네
뉘라서 글 읽는 이 틈이 없다 하였는가
공사로 올 적 갈 적 이처럼 노니는데

普門社西樓

朴孝修 詩

松間喝道遠尋師
春盡山花半在枝
簿領堆邊身自老
水雲鄕裏夢常馳
祖禪每欲將向心
民瘼那堪放手醫
徒倚未能題勝景
俗塵還繞下樓時

송림 사이 길을 헤쳐 스님 찾으니
봄은 이미 갔건만 꽂은 지다 남아있네
공사에 쌓인 몸이 저절로 늙고
산수 좋은 시골이 꿈에도 그리워
부처님 받들고자 마음 끌리나
병든 백성 어이하나 몸만 달았오
좋은 풍경 못다 보고 떠나려는데
어수선한 세상일이 마음 걸리네

嶺南樓

都元興 詩

金碧樓明壓水天
昔年誰構此峯前
日竿漁父雨聲外
十里行人山影邊
入檻雲生巫峽曉
逐波花出武陵煙
沙鷗但聽陽關曲
那識愁心送別筵

단청은 울긋불긋 강물 위에 솟았는데
어느 해 어느 누가 이 다락을 세웠는가
고기잡는 어부는 비 소리를 낚아내고
길 가는 행인들은 산 그늘을 밟고가네
산들은 옹기종기 구름밖에 솟아있고
꽃잎은 올랑촐랑 파도 따라 떠나가네
떠도는 갈매기가 이 내 심정 어이 알리
헤어지기 싫어하는 이 내 시름을

登全州望景臺

鄭夢周 詩

千仞岡頭石徑橫
登臨使我不勝情
青山隱約扶餘國
黃葉繽紛百濟城
九月高風愁客子
十年豪氣語書生
天涯日沒浮雲合
翹首無由望玉京

깎아지른 멧부리에 비탈길이 감겨있어
올라와 바라보니 즐겁기 한량없네
청산은 말이 없이 부여 역사 숨겨두고
지는 잎 애처롭게 옛 성터를 조상하네
쌀쌀한 가을 바람 객의 시름 자아내고
당당한 대의명분 서생이 말을 하네
서산에 해는 지고 구름 이는데
고개 들어 바라봐도 옛 서울은 바이없네

江陵東軒

宋因 詩

客程容易送餘年
臘盡江城雪滿天
歸夢共雲常過嶺
宦愁如海不知邊
濤聲動地來喧枕
蜃氣浮空望似煙
鏡浦臺空茶竈冷
更於何處擬逢仙

나그네 수월하게 해를 보내네
강릉의 섣달은 눈이 쌓이고
고향을 그리는 꿈 고개를 넘고
벼슬살이 깊은 시름 가이 없구나
누웠으니 베개 머리 파도가 울고
공중에는 황홀한 신기루 뜨네
요즈음은 경포대도 쓸쓸하다니
어디서 한가로이 놀아볼까나

金剛山

權近 詩

雪立亭亭千萬峰
海雲開出玉芙蓉
神光蕩漾滄溟近
淑氣蜿蜒造化鍾
突兀岡巒臨鳥道
淸幽洞壑秘仙蹤
東還便欲陵高頂
俯視鴻濛一盪胸

천만봉 우뚝 우뚝 깎아 세운 듯
구름 사이 꽂아 놓은 옥부용일세
바다인 양 신광은 넓고 넓으며
숙기는 꾸물꾸물 조화 서렸오
뾰죽한 멧부리엔 날새 뿐이고
호젓한 골짝마다 신선 숨었네
비로봉 높은 곳을 올라서면서
홍몽을 굽어보고 가슴 헤쳤오

在固城寄舍弟

成石璘 詩

舉目江山深復深
家書一字抵千金
中宵見月思親淚
白日看雲憶弟心
雨眼昏花春霧隔
一簪華髮曉霜侵
春風不覺愁邊過
綠樹鶯聲忽滿林

바라보니 강산은 깊고 깊은데
집으로 쓰는 편지 마음 설레네
깊은 밤 달을 보니 부모님 생각 간절하고
백일에 구름보니 아우 더욱 그립네
두 눈은 어두워서 봄 안개 낀 것 같고
살적밑 센 머리가 서릿발일세
봄바람은 내 시름 아랑곳 없고
아름다운 꾀꼬리 노래 숲 속에 차네

幽居卽事

朴宜中 詩

幽居氣味少人知
獨愛吾廬護弊籬
朝望海雲開户早
夜憐山月下簾遲
興來邀客嘗新釀
吟就呼兒政舊詩
因病抱關身已老
愧無功業補清時

조용히 살아오니 아는 이 적고
나홀로 집을 아껴 울타리 했네
아침엔 바다 보려 일찍 문 열고
밤에는 달 그리워 발 늦게 치네
흥겨우면 손님 모셔 새 술 거르고
읊을 때는 아이 불러 글을 쓰이네
병들어 천직(賤職)의 몸 이미 늙으니
清年 시대 한 일 없이 부끄럽구나

寧越郡樓作

端宗大王 詩

一自寃禽出帝宮
孤身隻影碧山中
假眠夜夜眠無假
窮恨年年恨不窮
聲斷曉岑殘月白
血流春谷落花紅
天聾尚未聞哀訴
何奈愁人耳獨聰

천고원한 가슴 품고 나온 이 몸이
깊은 산중 외론 신세 처량하구나
밤마다 잠 빌어도 잠은 오지 않고
해마다 해는 가도 설움은 가지 않네
새벽녘 우는 두견 이 시름 함께 하고
봄 골짝 지는 꽃 내 눈물 뿌렸다오
애끊는 이 하소를 하느님은 왜 못 듣고
한 많은 사람들만 귀 밝으니 웬일이오

文曰語爲吉祥滋厚福心緣謹愼歷亨衢

語爲吉祥滋厚福 心緣謹愼歷亨衢

丙申雨水後日眞墨齋人白巖居士

語爲吉祥 35×135cm

政府宴

朴彭年 詩

廟庭深處動哀絲
萬事如今摠不知
柳綠東風吹細細
花明春日正遲遲
先王大業抽金匱
聖主鴻恩倒玉巵
不樂何爲長不樂
賡歌醉飽太平時

들려오는 사죽소리 처량하구나
세상 일이 꼴 되니 마음 아프오
실버들 시름매어 흔들거리고
진달래 피를 뿌려 피어나누나
가신 님 거룩한 뜻 자취 숨기고
고운 님 깊은 은혜 깨어졌느니
처량한 이 내 심사 오래지 않소
우리도 임 모시고 노래 할 것을

乍晴乍雨

金時習 詩

乍晴乍雨雨還晴
天道猶然況世情
譽我便應足毁我
逃名却自爲求名
花開花謝春何管
雲去雲來山不爭
寄語世上須記憶
取歡無處得平生

개었다 비가 오고 오다가 다시 개니
날씨도 이렇거든 세상 인심 어떠하리
날 좋다 하던 이가 나를 문득 미워하고
공명 싫다 하던 이가 공명 찾아 헤매느니
꽃이야 피건 지건 봄철은 알 리 없고
구름이 오든 가든 산은 그리 탓을 않네
여보게 사람들아 새겨두고 잊지말게
두고두고 구하여도 부귀영화 어려우니

次堂弟昱詩(재종제욱시 화답)

趙旅 詩

正字文章自一家
筆端豪氣燦明霞
千尋滄海般雷響
萬仞藍田暖日華
俊逸似君古猶罕
疏荒若我世無多
一門子弟皆成就
漸染陶甄幾所過

문장은 뚜렷하니 집을 이루고
글씨는 힘이 차서 구름 이누나
넓은 바다 파도소리 우레 치는 듯
높은 집 좋은 아들 훌륭하여라
그대처럼 뛰는 재주 세상 드물고
나와 같이 탐탁찮음 다시 있으랴
한 집안 젊은이들 빠짐 없이도
차츰 차츰 앞길로 나가는구나

蔚珍東軒

李石亨 詩

高城越絶鎭邊陲
直壓滄溟勢最奇
逐浪雄風吹海倒
干宵老木倚雲垂
思鄉肯作登樓賦
把酒聊吟問月詩
邂逅相逢盡萍水
欲忙歸去去還遲

변방을 진압하는 높은 옛 성터
푸른 물결 밟고 서니 경치도 좋네
바람따라 이는 물결 바다 뒤엎고
하늘 높이 솟은 나무 구름 서렸오
누에 올라 고향 그려 노래 부르고
달 밝은 밤 잔을 들고 글을 읊었네
서로 만나 눈물 지니 둘이다 나그네
돌아가기 서둘면서 아직 못 갔네

次南原東軒韻

許琮 詩

客裏方知事事艱
人生何術駐紅顏
行伸懶脚尋芳草
坐點吟頭數亂山
夢枕已諳身一世
醉鄕那得屋三間
朝來驟雨非無意
借我忙中半日閑

나 그네 외로운 줄 인제 알았오
사람이 늙으면 청춘 멈추리
방초 언덕 찾아서 거닐어보고
산에 올라 흥겨워 노래 불렀네
지나간 한 세상이 꿈결 같은데
언제나 시골 가서 취해 누으리
오늘아침 소낙비 무척 고마워
어수선한 한 나절 쉬게 하누나

張良

孫舜孝 詩

奇謀不遂博浪中
杖劍歸來相沛公
借箸便能成漢業
分符獨自讓齊封
平生智略傳黃石
老去功名付赤松
堪笑世人長役役
功成勇退是英雄

박랑사 던진 철퇴 진시황 못 죽이고
칼 집고 원한 품고 패공께로 돌아왔네
젓가락 수를 놓아 성패를 미리 알고
병부를 나눠 보내 제왕을 사양했오
평생의 좋은 지략 황석공께 전해받고
부귀공명 마다하고 적송자를 따라갔네
허위 허위 헤매이며 세상 사람 애 타건만
사나이 할 일 하고 돌아간 이 몇 분인가?

新秋

崔淑生詩

雨霽山中露氣清
蒼茫桂影半規明
夜深金井梧桐落
人靜紗窓蟋蟀鳴
萬里雲開銀漢迥
一簷風動玉繩橫
秋來多病腰圍減
怊悵安仁白髮生

비 개이니 산 마을에 이슬 맑게 서리고
아득한 저 달 속에 계수나무 완연하네
밤 깊은데 오동잎 소리 없이 떨어지고
귀뚜라미 창 밖에서 구슬프게 울어대네
하늘에 구름 걷혀 은하수 떠 흐르고
처마 끝 바람 일어 옥승이 비껴있네
가을 들어 병이 잦아 몸집 절로 줄어가니
신경 별로 안 써도 흰 터럭 절로 나네

竹書樓次御史板上韻

(어사의 죽서루 판상운을 빌어) 柳軾詩

蒼厓百丈最高樓
風爽炎天似九秋
醉裏笙歌雲外落
客中歲月馬前流
江山盡入騷仙興
雲雨空教御使愁
憑檻月明機事靜
閒情何異水中鷗

푸른 언덕 높은 위에 그 다락이 더욱 높아
바람 자못 서늘하여 가을인 듯 상쾌하네
취중에 피리소리 멀리 멀리 들려오고
나그네 긴 긴 세월 그럭저럭 흘러갔네
강산의 좋은 풍경 객의 시름 자아내고
비 구름 부질없이 임의 시름 돋아주네
밝은 달 바라보며 고요히 앉았으니
한가로이 나는 백구 너와 내가 다를소냐

七夕

金安國 詩

鵲散烏飛事已休
一宵歡會一年愁
樓傾銀漢秋波濶
腸斷瓊樓夜色幽
錦帳有心邀素月
翠簾無意上金鉤
只應萬劫空成怨
南北迢迢不自由

오작이 흩어지니 두 별님도 만났으리
하룻밤 기쁜 모임 일년 다시 근심이요
눈물 뿌린 은하수 물결 되어 붙어있고
애끊이는 다락 위에 밤 경치 그윽하네
달빛은 다정하게 비단 장막 비춰주고
금갈고리 처량하게 주렴 위에 솟았구나
억만년 지나간들 이 원한 어이하리
남녘 북녘 먼 먼 하늘 서로 보고 못 만나니

彈琴臺

朴祥 詩

湛湛長江上有楓
仙臺孤截白雲叢
彈琴人去鶴邊月
吹笛客來松下風
萬事一廻悲逝水
浮生三歎撫飛蓬
誰能寫出湖州牧
散步狂吟夕照中

고요한 강물 위에 단풍이 붉고
구름 속 탄금대 우뚝 놓였네
거문고 타던 사람 어디로 가고
부는 저 대 바람 따라 들려만 오네
슬프다 모든 일 흘려버리고
뜬 세상 쑥대처럼 흔들거리네
해 질 무렵 거닐며 노래부르니
뉘라서 이 풍경을 그려낼까?

燕京卽事

蘇世讓 詩

宴開迎餞一旬間
三月皇州尙未還
柳絮白於衰客髮
桃花紅勝美人顔
春愁黯黯連空館
歸興翩翩落故山
早晩句當公事了
拂衣長嘯出秦關

보내고 맞는 잔치 길기도 하여
연경에서 석달을 머물렀댔오
버들솜 머리 함께 희게 날리고
복사꽃 미인인 양 얼굴 붉었네
봄 시름 남 모르게 나그네 울고
밤마다 고향 산천 꿈에 비치네
멀지 않아 나랏일 끝을 마치고
노래하며 소매 떨쳐 돌아가겠오

夜坐有感

閔齊仁 詩

晩抛儒業摠戎旗
志士成功會有時
白髮多從西塞得
丹心只許北宸知
孤城暮角江流急
絶漠春風鴈到遲
起望雲河應不寐
胡笳悄悄使人悲

늙게야 책을 덮고 칼을 잡으니
지사의 공 세움이 때가 있도다
변방을 지키노라 터럭이 세고
고운 님 위해서는 丹心 한 조각
변방에 날씨 차니 기러기 더디 날고
성 머리 해지는데 강물 급하네
雲河를 바라보며 잠 못 이룰 제
어디서 胡 피리 소리 애를 끊이네

讀書有感

徐敬德 詩

讀書當日志經綸
歲暮還甘顔氏貧
富貴有爭難下手
林泉無禁可安身
採山釣水堪充腹
詠月吟風足暢神
學到不疑知快闊
免敎虛作百年人

읽노라니 천하 뜻 이루어 가고
안씨의 가난함도 즐거웁도다
부귀공명 시샘 많아 손댈 수 없고
숨어사니 시비 없어 몸이 편쿠나
산나물 물고기 배가 부르고
뜨는 달 부는 바람 시원하여라
하나하나 알게 되니 의심 풀리어
백년 사람 헛되옴을 면하였구나

喜還堂

權應挺 詩

夢喜還鄕覺異鄕
眞還今日合名堂
殘巢紫燕曾諳主
舊植蒼髥己護岡
魚鳥正堪成保社
佩環猶自戀明光
何人爲挽調羹手
投却漁竿向漢陽

꿈속에 보던 고향 깨고 보면 아닐러니
오늘에야 돌아오니 명당임이 분명하네
남아있는 제비들은 반기는 듯 지저귀고
옛날에 심은 솔 벌써 제법 푸르구나
나는 새 뛰는 고기 제각기 즐기거늘
벼슬 살이 얽매인 몸 좋은 풍경 그립네
어느 누가 만류하는 소매자락 뿌리치며
낚싯대 던져두고 서울 향해 올라갔네

萬景臺

楊士彦 詩

九霄笙鶴下珠樓
萬里空明灝氣收
青海水從銀漢落
白雲天入玉山浮
長春桃李皆瓊蘂
千歲喬松盡黑頭
滿酌紫霞留一醉
世間無地起閒愁

학을 타고 저를 불며 이 다락에 내려왔나
넓고도 맑은 기운 멀리 멀리 뻗쳐있네
바닷물 깊고 깊어 은하수를 기울인 듯
구름은 희고 희어 구슬산을 이루었네
도리화 봄을 맞아 곱게 곱게 피어나고
낙락장송 저 늙은 솔 길이 길이 푸르렀네
신선 술 가득 부어 취토록 마시고서
이 세상 모든 시름 멀리 멀리 띄워보세

題延安客館

趙士秀 詩

微忙巨野望無邊
原濕昀昀盡甫田
俗務秦農多菽粟
地同陳國少山川
臥龍池暖肥金鯽
青草湖平簇海船
最恨珠璣空四壁
百年今日始題篇

바라보니 들판은 끝이 없는데
토지는 걸고 걸어 논밭 좋구나
이 고장 백성 농사 힘써 곡식이 많고
평지로 연이어져 산천은 적네
연못물 깊고 깊어 고기 살찌고
바다는 넓고 넓어 배 많이 떴네
안타깝다 구슬발 벽에 비었네
오늘에야 비로소 글을 읊었소

詠風

宋時烈 詩

來從何處去何處
無臭無形只有聲
飄雲覆雨天樞動
盪海掀山地軸傾
赤壁吹焚曹子艦
睢陽噓散項家兵
捲我屋廬茅蓋盡
朝暉穿漏照心明

어드메서 불어와서 어드메로 불려가나
모양 냄새 없건마는 소리 다만 굉장하네
비 퍼붓고 구름 날려 하늘 꼭지 움직이고
바다 덮고 산 흔들어 지축마저 기울이네
적벽강에 비를 섞어 조조 전함 불지르고
수양땅 휘몰아쳐 항우군사 흩였느니
허술하게 이은 지붕 심술궂게 걷어 말아
새로 생긴 틈 구멍에 햇빛 빤히 새어드네

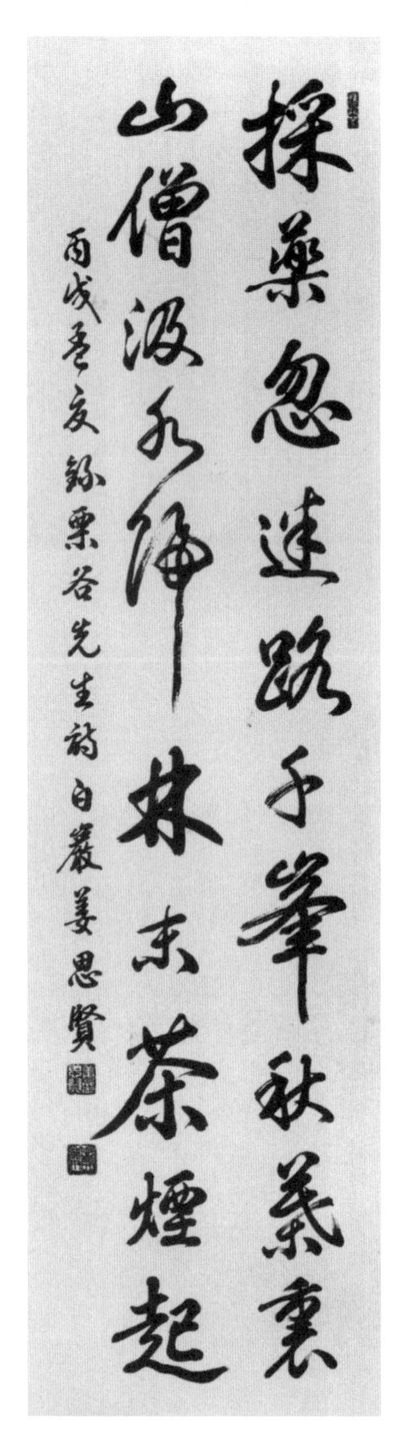

採藥忽迷路 35×135cm

靜中有懷

尹烈相 詩

欲通文理隔高籬
以靜能成子勿疑
有意賢人應易得
無心愚者亦難知
世情近利惟遙義
天道先公乃後私
熟考精研閑裏遂
覺曾呂尙釣江陂

문리를 얻고자 하나 높은 울이 막고 있어
靜으로써 능성하니 그대는 의심말게
뜻이 있는 현인들은 능히 쉽게 얻게 되고
무심하고 우둔한 자 역시 알기 어려워라
세정은 이익에 가깝고 義를 멀리 하며
天道는 公을 먼저 하고 私를 뒤에 하네
精과 硏을 숙고하면 閑中에서 이루느니
일찍이 강태공이 낚시함을 깨달으리

孝親敬老有感

尹烈相 詩

孝親堂下慶嘉饒
敬老門庭禍自遙
氷裏得魚天地感
雪中求筍鬼神超
克諧父母皆稱舜
善治邦家且頌堯
斑白途邊無負戴
美風良俗更生邀

효친하는 당하에는 경사가 풍요롭고
경로하는 가정에는 禍가 자연 멀어지네
얼음 위에 잉어 얻음 천지가 감동하고
눈 속에서 죽순 구함 귀신의 조화로세
부모님께 효도함은 순임금을 일컫고
나라를 다스림엔 요임금을 칭송하네
늙은이들 길거리에 이고짐이 없으면
미풍양속이 갱생함을 맞음일세

薔薇花接夏開

尹烈相 詩

薔薇接夏吐佳香
不友羣芳獨好粧
朶發紅花垂障壁
蔓連綠葉掩疎墻
夕陽紛着蜂鬚膩
朝景光凝蝶翅彰
來王人波皆讚艶
棘生保體折生防

장미꽃은 여름날에 가향을 토해내니
군방들과 친하지 않아 홀로 치장 하는구나
붉은 꽃이 타래로 피어 장벽에 늘어져있고
푸른 잎은 넝쿨져서 성근 담장 가리었네
석양에 꽃가루가 벌의 수염에 붙어 살찌고
아침에 햇볕이 나비 날개를 비춰주네
오고가는 사람마다 예쁜 꽃을 칭찬하니
가시가 몸에 돋아 꺾어감을 선방하네

避暑登山樓

尹烈相 詩

午時避暑始登樓
草色禽聲解積愁
蓮葉雨晴顔洗淨
槿花風軟蘂開休
有爭富貴難舒志
無禁林泉可送眸
賞客徂來多好景
消炎一日瞬間流

무더운 한낮 피서하러 다락에 오르니
풀빛과 새소리에 쌓였던 시름 풀어지네
연잎은 비 개이니 얼굴 씻어 깨끗하고
무궁화는 풍연하니 꽃술 열려 아름답네
부귀는 다툼있어 뜻을 펴기 어렵고
임천은 금함 없어 가히 눈길 보내노라
좋은 경치 구경하러 오가는 이 많아지니
하루의 피서가 순식간에 흘러갔네

金剛山萬瀑洞

栗谷 李珥 詩

石逕高低入洞門
洞中飛瀑怒雷犇
岩橫萬古難消雪
山聳千秋不散雲
獅子峯前披翠霧
光龍洞上坐黃昏
夜投普德禪菴宿
鶴唳猿啼攪夢魂

높고 낮은 돌길 걸어 만폭동에 이르니
폭포소리 우레 같아 소가 놀라 날뛸 같네
큰 바위 옆에는 만고에 눈이 쌓였고
산봉우리 높이 솟아 구름 흩어지지 않네
사자봉 앞에는 푸른 안개 펼쳐 있고
광용이 오르는 고을엔 황혼이 내리네
밤 되어 보덕 암자에서 하룻밤을 묵으니
학 울고 원숭이 울어 내 꿈을 어지럽히네

松京懷古

丁若鏞 詩

國破家亡成古今
青山不語水無心
霞殘水洞樵歌發
月銷荒臺野草深
天外夕陽孤鳥沒
寺邊秋徑一僧尋
凄凉五百年中事
留與行人入苦吟

나라나 가문이나 망함은 고금이 같으니
청산은 말이 없고 강물만 무심히 흐르네
노을진 수동에는 나무꾼 노래소리
달빛 어린 황대에는 들풀만 무성하네
석양의 하늘가엔 새만 외로이 날아가고
사변의 가을 숲길 스님이 찾아드네
처량하다 오백년 고려 사직을
지나가는 길손 함께 탄식하노라

賞花

李滉 詩

一番花發一番新
次第天將慰我貧
造化無心還露面
乾坤不語自含春
澆愁喚酒禽相勸
得意題詩筆有神
銓擇事權都在手
任他蜂蝶謾紛繽

꽃은 한번 필 적마다 다시 새로워지면서
번번이 하느님이 나의 가난 위로하네
조화옹은 무심히 본 모습 나타내고
천지는 말없이 봄 기운을 품었네
시름 씻으려 술을 청하니 새들은 권주가요
마음 내켜 시 지으니 붓은 신이 들린 듯
가리고 버림은 모두가 이 손에 달렸으니
벌 나비 분주히 날아든들 개의하지 않는다네

求退有感

栗谷 李珥 詩

行藏由命豈有人
素志曾非在潔身
閶闔三章辭聖主
江湖一葦載孤身
疎才只合耕南畝
清夢徒然繞北辰
茅屋石田還舊業
半生心事不憂貧

오고 가고 사람의 일 운명에 있으니
이 내몸 사림은 본래의 뜻 아니요
고운 님께 물러감 글월 올리고
시골로 돌아가는 외로운 몸일세
변변치 못한 재주 농사 일에 알맞는데
임 못 잊어 그리움은 대궐을 감도네
오막살이 옛 터전에 다시 돌아왔으니
한 평생 가난 걱정 없이 즐겨보리라

願國泰民安

姜思賢 詩

吾韓自古性團欒
半萬年間百苦闌
産業隆興皆務族
文明發展盡誠官
唐虞踐孝齊家穩
鄒魯施仁治世安
議政富强傾總力
民寧國泰必無難

우리 한국 예부터 성품이 단란하고
반만년 긴 긴 세월 百苦를 막아냈네
산업의 융흥 위해 겨레 함께 노력하고
문명의 발전에는 官이 정성 다해야지
요·순 임금은 효를 실천 제가가 안온했고
공자 맹자는 仁 베풀어 치세가 편안했네
의회와 정부가 부강에 총력하면
국태하고 민안함이 어렵지 않으리라

吟張家界

姜思賢 詩

張袁家界大名坊
怪樹妖花風播香
十里畫廊巖絶壁
寶峯湖水浴仙場
黃龍洞窟神奇聳
天子山中御筆相
屛立將軍雄氣肅
迷魂臺景失魂惶

장가계 원가계는 이름 높은 명승지요
기괴한 꽃과 나무 향기 더욱 그윽하네
십리 화랑은 바위 절벽 빼어나고
보봉 호수는 옛 선녀들의 욕장 같네
황용 동굴은 신이 빚은 궁전 같고
천자 산 중엔 황제 쓰던 어필 있네
병풍처럼 둘러선 장군 상의 웅장함과
미혼대 경치보다 넋 잃을까 두렵네

吾鄉忠州湖

姜思賢 詩

湖態沆深天興滄
岸邊楓樹繡花芳
行船左右如山走
波白空中似霧颺
玉筍嶋潭朝夕爽
丹陽八景古今莊
清風明月本無主
寒水堤川我舊鄉

호수모양 넓고 깊어 하늘 함께 푸르르고
호수가 단풍모양 수화처럼 아름답네
배가 빨리 지나가니 좌우 산이 달리는 듯
배 뒤 편엔 흰 물보라 운무처럼 날리네
옥순봉 도담봉은 아침저녁 상쾌하고
단양 팔경은 예나 지금이나 장엄하네
청풍과 명월은 본래 주인 없는데
제천과 한수는 나의 옛 고향일세

願博愛情神

姜思賢 詩

博愛精神出恕仁
溫情智覺在諸人
孝賢實踐成和睦
獻身奉仕化善隣
竭力慈宣何可遠
誠心敬行孰非親
忠義專修邦堅本
布德施恩聖敎眞

박애정신은 용서와 인자에서 나오고
온정과 지각지심 사람마다 갖고있네
효현을 실천하면 가정화목 이뤄지고
헌신적 봉사하면 착한 이웃 유지되네
힘 다하여 자선하면 어찌 가히 멀어지며
성심으로 존경하면 누구라도 친해지리
충의를 전수함은 나라 지킴의 근본이요
포덕과 시인은 성교의 진리일세

讀書有感

姜思賢 詩

秋冬諸衆讀書敦
儒學人生道理存
孝悌忠情經國本
修身敬愛起家門
農夫勉稼能成富
官吏勤廉可得尊
卷裏施仁恩德教
盡誠講習導兒孫

추동절엔 모든사람 독서하기 좋은 때요
유학에는 인생의 사는 도리 들어있네
효제와 충정은 나라 경영의 근본이요
수신하고 경애함은 기가의 문이로세
농부가 가색에 힘쓰면 부자가 될 수 있고
관리가 근렴하면 높은 지위 얻으리라
책 속에는 仁 베풂과 은덕을 가르치니
정성 다해 공부하여 자손을 계도하세

新春所望

姜思賢 詩

東君布德到新春
解凍溪流漸漲濱
堤柳垂枝生綠眼
庭梅綻蕾發紅脣
士林究道倫綱足
農者尋田種播眞
雨順風調豊作裏
家和慶福禱天神

동군이 덕을 펴니 새봄이 이르고
해동하니 시냇물이 점점 불어 넘치네
제방 버들 가지마다 푸른 싹눈 나오고
뜰 앞 매화 터진 망울 붉은 입술 벌리네
사림들 구도하니 윤리기강 흡족하고
농자는 밭을 찾아 파종에 진력하네
우순하고 풍조하여 풍년을 이룬 속에
가정 화목 만복 경사 천신에 기도하네

萬化方暢吟

姜思賢 詩

春光滿地四方明
布德陽風萬化成
蜂蝶探花歡樂溢
李桃發艶喜心盈
簷巢燕子慇情起
草屋農夫富夢生
錦繡江山華麗景
騷朋墨客寫精誠

봄빛이 땅에 가득하니 사방이 청명하고
양풍이 덕을 펴니 만화가 이룩되네
벌과 나비 탐화하니 즐거움이 넘치고
도리화 곱게 피니 기쁜 마음 가득하네
추녀 끝 제비집엔 연자 은정 일어나고
초옥의 농부들은 부자될 꿈 생겨나네
금수강산의 화려한 이 경치를
시인과 묵객들은 정성 다해 그려보세

夏日卽事

白巖 詩

夏至繞過樹勢寬
松亭閑坐避炎安
移秧收麥農夫汗
古蹟觀光外客瀾
翰墨研磨精筆秀
詩文學究讀書冠
寒溫暑熱循環法
萬事傾誠解苦難

하지를 지나니 수목이 활창하고
솔 정자에 앉았으니 더위 피해 편안하네
모 심고 보리 베기 농부들 땀 흘리고
고적을 탐광하는 외국 손님 물결이네
한묵을 연마하면 필세가 빼어나고
시문을 연구함엔 독서가 으뜸일세
사계절 한온 서열 순환의 법칙이니
만사에 경성하면 고난이 해결되리

重陽佳節吟

白巖詩

已到重陽快霽天
耽秋賞客野山連
楓林染紫凝朝露
黃菊飄香散夕煙
離北鴻羣尋故處
向南燕子別佳緣
登豊五穀收藏裏
好節風光樂自然

중양절이 이르느니 날씨가 쾌청하고
탐추하는 상객들이 산과 들에 이어졌네
붉게 물든 단풍 숲에 아침 이슬 엉겨있고
황국화 향기 날려 석연 함께 흩어지네
북을 떠난 기러기 떼 연고지를 찾아들고
남향하는 제비들은 정든 인연 작별하네
오곡이 풍년들어 추수를 하는 속에
좋은 계절 풍광에 저절로 즐거워지네

小寒酷於大寒吟

白巖詩

大寒凍殞小寒家
自古年年冷酷加
芽屋簷端銀杖掛
蒼松葉末玉花賒
待朋路客疑零耳
念佛山僧畏破牙
童子氷場遊走樂
老翁耐雪健康誇

(속담에) 대한이 소한 집에 가서 동사했다더니
예부터 해마다 혹독 추위 더해지네
초가집 추녀끝엔 은지팡이(고드름) 걸려있고
푸른 솔잎에는 옥화가 달려있네
친구 기다리는 길손은 귀 떨어짐 의심되고
염불하는 산승은 이 깨질까 두렵네
아이들은 얼음 판에 뛰어놀기 즐겁고
노인들은 눈을 견뎌 건강을 과시하네

家庭教育十訓

白巖 著

一. 年計在春日計必晨
二. 幼而不學老無所知
三. 春不耕種秋無所望
四. 不顧父母子亦不孝
五. 親族疏遠難事必孤
六. 修身仁義保家勤儉
七. 仁交禮信爲政德讓
八. 過勞身疲過慾損福
九. 積善有慶積惡必禍
十. 百忍堂中必有泰和

一. 일년 동안 할 일은 정월에 계획하고、
오늘 할 일은 새벽에 계획을 세워야 한다
二. 어려서 열심히 배우지 아니하면
늙어서도 아는 바가 없다
三. 봄에 씨앗을 심지 아니하면
가을에 수확할 것이 없다
四. 내가 부모님께 효도하지 아니하면
자식 역시 나에게 불효한다
五. 친족에게 소홀히 대하면
어려운 일을 당할 때 외로워진다
六. 몸을 닦는 것은 仁과 義로 하고
집을 보호하는 데는 근면하고 검소해야 한다
七. 친구를 사귐에는 예의와 신용으로 하고
정치는 덕과 겸양으로 해야 한다
八. 활동이 지나치면 몸이 피로해지고
욕심이 지나치면 손해를 본다
九. 선행을 쌓으면 경사가 있고
악행을 많이 하면 반드시 화가 닥친다
十. 백번을 참는 가정에는 반드시 큰 평화가 온다

中國名詩

五言絶句

四時 陶淵明 詩(唐)

春水滿四澤
夏雲多奇峰
秋月揚明輝
冬嶺秀孤松

봄 물은 모든 못에 가득하고
여름구름은 기이한 봉우리가 많고
가을 달은 밝게 빛나고
겨울의 고개에는 외로운 소나무가 빼어나네

勉學 陶淵明 詩

盛年不重來
一日難再晨
及時當勉勵
歲月不待人

젊은 시절은 거듭 오지 않고
하루에 두 번 새벽이 오지 않는다
때가 이르면 마땅히 힘을 다할지어다
세월은 사람을 기다려주지 않는다

歸園田居 陶淵明 詩

羈鳥戀舊林
池漁思故淵
開荒南野際
抱拙歸園田

철새도 옛 집을 그리워하고
물고기도 옛 못을 그리워 한다네
개간해 놓은 남쪽 들녘으로
고졸함을 지키고자 고향으로 돌아왔네

午倦 袁枚 詩

讀書生午倦
一枕曲肱斜
忘却將窓掩
渾身是落花

책을 읽다 싫증이 나
팔을 베고 잠이 들었는데
잊어버리고 창문을 닫지 않았더니
온 몸에 꽃이 떨어져 있네

王昭君

李白 詩(唐)

胡地無花草
春來不似春
自然衣帶緩
非是爲腰身

오랑캐 땅에 꽃과 풀이 없으니
봄이 와도 봄같지 않구나
자연히 근심으로 몸이 야위어 옷과 허리가 느슨해지니
이것은 허리 가는 몸을 위한 것이 아니네

歲寒

邵康節(宋)

松柏入冬青
方能見歲寒
聲須風裏聽
色更雪中看

소나무와 잣나무는 겨울에도 푸르러
바야흐로 세한에도 볼 수 있구나
소리는 꼭 바람속에서 들리고
색깔은 또 눈속에서도 볼 수 있다네

憫農

李紳 詩(唐)

鋤禾日當午
汗滴田中土
誰知盤中飧
粒粒皆辛苦

김 매다 해가 정오에 이르니
땀방울이 밭 가운데 떨어지누나
누가 알리 소반 위에 밥을
낱낱이 모두 고통 속에 얻어진 것을

辛夷塢

王維 詩(唐)

木末芙蓉花
山中發紅萼
澗户寂無人
紛紛開且落

가지 끝 부용화가
산중에 붉게 꽃 피우고
냇물가 집에는 사람이 보이지 않고
꽃만 곱게 피었다 지고 피었다 또 지는구나

安分

邵雍詩(宋)

安分身無辱
知幾心自閑
雖居人世上
却是出人間

분수를 알고 편안히 하면 몸에 욕됨이 없고
사물의 기틀을 알면 마음이 자연히 한가해지리라
비록 인간 세상에 살지만
곧 인간 세상을 벗어날 것이다

隱求齋

朱熹詩(宋)

晨窓林影開
夜寢山泉響
隱此復何求
無言道心長

새벽이면 창가에 숲 그림자 비치고
밤이면 침실에 옹달샘소리 나지요
이곳에 살면서 또 무엇을 구할손가
말없이 道心이나 키우리라

渡江

文點詩

青山如古人
江水似美酒
今日重相逢
把酒對良友

청산은 옛 친구와 같고
강물은 美酒와 같구나
금일 다시 또 만나니
벗과 함께 술을 즐기리라

無題

李白詩(唐)

五老峰爲筆
三湘作硯池
青天一張紙
寫我腹中詩

여산의 오로봉을 잘라 내 붓을 만들고
삼상의 물로 벼루물 삼아
하늘같이 큰 종이에
내 마음의 시를 쓰리라

五言律詩

閑居(酬張少府)

王維詩

晚年唯好靜
萬事不關心
自顧無長策
空知返舊林
松風吹解帶
山月照彈琴
君問窮通理
漁歌入浦深

만년에 오직 조용히 살고파서
만사에 관심을 끊어버리고
스스로 되돌아봐도 뾰족한 수가 없어
모두가 헛됨을 알고 고향으로 돌아가네
시원한 솔바람이 허리띠를 풀게 하고
서산에 지는 달을 보고 거문고를 타네
그대는 아는지 궁하면 통하는 이치를
어부들 노랫소리만 갯마을 깊숙이 들려오네

終南別業

王維詩

中歲頗好道
晚家南山陲
興來每獨往
勝事空自知
行到水窮處
坐看雲起時
偶然值林叟
談笑無還期

중년에 불도에 심취해 오던 중이라
만년에는 남산자락에 집을 마련했네
흥이 나면 매양 홀로 오가면서
즐거움이란 스스로 마음을 비우는 것임을 알았네
발걸음 닿는 곳이 샘의 근원이라 좋고
앉아서 천변만화의 구름 일어남을 보네
우연히 숲속에 사는 노인네를 만나면
주고받는 담소로 돌아올 줄 모른다네

秋登宣城謝眺北樓

李白詩

江城如畫裏
山曉望晴空
兩水夾明鏡
雙橋落彩虹
人煙寒橘柚
秋色老梧桐
誰念北樓上
臨風懷謝公

강가에 읍성은 한 폭의 그림 같고
저무는 산 위에는 하늘 맑게 개었네
두 줄기 맑은 강물 도읍을 감싸고
두 개의 강다리는 무지개처럼 비치네
연기 이는 마을 주변 귤은 익어가고
오동나무 낙엽 지니 가을빛이 완연한데
누가 생각이나 했으랴 이 누대에 올라와
가을바람 쓸쓸한데 사조를 추억할 줄이야
※사조는 齊의 詩人

尋雍尊師隱居

李白詩

群峭碧摩天
逍遙不紀年
撥雲尋古道
倚樹聽流泉
花暖青牛臥
松高白鶴眠
語來江色暮
獨自下寒煙

우뚝 솟은 산봉우리 하늘을 찌를 듯
유람한 지 오래되어 기억조차 못하겠네
구름을 헤치며 옛길 찾아 올라가다
나무에 기대쉬니 맑은 물소리가 들리네
날씨가 따뜻하니 꽃 속에 소는 한가로이 누워있고
높은 소나무에 학은 졸고있네
저무는 강 위에 사람소리 들리는데
홀로 차가운 안개 속을 내려오네

春夜喜雨

杜甫 詩

好雨知時節
當春乃發生
隨風潛入夜
潤物細無聲
野徑雲俱黑
江船火獨明
曉看紅濕處
花重錦官城

봄비는 시절을 맞추어 내리니
봄을 맞아 만물이 피어나네
비는 바람 따라 조용히 밤에 내리니
소리없이 만물을 윤택케 하네
들길에는 밤안개 검게 내려앉고
강물에 고깃배 불빛만 유독 밝네
날이 새어 붉게 물든 곳을 볼라치면
이는 금관성에 꽃이 만발함이리라

春望

杜甫 詩

國破山河在
城春草木深
感時花濺淚
恨別鳥驚心
烽火連三月
家書抵萬金
白頭搔更短
渾欲不勝簪

나라는 망했어도 산하는 그대로 있어
장안에 봄이 오니 초목만 무성하네
시국이 험하니 꽃을 보고도 눈물이 흐르고
한 많은 이별에 새만 날라도 깜짝 놀라네
봉화는 춘삼월에도 계속해 타오르니
집 소식은 만금을 주어도 알기가 어렵구나
흰머리 긁어 자꾸만 짧아지니
이제는 관비녀도 지탱이 어렵구나

鶴

杜牧 詩

清音迎晚月
愁思立寒蒲
丹頂西施頰
霜毛四皓鬚
碧雲行止躁
白鷺性靈麤
終日無羣伴
溪邊吊影孤

밝은 달을 쳐다보며 맑은 울음소리
물가 시든 풀밭에 수심 겨운 듯
붉은 머리는 서시의 볼처럼 아름답고
눈같이 흰 털은 사호의 수염 같구나
유유히 떠가는 백운도 학의 유연함만 못하고
단정한 백로도 학의 기품에 못 미치네
종일토록 누구 하나 벗함이 없어
개울가에서 외로이 제 그림자만을 벗하네

過故人莊

孟浩然 詩

故人具雞黍
邀我至田家
綠樹村邊合
青山郭外斜
開軒面場圃
把酒話桑麻
待到重陽日
還來就菊花

친구가 술과 안주를 마련해 놓고
나를 자기 시골집에 청하였네
숲이 마을 주위에 어우러졌고
청산은 저 멀리 성곽처럼 둘러 있네
문을 여니 마당과 채마밭 마주하고
잔을 나누며 길쌈과 농사 얘기로 즐겁네
또 중량절을 기다렸다가
그 때 다시 와서 국화를 즐겨야지

溪居 柳宗元 詩

久爲簪組累
幸此南夷謫
閑依農圃鄰
偶似山林客
曉耕翻露草
夜榜響溪石
來往不逢人
長歌楚天碧

벼슬길에 오래도록 번민해오던 중
다행히 남쪽 야만인의 땅에 유배되어
농민들과 이웃하여 삶이 마음 편하여
가끔은 숲속에 사는 자유민의 기분이네
이른 아침 이슬 숲 헤치며 밭을 갈며
밤이면 노 젓는 소리 개울돌에 울리네
오고 갈 제 만나는 사람 없는지라
초나라의 푸른 하늘 향해 길게 노래 부르네

梅 杜牧 詩

輕盈照溪水
掩斂下瑤台
妬雪聊相比
欺春不逐來
偶同佳客見
似爲凍醪開
若在秦樓畔
堪爲弄玉媒

매화 곱게 피어 산듯하게 물에 비친 모습이
선녀가 내려와 물에 비침같네
흰 눈을 투기하듯 눈 속에 피어 아름다움 다투고
봄을 얕보는지 기다리지 않고 피었네
가끔 아름다운 벗과 함께 감상하면
지난 겨울 담근 술 권하려고 피어난 듯
만약 춘추시대 秦穆公의 궁궐에 피었더라면
弄玉 공주를 그리든 소사에게 중매하였으리

閒詠 白居易 詩

步月憐淸景
眠松愛綠陰
早年詩思苦
晚歲道情深
夜學禪多坐
秋牽興暫吟
悠然兩事外
無處更留心

맑은 빛이 정다워 달빛 아래 거닐며
녹음이 좋아서 소나무 아래서 자기도
젊어서는 시를 짓느라 고생했고
만년에는 도 닦는데 몰두했네
밤에는 선을 익히고자 정좌했고
가을이면 흥에 겨워 시를 읊기도 하였네
우연히 이 두 가지만 일삼으며
다른 이엔 다시 마음을 두지 않았네

和春深 (其二) 白居易 詩

何處春深好
春深貧賤家
荒凉三徑草
冷落四隣花
奴困歸傭力
妻愁出賃車
途窮平路險
擧足劇褒斜

어디에서 무르녹은 봄을 좋아할까?
빈천에 쪼들리는 집에 봄이 깊었으나
황량한 뜰안길엔 풀이 마구 자랐고
사방 주위에 시든 꽃 흩어져있고
남편은 밭갈이하다 지쳐 돌아왔거늘
아내는 고생스런 품팔이하러 나가네
곤궁에 빠진 그들에겐 평탄한 길도
포야 언덕보다 험난하여 걷기 힘드네

墨場敎本 | 231

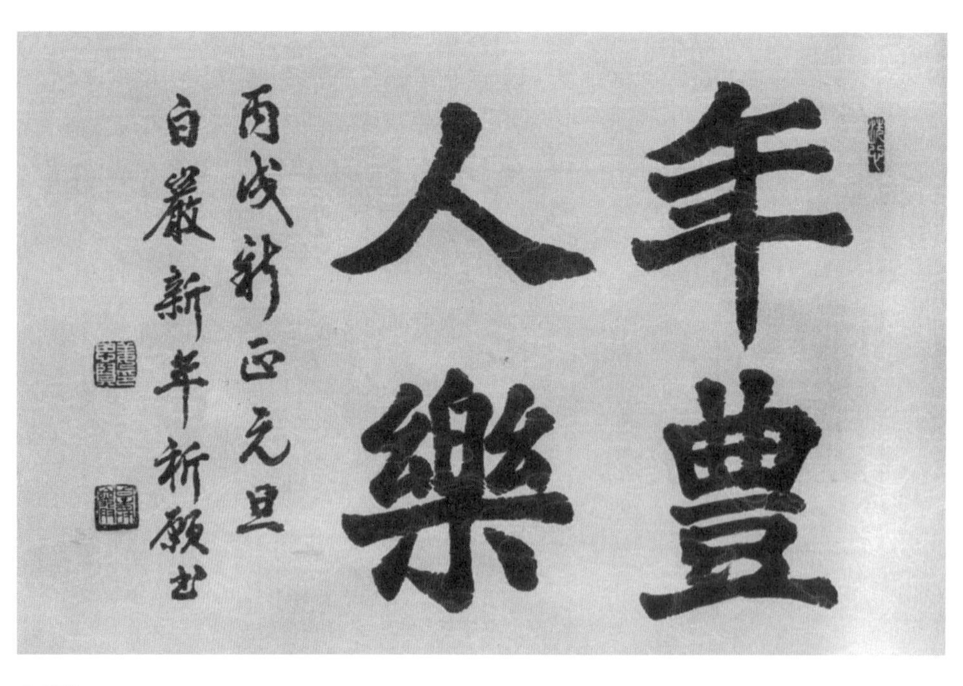

朱熹句 60×40cm

聖泉宴

王勃詩

披襟乘石蹬
列籍俯春泉
蘭氣熏山酌
松聲韻野絃
影飄垂葉外
香度落花前
興洽林塘晚
重岩起夕烟

옷깃을 헤치면서 석등에 올라
자리를 나란히 하여 春泉에 임하니
난초의 향기는 산중 주석에 훈훈하고
소나무 소리는 거문고 소리처럼 울리고 있네
늘어진 잎그림자 정자밖에서 펄럭이고
주연석 앞에는 낙화 향기 그윽하네
흥취는 흡족하고 임당에도 해가 지니
중암에는 저녁 연기 올라가네

賦得妾薄命

杜審言 詩

草綠長門掩
苔靑永巷幽
寵移新愛奪
淚落故情留
啼鳥驚殘夢
飛花攪獨愁
自憐春色罷
團扇復迎秋

녹색의 풀은 長門을 덮고 있고
이끼는 푸르고 거리는 유적하다
총애는 新愛에게 옮겨가 빼앗기고
눈물을 흘리며 옛정을 挽留하네
새 우는 소리가 잔몽을 깨우고
떨어지는 꽃은 獨愁를 더욱 어지럽게 하네
춘색이 지나니 스스로 가련함을 느끼는데
團扇은 또다시 가을을 맞이하네

陸渾山莊

宋之問 詩

歸來物外情
負杖閱岩耕
源水看花入
幽林採藥行
野人相問姓
山鳥自呼名
去去獨吾樂
無能愧此生

돌아와보니 세상 밖의 정이 각별하구나
지팡이를 짚고 암경을 돌아보고
꽃을 보기 위해 源水에 들어가고
약초를 캐기 위해 유림으로 간다네
야인들은 서로가 성을 묻고 있으나
새들은 자연히 이름을 알고 있네
앞으로는 나홀로 즐기리라
능히 나의 여생을 부끄러워 하지 않으리

山居秋暝

王維 詩

空山新雨後
天氣晩來秋
明月松間照
清泉石上流
竹喧歸浣女
蓮動下漁舟
隨意春芳歇
王孫自可留

공산에 새로 비가 내린 뒤에
천기는 밤부터 가을이 되었구나
명월은 소나무 숲 사이를 비추고
청천은 석상을 흘러 내리네
대나무 밖에는 歸浣하는 여인들로 시끄럽고
어주가 지나니 연화가 흔들리네
뜻대로 봄의 아름다움은 끝나니
왕손은 스스로 멈추누나

過香積寺

王維 詩

不知香積寺
數里入雲峰
古木無人徑
深山何處鐘
泉聲咽危石
日色冷青松
薄暮空潭曲
安禪制毒龍

향적사를 알 수가 없어서
雲峰 속으로 수리를 들어가니
길은 없고 고목만 우거졌는데
심산 어느 곳에서 종소리가 들려오네
泉聲은 危石에서 멈추고
햇빛은 청송에 비춰 냉기를 느낀다
박모에 공담곡에 안선하여
慧力으로 독룡을 제압코자 하네

送友人

李白 詩

青山橫北郭
白水繞東城
此地一爲別
孤蓬萬里征
浮雲游子意
落日故人情
揮手自茲去
蕭蕭班馬鳴

청산은 북곽에 가로 놓여있고
白水는 東城을 감싸고 있네
이 곳에서 일단 작별하게 되면
孤蓬이 만리를 가는 것 같네
뜬 구름은 游子의 마음과 같고
落日은 故人의 情이로세
손 흔들며 이 곳을 떠나려니
소소하며 반마가 우네

野望

杜甫 詩

淸秋望不極
超遞起層陰
遠水兼天淨
孤城隱霧深
葉稀風更落
山逈日初沈
獨鶴歸何晚
昏鴉已滿林

맑은 가을에 전망은 끝이 없고
초체한 곳에 층운이 있네
원수는 하늘과 합하여 멀리 보이고
孤城에는 은무가 깊구나
드문드문 남은 잎 바람에 마저 지고
저 멀리 산 넘어 해는 지는데
어찌하여 학만은 이다지도 늦는가
황혼에 까마귀는 이미 숲속에 가득한데

旅夜書懷

杜甫詩

細草微風岸
危檣獨夜舟
星垂平野闊
月湧大江流
名豈文章著
官應老病休
飄飄何所似
天地一沙鷗

세초가 미풍에 흔들리는 기슭에
밤에 배를 정박하고 홀로 危檣에 의지해 있네
별이 평야에 드리우니 광활하고
달이 大江 위에 솟으니 그 빛이 흐른다
명성이 어찌 문장으로 나타나겠는가
벼슬은 老病으로 쉬는 것이 마땅하다
표표한 이 신세는 무엇을 닮았을까
天地間에 一沙鷗와도 같으리라

題義公禪房

孟浩然詩

義公習禪寂
結宇依空林
户外一峯秀
階前衆壑深
夕陽連雨足
空翠落庭陰
看取蓮華淨
方知不染心

義公은 禪寂을 배우는데
집을 짓되 空林을 의지하네
문 밖에는 산봉우리 빼어나고
뜰 앞에는 골짜기 깊구나
석양은 雨足에 이어지고
하늘의 푸른 빛은 뜰 그늘에 이어지네
연꽃의 맑음을 보고 음미하니
마침내 不染心을 알게되네

秋思

白居易 詩

夕照紅於燒
晴空碧勝藍
獸形雲不一
弓勢月初三
雁思來天北
砧愁滿水南
蕭條秋氣味
未老已深諳

저녁노을은 불타는 것보다 붉고
개인 하늘은 쪽빛보다 푸르구나
짐승 모양의 구름 각각 다르고
매월 초사흘달은 활 모양이네
기러기를 보면 北天에서 옴을 생각하고
다듬이 소리에 秋聲과 愁心이 더해지네
소소한 가을 기운을 느끼며
아직 늙지는 않았는데 쓸쓸함이 느껴지네

足柳公權聯句

蘇東坡 詩

人皆苦炎熱
我愛夏日長
薰風自南來
殿閣生微凉
一爲居所移
苦樂永相忘
願言均此施
清陰分四方

사람들은 모두 더위에 괴로워하는데
나는 여름 해가 긴 것을 좋아하노라 (唐文宗)
훈풍이 남쪽으로부터 불어오니
전각에 서늘한 기운이 생기네 (柳公權)
한번 거소를 옮기니
苦樂을 길이 잊을래라
원컨대 골고루 이를 베풀어서
서늘함이 사방에 미치도록 나누어지기를 (東坡)

七言絕句

盧山瀑布水

李白 詩(唐)

日照香爐生紫煙
瑤看瀑布掛前川
飛流直下三千尺
疑是銀河落九天

향로봉에 해 비치니 붉은 연기 일어나고
멀리 보이는 폭포수 앞내를 걸어놓은 듯
수직으로 날아흘러 三千尺이나 되는 듯
은하수가 九天에서 떨어지는가 의심되네

登金陵鳳凰臺

李白 詩

三山半落青天外
二水中分白鷺州
總是浮雲能蔽日
長安不見使人愁

삼산은 푸른 하늘 밖으로 반쯤 지고
두강은 가운데로 백로주를 나누었네
언제나 뜬 구름은 해를 가릴 수 있으니
장안이 보이지 않아 사람들로 하여금 근심짓게 하네

回鄕偶書

賀知章 詩(唐)

少小離家老大回
鄕音無改鬢毛催
兒童相見不相識
笑問客從何處來

소시에 집을 떠나 他鄕에 살다 늙어서 고향에 돌아오니
사투리는 옛과 같으나 수염이 늙어나 몰라보게 되었구나
집안의 아이들은 자신을 몰라보고
빙글빙글 웃으면서
할아버지는 어디서 오셨느냐고 묻고 있구나

無題

王安石 詩(北宋)

東邊日出西邊雨
一鳥不鳴山更幽
白下門東春已老
今來風雨又維舟

동쪽가에 해 뜨고 서쪽가에 비 오는데
새 한 마리 울지 않아 산은 다시 깊구나
白下 城門 동쪽에 봄은 이미 무르익어
다가오는 비바람에 배를 또 묶어놓네

清明 杜牧詩(唐)

清明時節雨紛紛
路上行人欲斷魂
借問酒家何處在
牧童遙指杏花村

청명 시절에 어지러이 비가 내리니
길가는 나그네 시름에 겨워하네
묻노니 술집이 어디에 있는가
목동이 멀리 가리키니 살구꽃 핀 마을을

送孟浩然 李白詩(唐)

故人西辭黃鶴樓
烟花三月下楊州
孤帆遠影碧空盡
惟見長江天際流

벗이 서쪽으로 황학루를 멀리하고
안개 낀 三月 양주 땅으로 내려가는데
외로운 돛단배 멀어져 푸른 하늘에 묻히고
오직 보이는 것은 장강 하늘 끝에 흐르는 것 뿐

春行寄興 李華詩(唐)

宜陽城下草萋萋
澗水東流復向西
芳樹無人花自落
春山一路鳥空啼

의양성 밑에 잡초는 우거지고
시냇물은 동으로 또 서로 구비쳐 흐르네
사람없는 나무에 선 꽃만 홀로 떨어지고
봄산의 외로운 길엔 부질없이 새만 우네

夜直 王安石詩(宋)

金爐香盡漏聲殘
剪剪輕風陣陣寒
春色惱人眠不得
月移花影上欄干

금향로의 향은 다 타버리고
물방울 떨어지는 소리도 약해지니
으시시 추운 바람이 한바탕씩 불어 추위가 느껴오네
봄의 風情이 나의 詩情을 북돋아 잠을 이루지 못하는데
무심코 보니 月光이 꽃 그림자를
난간 위로 옮겨 놓았네

春夜

蘇軾 詩(宋)

春宵一刻直千金
花有清香月有陰
歌管樓臺聲寂寂
鞦韆院落夜沈沈

봄날 밤의 한 때는 千金의 값이 있고
꽃에는 맑은 향기가 있는데 달은 희미하게 흐려져 있네
노래하고 피리 불던 누대도 소리없이 적적하니
그네가 걸린 뜰 안에도 밤만 깊어 가누나

重九憶山中兄弟

王維 詩(唐)

獨在異鄕爲異客
每逢佳節倍思親
遙知兄弟登高處
遍插茱萸少一人

홀로 고향을 떠나 타향에서 생활하니
명절만 되면 고향 생각이 한 층 더 나네
형제들 함께 모여 높은 산에 올라
수유를 꺾어 머리에 꽂고 즐겼는데,
나 하나만 불참함을 못내 섭섭하게 생각하리라

尋隱者不遇

魏野 詩

尋眞誤入蓬萊島
香風不動松花老
採芝何處未歸來
白雲滿地無人掃

신선 찾아 봉래도로 잘못 들어가보니
가득한 향기 속에 송화만 지네
지초 캐러 어느 곳에 갔길래 아직도 오지 않고
흰 구름 땅에 가득 아무도 쓸지를 않네

泛舟入後溪之一

羊士諤 詩

雨餘芳草淨沙塵
水綠灘平一帶春
唯有啼鵑似留客
桃花深處更無人

비 개인 잔디밭 먼지 하나 없는데
물 푸르고 여울 잔잔한 봄철이로다
오직 두견새 울어 나그네를 만류하는 것 같은데
복숭아꽃 짙은 곳에 사람 하나 없구나

勸學文 朱文公 詩

少年易老學難成
一寸光陰不可輕
未覺池塘春草夢
階前梧葉已秋聲

소년이 늙기는 쉬워도 학문을 이루기는 어려우니
짧은 시간이라도 가볍게 여기고 헛되게 보내지 마라
못가에 봄 풀이 자라나는가 싶더니
어느새 뜰 앞에 오동잎이 떨어져 가을을 알리누나

大學句 35×135cm

七言律詩

酌酒與裴迪

王維詩

酌酒與君君自寬
人情翻覆似波瀾
白首相知猶按劍
朱門先達笑彈冠
草色全經細雨濕
花枝欲動春風寒
世事浮雲何足問
不如高臥且加餐

술을 부어 君에게 주며 스스로 관대하라
人情의 번복은 파란과도 같구나
白首토록 서로 알면서도 때로는 按劍하고
朱門에 先達한 彈冠을 비웃는다
풀빛은 전적으로 이슬비에 젖어있고
꽃가지가 흔들리니 봄바람이 차갑구나
세상사는 뜬 구름인데 무엇을 묻겠는가
잠시 高臥하며 加餐하며 몸을 소중히 하라

題東溪公幽居

李白詩

杜陵賢人清且廉
東溪卜築歲將淹
宅近青山同謝朓
門垂碧柳似陶潛
好鳥迎春歌後院
飛花送酒舞前簷
客到但知留一醉
盤中祇有水晶鹽

두릉의 현인은 너무도 청렴하여
동계에 집을 짓고 一年中 그 곳에서 俺留하네
집이 청산에 가까운 것은 謝朓(齊宣城太守)와 같고
문에는 碧柳가 늘어져있으니 陶潛과도 같네
好鳥는 봄을 맞아 후원에서 노래하고
飛花는 送酒하며 추녀 앞에서 춤을 추네
객이 오면 머물게 하고 주식 접대해야지만
밥상 위에는 오직 수정염 뿐이구나

秋興八首中其一

杜甫詩

玉露凋傷楓樹林
巫山巫峽氣蕭森
江間波浪兼天湧
塞上風雲接地陰
叢菊兩開他日淚
孤舟一繫故園心
寒衣處處催刀尺
白帝城高急暮砧

옥로는 풍수림을 일찍 마르게 하고
무산과 무협에 추기가 소조하다
강간에 파랑은 하늘에 이어져 용솟음치고
塞山의 풍운은 지면과 접하여 어둡네
총국은 타향에서 두 번 피고 있으니 눈물이 흐르고
孤舟는 故園을 그리는 마음을 묶어놓고 있네
寒衣는 여기저기 잘라내고 꿰매고 했는데
백제성 높은 곳에서는 暮砧 소리가 급하네

江村

杜甫詩

清江一曲抱村流
長夏江村事事幽
自去自來堂上燕
相親相近水中鷗
老妻畵紙爲碁局
稚子敲針作釣鉤
多病所須唯藥物
微軀此外更何求

청강은 만곡되어 촌락을 안고 흐르며
긴 여름의 강촌은 참으로 그윽한 정취가 있네
당상의 제비는 자유롭게 날고 있으며
수중의 갈매기는 다정하게 모여있네
늙은 아내는 종이 위에 바둑판을 그리고 있고
아이들은 바늘을 두들겨 낚시를 만드네
다병에 소요되는 것은 오직 약물뿐
미구가 이 밖에 또 무엇을 원하겠는가?

早秋寄題天竺靈隱寺

賈島 詩

峯前峰後寺新秋
絶頂高窓見沃州
人在定中聞蟋蟀
鶴曾棲處挂獼猴
山風夜渡空江水
汀月寒生古石樓
心憶懸帆身未遂
謝公此地昔曾遊

봉우리 앞 뒤의 사원에는 신추가 찾아오고
절정의 고창에서는 옥주가 보인다
사람은 定中 속에서 귀뚜라미 소리를 듣고
전에 학이 살던 곳에는 원숭이가 놀고있네
산바람은 밤에 쓸쓸히 강물을 지나가고
사정 위에 달빛은 고석루를 비치고 있네
마음 속으론 현범을 생각하나 아직 이르지 못하고
그러나 謝公은 옛날에 이곳에서 놀았다네

杭州春望

白居易 詩

望海樓明照曙霞
護江堤白蹋晴沙
濤聲夜入伍員廟
柳色春藏蘇小家
紅袖織綾誇柿蔕
青旗沽酒趁梨花
誰開湖寺西南路
草綠裙腰一道斜

바다 향한 고루가 밝아오니 새벽 노을 비치고
호강의 제방길 흰 청사를 밟는다
파도소리는 밤에 오월의 묘에 들어가고
버들색은 봄에 蘇小의 집에 간직하네
홍수 직능은 시체(능직의 무늬)를 자랑하고
青旗는 술을 팔고 梨花(술이름)를 좇는다
누가 호사의 서남로를 열겠는가
草綠의 裙腰같은 길은 경사지게 있구나

江上看山

蘇軾 詩

船上看山如走馬
倏忽過去數百群
前山槎牙忽變態
後嶺雜沓如驚奔
仰看微徑斜繚繞
上有行人高縹緲
舟中擧手欲與言
孤帆南去與飛鳥

선상에서 산을 보니 달리는 말과 같고
수백무리가 홀연히 지나가버리네
높고 낮은 앞산은 갑자기 모습이 변하고
뒷산은 울창한 숲은 경분하는 것 같구나
좁은 길이 비스듬히 얽혀있는 것을 올려다보니
위에는 행인이 있어 높고 아득하게 보이네
주중에서 손을 들어 함께 말하고자 하였으나
고범은 비조같이 남으로 살아가누나

登快閣

黃庭堅 詩

癡兒了卻公家事
快閣東西倚晩晴
落木千山天遠大
澄江一道月分明
朱絃已爲佳人絶
靑眼聊因美酒橫
萬里歸船弄長笛
此心吾與白鷗盟

치아(황산곡)는 공가의 일을 다 마치고
쾌각의 동서는 晩晴에 의지한다
천산에 잎이 떨어지니 하늘이 원대히 보이고
아래로 흐르는 증강의 물은 달빛에 더욱 맑구나
주현(종자기 거문고 줄)은 이미 가인으로 인해 중단되고
청안(伯牙)은 무료하게 美酒로 인해 가로 누웠네
만리 길을 가는 귀선에서는 長笛이 울리고
나의 이 마음을 백구에게 맹세하네

淨遠亭午望

楊萬里詩

城外春光深遠山
池中嫩水漲微瀾
回身小却心簷裏
野鴨雙浮欲近欄
竹徑殊疏欠補栽
蘭芽欲吐未全開
初暄乍冷飛猶倦
一蝶新從底處來

城 밖에 봄빛은 먼산에서 짙고
못 가운데 봄바람 이니 잔물결이 가득이네
몸을 돌려 깊은 추녀 속에 숨어있으니
들 오리 한쌍이 물위에 떠 난간 가까이 오고 있네
竹徑은 더욱 疏하여도 더 보충하지 않았으며
난초 싹 트고 있으나 아직은 잘 보이지 않네
날씨가 따뜻한 듯 하다 다시 차지니 나비 날기 어려운데
새로운 나비 한 마리가 어디선가 날아오네

游山西村

陸游詩

莫笑農家臘酒渾
豊年留客足雞豚
山重水復疑無路
柳暗花明又一村
簫鼓追隨春社近
衣冠簡樸古風存
從今若許閒乘月
拄杖無時夜叩門

농가에 납주가 탁하다고 비웃지 마소
풍년엔 손님이 와도 계돈이 족하다네
첩첩산중 물 굽이 돌아 길 없는가 의심되나
柳暗하고 화명한 곳에 또 촌락이 있네
소고하고 추수하니 春社가 가깝고
衣冠과 간박 등에 옛 고풍이 있네
잠시동안 한가로이 달빛 따라 걷노라니
지팡이 집고 때 없이 문 두드리는 친구있네

秋日

程明道 詩

閒來無事不從容
睡覺東窓日已紅
萬物靜觀皆自得
四時佳興與人同
道通天地無形外
思入風雲變態中
富貴不淫貧賤樂
男兒到此是豪雄

한가로이 일이 없으면서도 마음 차분하지 못했는데
잠을 깨니 동창에 해가 이미 붉었구나
만물을 고요히 살펴보면 모두 제 스스로 터득해가고
사계절의 아름다운 흥취는 사람과 더불어 같도다
道는 천지 간의 형체가 없는 밖까지 통하고
생각은 風雲의 무궁무진한 변화 속에 들어간다
부귀를 탓하지 않고 가난하고 천해도 즐거워 하니
男兒가 이 경지에 이르러야 호걸스러운 영웅이라 하리라

山園小梅

林逋 詩

衆芳搖落獨嬋姸
占斷風情向小園
疏影橫斜水淸淺
暗香浮動月黃昏
霜禽欲下先偸眼
粉蝶如知合斷魂
幸有微吟可相狎
不須檀板與金尊

모든 꽃 다 진 후에 매화만이 곱게 피어
아담한 정원에 홀로 풍취 더하는데
성긴 꽃가지 비스듬히 맑은 개천 위에 드리워
은근히 향기 피우는데 달은 이미 황혼이라
서리내린 밤 산새 내려 앉으려고 엿보다가
나비인가 싶었더니 매화라 분명 넋을 잃으리라
다행히도 매화는 나의 조용한 읊조림에 낯익어
새삼 담판도 술판도 벌릴 일 없구나

梅花

高啓 詩

瓊姿只合在瑤臺
誰向江南處處栽
雪滿山中高士臥
月明林下美人來
寒依疏影蕭蕭竹
春掩殘香漠漠苔
自去何郎無好詠
東風愁寂幾回開

아름다운 그대는 신선의 집에 있어야 할 몸
누가 이 강남 곳곳에 옮겨 심었던고
눈 덮인 높은 산에 은거하는 고상한 선비인가?
달 밝은 밤 숲속을 거니는 미녀인가?
차가운 밤 가련함을 댓잎이 함께 속삭여 주고
봄이 되니 남은 향기 막막히 깔린 이끼 감싸네
하손(何郞)이 죽은 후엔 매화 읊은 좋은 시 없는데
이른 봄바람에 쓸쓸히 몇 번이나 피었던고

曲江

杜甫 詩

朝回日日典春衣
每日江頭盡醉歸
酒債尋常行處有
人生七十古來稀
穿花蛺蝶深深見
點水蜻蜓款款飛
傳語風光共流轉
暫時相賞莫相違

조정에서 나오면 철 지난 봄옷을 전당하고
날마다 강변 주점에서 흠뻑 취해 돌아온다
가는 곳마다 으레 외상 술값 남겨 놓고
인생 七十까지 살기는 어려운 것 아니더냐
꽃 속엔 호랑나비 깊이 파고들고
고추잠자리 물 위를 즐기듯이 찍으며 난다
풍광아 말하노니 우린 서로 유전하는 처지
잠시인들 서로 즐기면서 어긋나지 마세나

※호랑나비 蛺蝶　고추잠자리 蜻蜓

黃鶴樓

崔顥 詩

昔人已乘黃鶴去
此地空餘黃鶴樓
黃鶴一去不復返
白雲千載空悠悠
晴川歷歷漢陽樹
芳草萋萋鸚鵡州
日暮鄉關何處是
煙波江下使人愁

옛날 仙人이 황학을 타고 가버려서
이 곳에는 텅 빈 황학루만 남았네
황학은 한번 가니 다시 오지 아니하고
흰 구름만 천년이나 유유히 떠도네
맑은 날엔 강 건너 한양의 숲 역력히 비치고
강 가운데 앵무섬엔 방초가 무성한데
날 저무니 고향이 어딘지 멀리 바라보니
강 위에 안개 끼어 나의 여수를 돋우네

無題

李商隱 詩

相見時難別亦難
東風無力百花殘
春蠶到死絲方盡
蠟炬成灰淚始乾
曉鏡但愁雲鬢改
夜吟應覺月光寒
蓬萊此去無多路
青鳥殷勤爲探看

만나보기 어려운데 이별하니 더 어렵고
봄바람이 다하니 온갖 꽃 다시 드네
봄 누에 죽을 때에야 실을 토하길 다하고
촛불은 다 타서 재가 될 때 눈물이 마른다
새벽에 거울 보며 수심 속에 머리 단장 고치고
그대는 밤에 읊조리다 달빛 차가움 느끼리라
봉래산 가는 길은 그리 멀지 않으니
파랑새야 은근히 나를 위해 찾아봐주려무나

晩泊岳陽

歐陽修 詩

臥聞岳陽城裡鐘
繫舟岳陽城下樹
正見空江明月來
雲水蒼茫失江路
夜深江月弄清輝
水上人歌月下歸
一闋聲長聽不盡
輕舟短楫去如飛

악양성 아래 강둑 나무에 배 매어놓고
잠결에 악양성에서 종소리 듣네
때 마침 양자강에는 밝은 달 높이 떠서
구름도 강물도 끝없이 펼쳐져 갈 길을 모르겠네
깊은 밤 강월의 맑은 경치 하염없이 보노라니
달빛 아래 누군가가 노래하며 배 저어가는데
그 긴 노래 한 곡 다하기도 전에
베는 쏜살같이 나는 듯이 흘러가버리네

村行

王禹偁 詩

馬穿山徑菊初黃
信馬悠悠野興長
萬壑有聲含晚籟
數峰無語立斜陽
棠利葉落胭脂色
蕎麥花開白雪香
何事吟餘忽惆悵
村橋原樹似吾鄉

말 타고 헤쳐가는 산길에 국화 예쁘게 피어
말 발길 따라 산야를 노니니 흥취 그지없네
해질녘 골짜기마다 바람소리 은은하고
산봉우리들 지는 햇빛 받으며 무심히 솟아있네
돌배나무 연지색으로 물들어 떨어지고
메밀꽃 눈처럼 만발하여 향기롭네
어쩐지 시 읊으니 슬픔에 겨워지는 마음
다리, 들판, 나무들 모두 내 고향 닮았네

小村

梅堯臣 詩

淮闊洲多忽有村
棘籬疏敗謾爲門
寒雞得食自呼伴
老叟無衣猶抱孫
野艇鳥翹唯斷纜
枯桑水齧只危根
嗟哉生計一如此
謬入王民版籍論

넓은 회강은 섬이 많아 마을도 많고
가시 울타리 터진 곳이 바로 사립문이라네
여윈 닭이 먹이를 보면 짝을 부르고
웃통 벗은 노인네 손자를 앉고 섰네
새 꼬리같은 조각배 닻줄 끊긴 채 멈춰있고
낙엽진 뽕나무 강물에 뿌리가 드러나 쓰러질 듯
아! 이처럼 가난한 살림에도
천자의 호적부에 올려서 세금을 거두다니

催租行

范成大 詩

輸租得鈔官更催
踉蹌里正敲門來
手持文書雜嗔喜
我亦來營醉歸耳
牀頭慳囊大如拳
撲破正有三百錢
不堪與君成一醉
聊復償君草鞋費

세금을 바치고 영수증도 받았는데
또 독촉하러 촌장이 걸어와 문을 두드린다
손에 든 문서 뒤적이며 짜증반 웃음반
모처럼 걸음을 했으니 술 한 잔 값이야 주어야지
머리 맡의 주먹만한 아끼던 동전통을
부수니 속에는 삼백전이 족하건만
이것이 나리의 술값으론 어림없고
헛걸음한 짚신값으로나 받으소사

寄黃幾復

黃庭堅 詩

我居北海君南海
寄雁傳書謝不能
桃李春風一杯酒
江湖夜雨十年燈
持家但有四立壁
治病不蘄三折肱
想得讀書頭已白
隔溪猿哭瘴溪藤

나는 북해에 자네는 남해에 있으니
기러기에 소식을 전하려니 마다하는군
옛날 우리가 도리화 아래서 술잔을 나누었지
이제 강호를 격하여 빗소리를 들은 지 十年
집안 살림 서툴러 남은 것은 사방 벽 뿐
이제 다시 노력하여 출세하긴 어림없네
짐작컨대 자네는 독서로 이미 반백이 되었어도
강 건너 습한 풍토에 등나무에서 원숭이 우는 소리 듣겠지

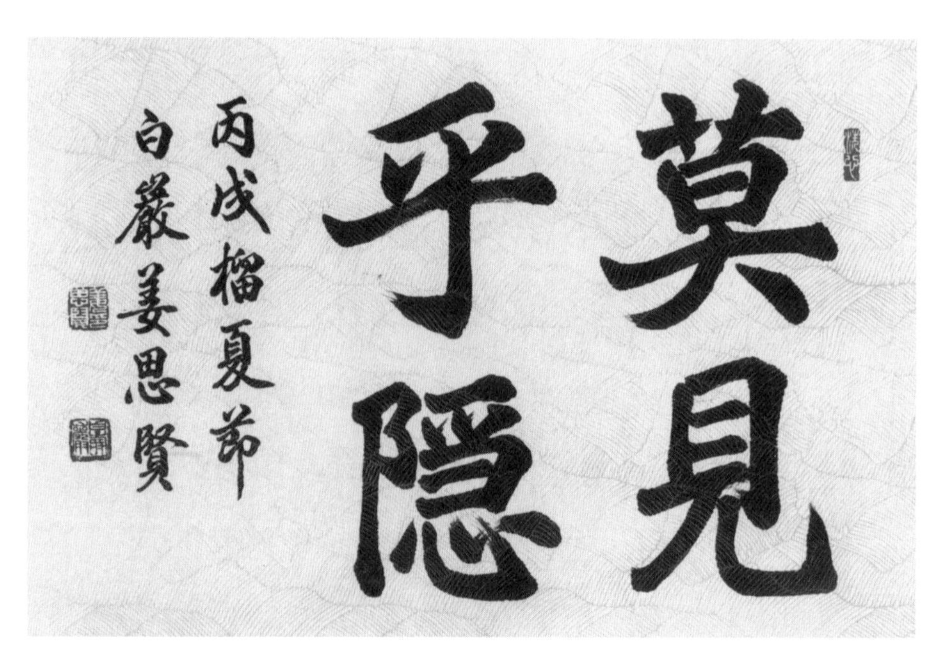

中庸句 65×45cm

朱子十悔

一。不孝父母死後悔
二。不親家族疎後悔
三。少不勤學老後悔
四。安不思難敗後悔
五。富不儉用貧後悔
六。春不耕種秋後悔
七。不治垣墻盜後悔
八。色不謹愼病後悔
九。醉中妄言醒後悔
十。不接賓客去後悔

부모님께 효도하지 않으면 돌아가신 후에 뉘우치고
가족에게 친절하지 않으면 멀어진 뒤에 후회한다
젊을 때 부지런히 배우지 않으면 늙어서 뉘우치게 되고
편할 때 어려움을 생각하지 않으면 실패한 후에 뉘우친다
부할 때 아껴쓰지 않으면 가난한 후에 뉘우치고
봄에 씨앗을 심지 않으면 가을 추수할 때 뉘우친다
담장을 고치지 않으면 도둑맞은 후에 뉘우치고
색을 삼가지 않으면 병든 후에 뉘우친다
술 취할 때 망녕된 말은 술 깬 뒤에 후회하고
손님을 잘 대접하지 않으면 간 뒤에 뉘우친다

古書長文

滕王閣序文並四韻詩 王勃著

南昌故郡洪都新府星分翼軫地接衡廬
襟三江而帶五湖控蠻荊而引甌越物華
天寶龍光射斗牛之墟人傑地靈徐孺下
陳蕃之榻雄州霧列俊彩星馳臺隍枕夷

夏之交賓主盡東南之美都督閻公之雅
望棨戟遙臨宇文新州懿範襜帷暫駐十
旬休暇勝友如雲千里逢迎高朋滿座騰
蛟起鳳孟學士之詞宗紫電清霜王將軍
之武庫家君作宰路出名區童子何知躬

逢勝餞時維九月序屬三秋潦水盡而寒
潭清煙光凝而暮山紫儼驂騑於上路訪
風景於崇阿臨帝子之長洲得仙人之舊
館層巒聳翠上出重霄飛閣流丹下臨無
地鶴汀鳧渚窮島嶼之縈迴桂殿蘭宮列
岡巒之體勢披繡闥俯雕甍山原曠其盈
視川澤盱其駭矚閭閻撲地鐘鳴鼎食之
家舸艦迷津青雀黃龍之舳虹銷雨霽彩
徹雲衢落霞與孤鶩齊飛秋水共長天一
色漁舟唱晚響窮彭蠡之濱雁陣驚寒聲

斷衡陽之浦遥吟俯暢逸興遄飛爽籟發
而清風生纖歌凝而白雲遏睢園綠竹氣
淩彭澤之樽鄴水朱花光照臨川之筆四
美具二難并窮睇眄於中天極娛遊於暇
日天高地迥覺宇宙之無窮興盡悲来識
盈虛之有數望長安於日下指吳會於雲
間地勢極而南溟深天柱高而北辰遠關山
難越誰悲失路之人萍水相逢盡是他鄉
之客懷帝閽而不見奉宣室以何年嗚呼
時運不齊命途多舛馮唐易老李廣難封

屈賈誼於長沙非無聖主竄梁鴻於海曲
豈乏明時所賴君子安貧達人知命老當
益壯寧知白首之心窮且益堅不墜青雲
之志酌貪泉而覺爽處涸轍以猶懽北海
雖賒扶搖可接東隅已逝桑榆非晚孟嘗

高潔空懷報國之心阮籍猖狂豈效窮途
之哭勃三尺微命一介書生無路請纓等
終軍之弱冠有懷投筆慕宗慤之長風舍
簪笏於百齡奉晨昏於萬里非謝家之寶
樹接孟氏之芳鄰他日趨庭叨陪鯉對今

晨捧袂喜託龍門揚意亦逢揖淩雲而自
惜鍾期既遇奏流水以何慙嗚呼勝地不
常盛筵難再蘭亭已矣梓澤丘墟臨別贈
言幸承恩於偉餞登高作賦是所望於群
公敢竭鄙誠恭疏短引一言均賦四韻俱成

滕王高閣臨江渚佩玉鳴鑾罷歌舞
畫棟朝飛南浦雲朱簾暮捲西山雨
閑雲潭影日悠悠物換星移度幾秋
閣中帝子今何在檻外長江空自流

歲丙申春夜 真墨齋南窓下 白巖 姜恩賢

등왕각서(騰王閣序) 및 시(詩)

왕발(王勃)

서(序)

옛날에 남창군(南昌郡)이었던 이곳은 지금은 홍도부(洪都府)가 되었다. 별자리로는 익성(翼星)과 진성(軫星)에 해당되며, 땅은 형산(衡山)과 여산(廬山)에 접해 있다. 세 강이 옷깃처럼 두르고 있으며, 다섯 호수가 띠처럼 둘러져 있다. 또한, 만형(蠻荊)을 억누르고, 구월(甌越)을 끌어당기는 위치에 있기도 하다.

이곳 물산(物産)의 정화는 하늘이 내린 보배이니, 용천검(龍泉劍)의 광채가 견우성(牽牛星)과 북두성(北斗星) 사이를 쏘았었고, 이곳 인물들은 걸출하고 땅은 영기(靈氣)가 있어, 서유(徐孺)는 태수인 진번(陳蕃)이 걸상을 내려주며 맞이하게 하였다.

경치 좋은 고을들이 안개처럼 깔려 있고, 뛰어나게 빛을 발하는 인물들이 유성처럼 활약한다. 이 곳의 누대(樓臺)와 해자는 이민족(異民族)과 중국 사이에 임해 있고, 이 곳에 모이는 손님과 주인은 모두 동남(東南)의 훌륭한 인물들이다.

이곳의 도독(都督) 염공(閻公)은 고상한 인망(人望)을 갖춘 인물로 계극(棨戟)을 앞세우고 멀리서 부임해왔다. 본받을 만한 위의(威儀)를 갖춘 우문(宇文)은 신임태수(新任太守)로 부임해 가던 도중, 이곳에 잠시 수레를 멈추었다.

마침 십순(十旬)의 휴가 날이라, 훌륭한 벗들이 구름처럼 모여 들고, 천리 먼 곳에 있는 사람까지도 맞이하여 대접하니, 인격이 높은 친구들이 자리에 가득하다. 솟아오르는 교룡(蛟龍)같고 날아오르는 봉황(鳳凰)같은 문장을 쓰는 맹학사(孟學士)는 문장의 대가(大家)이고, 자줏빛 번개같고 차가운 서릿발같은 지조(志操)를 갖춘 이는 왕장군(王將軍)의 무기고(武器庫)처럼 다방면에 유능하다。나의 부친께서 현령(縣令)으로 계신 곳으로 가던 길에 유명한 이곳을 지나가게 되었으니、어린 내가 무엇을 안다고 이 훌륭한 송별잔치에 직접 참석했겠는가!

때는 9월、계절은 한 가을이었다。길바닥의 빗물은 다 말라 버리고、찬 못물은 맑으며、안개와 햇빛이 한데 엉기어、해질녘 산은 자줏빛으로 물들어 있다。네 마리 말들을 위엄 있게 치장하고 수레를 달려 높은 언덕으로 풍경을 찾아간다。제자(帝子)가 누각(樓閣)을 세운 장주(長州)가 내려다보이고、그 좌우에 신선의 구관(舊館)이 있다。중첩한 산들이 비취빛을 띠고 솟아 높이 하늘을 찌르고、높은 누각(樓閣)의 단청(丹靑) 빛이 흐르는 강물에 붉게 비치며、아래로 깊디깊은 강물에 임해 있다。학이 노는 물가와 오리가 노는 모래톱이 섬을 빙 둘러 있고、계수(桂樹)로 지은 궁전과 목란(木蘭)으로 지은 대궐이 언덕과 산의 형세를 따라 줄지어 있다。채색한 작은 문을 열고 조각한 용마루 얹은 누각(樓閣) 위에서 내려다보니 산과 들은 광활하여 시야에 가득 차고、시내와 못을 바라보니 그 광대함이 보는 이의 눈을 놀라게 한다。

촌락(村落)이 지상(地上)에 빽빽하게 들어서 있는데、종을 쳐서 식구들을 모아 솥을 늘어놓고 식사하는 대가(大家)들도 있다。큰 배와 전함(戰艦)들이 나루에서 정박할 곳을 찾아 서성거리는데 청작(靑雀)과 황룡(黃龍)을 그린 뱃머리를 달고 있다。무지개는 사라지고 비가 개어 햇빛이 허공(虛空)에서 비치고 있다。저녁놀은 짝 잃은 따오기와 나란히 떠 있고、가을 강물은 넓은 하늘과 한 색이다。고기잡이 배에서 저물녘에 노래 부르니 그 울림이 팽려(彭蠡)의 물가에까지 들리고、

기러기 떼는 추위에 놀라 소리가 형양(衡陽)의 포구(浦口)까지 울린다。 먼 곳을 바라보며 읊조리고、고개 숙이자 마음이 시원해지니 뛰어난 흥취가 재빨리 날아오른다。 상쾌하게 퉁소소리 일어나니 맑은 바람이 일고、고운 노랫소리 엉기어 흰 구름에까지 다다른다。

휴원(睢園)의 푸른 대나무는 그 기상(氣象)이 팽택현령(彭澤縣令)의 술잔을 능가하고、업수(鄴水)가의 붉은 연꽃처럼 빛이 임천내사(臨川內史)의 붓에 비친다。 오늘 이 자리에는 네 가지 아름다움을 모두 갖추었고、두 가지 어려운 것도 함께 갖추었으니 저 먼 하늘 눈길 닿는 곳까지 바라보며 이 한가한 날을 마음껏 즐긴다。 하늘은 높고 땅은 아득하니 이 우주(宇宙)가 무궁함을 깨닫고、흥이 다하면 슬픔이 오니 성쇠(盛衰)에는 정해진 운명이 있다는 것을 알게 된다。 저 멀리 태양 아래 있는 장안(長安)을 바라보며、구름 사이로 오회(吳會)를 가리킨다。

지세(地勢)가 다한 곳에 있는 남해(南海)는 깊고 천주(天柱)는 높으며 북극성(北極星)은 멀리 보인다。 관산(關山)은 넘기 어렵다는데 그 누가 길 잃은 자를 슬퍼해주겠는가? 부평초(浮萍草)와 물이 서로 만난 듯 하나 모두가 우연히 만난 타향의 길손들이네。

제왕(帝王)의 궁문(宮門)을 그리워해도 보이지 않으니、선실(宣室)에서 봉명(奉命)할 날이 언제일까? 아아! 시운(時運)이 고르지 못하고 운명은 어긋나는 일이 많구나。 풍당(馮唐)은 등용되기 전에 이미 늙어버렸고、이광(李廣)은 공적이 있어도 봉(封)해지기 어려웠으며、가의(賈誼)는 장사(長沙)에서 실의(失意)한 채 지냈는데、이것은 성왕(聖王)이 없었기 때문이 아니네。 양곡(梁鵠)이 바닷가에 숨어 산 것이 어찌 태평한 세상이 아니어서 그랬겠는가?

내가 믿는 바로는 군자(君子)는 가난을 편안하게 여기고, 달인(達人)은 자신의 운명을 안다. 늙을수록 더욱 강해진다면 어찌 노인의 마음을 알겠는가! 가난할수록 더욱 굳건해진다면 청운(靑雲)의 뜻을 저버리지 않을 것이다. 탐천(貪泉)의 물을 마셔도 상쾌하기만 하고, 곤궁하게 살아도 오히려 기쁘기만 하다. 북해(北海)가 비록 멀리 떨어져 있어도 회오리바람을 타고 가면 이를 수 있다. 젊은 시절은 이미 지나가 버렸지만 노년기(老年期)는 아직 이르지 않았다.

맹상(孟嘗)은 성품이 고결(高潔)하였으나 부질없이 나라에 보답할 마음만 가졌었고, 완적(阮籍)은 미친 듯이 행동하여 길이 끝나는 곳에서는 통곡했다는데 어찌 이를 본받겠는가!

나 왕발(王勃)은 보잘것없는 목숨을 지닌 천한 일개(一介) 서생(書生)에 지나지 않아서, 밧줄을 청할 길 없으니 약관(弱冠)의 종군(終軍)같은 사람을 기다려도 보고, 붓을 던질까 하는 생각도 하면서 종각(宗慤)의 장풍(長風)을 부러워하기도 한다. 백 살이 될 때까지 평생 벼슬하려던 생각을 버리고, 천만 리 먼 곳에 계신 부친께로 가서 아침저녁 봉양해 드려야겠다. 나는 사(謝)씨 집안에서 바라던 보배로운 나무는 아니지만, 맹자(孟子)처럼 좋은 이웃을 만나야겠다. 훗날 정원을 종종걸음으로 지나가면서 이(鯉)가 공자(孔子)에게 배운 것처럼 나도 부친의 가르침을 외람되이 받고자 한다.

오늘 소매를 받쳐 들고, 용문(龍門)에 기탁하니 그지없이 기쁘다. 양의(楊意)같은 사람을 만나지 못해서 능운부(凌雲賦)를 읊으면서 홀로 애석해하지만, 종자기(鍾子期)같은 사람은 이미 만났으니 흐르는 강물을 연주한다고 해도 무엇이 부끄럽겠는가! 아아! 명승지(名勝地)는 흔하지 않고, 성대한 잔치자리에는 다시 참석하기 어렵다.

난정(蘭亭)은 버려진 채로 있고 재택(梓澤)은 폐허가 되었다。

이별에 임하여 이 글을 지어 올리게 된 것은 요행히 이 성대한 송별잔치에 참석하는 은혜를 받았기 때문이다。등고(登高)하였으면 부(賦)를 지으라고 여러 공(公)들에게 부탁하니、내가 감히 보잘것없는 정성을 다하여 삼가 짧은 서문(序文)을 짓고、한 마디 부(賦)를 지어서 사운(四韻)으로 서문(序文)과 함께 완성하였다。

시(詩)

등왕(滕王)의 높은 누각
강가에 임해 있는데、
패옥(佩玉)과 명란(鳴鑾)을 울리던
가무(歌舞)도 다 끝났구나!
아름다운 누각 용마루 위에 아침에는
남포(南浦)의 구름 날고、
붉은 발 저녁 때 걷어 올리면
서산에 비 내리네。
한가로운 구름 연못에 잠기고、
만물이 바뀌고 별자리 옮겨가니、
몇 해가 지났는가?
누각 안에 있던 제자(帝子)는
지금 어디에 있는가?
난간 밖의 긴 강물은
무심히 홀로 흘러가네。

今來古往俯察仰觀惟辟作福為君實難
主普天之下處王公之上任土貢其所求
具寮陳其所倡是故恐懼之心日弛邪僻
之情轉放豈知事起乎所忽禍生乎無忘
固以聖人受命拯溺亨屯歸罪於己因心

於民大明無私照至公無私親故以一人
治天下不以天下奉一人禮以禁其奢樂
以防其佚左言而右事出警而入蹕四時
調其慘舒三光同其得失故身為之度而
聲為之律勿謂無知居高聽卑勿謂何害

積小就大樂不可極樂極生哀欲不可縱
縱欲成災壯九重於內所居不過容膝彼
昏不知瑤其臺而瓊其室羅八珍於前所
食不過適口唯狂罔念丘其糟而池其酒
勿內荒於色勿外荒於禽勿貴難得貨勿

聽亡國音內荒伐人性外荒蕩人心難得
之貨侈亡國之音淫勿謂我尊而傲賢慢
士勿謂我智而拒諫矜己聞之夏后據饋
頻起亦有魏帝牽裾不止安彼反側如春
陽秋露巍〻蕩〻恢漢高大度撫茲庶事

如履薄臨深戰〻慄〻用周文小心詩之
不識不知書之無偏無黨一彼此扵胸臆
損好惡於心想衆棄而後加刑衆悅而後
行賞弱其强而治其亂伸其屈而直其枉
故曰如衡如石不定物以限物之懸者輕

重自見如水如鏡不示物以情物之鑒者
妍蚩自生勿渾〻而濁勿皎〻而清勿汶
汶而闇勿察〻而明雖冕旒蔽目而視扵
未形雖黈纊塞耳而聽扵無聲縱心乎湛
然之域遊神及至道之精扣之者應洪纖

而效響酌之者隨淺深而皆盈故曰天之
經地之寧王之貞四時不言而代序萬物
無言而化成豈知帝力而天下和平吾王
撥亂戡以智力民懼其威未懷其德我皇
撫運扇以淳風民懷其始未保其終爰述

金鏡窮神盡聖使人以心應言以行包括
治體抑揚詞令天下爲公一人有慶開羅
起祝援琴命詩一日二日念玆在玆惟人
所召自天祐之諍臣司直敢告前疑

歲丙申孟夏錄張蘊古大寶箴眞墨齋主人白巖姜思賢

대보잠(大寶箴) 장온고(張蘊古)

1

옛날로부터 지금에 이르기까지 몸을 굽혀 지상의 이치를 살피고 우러러 하늘의 이치를 살펴 보건대, 오직 임금만이 그들에게 복(福)을 내릴 수 있으니 군주(君主)가 되기란 참으로 어려운 것입니다.

임금님께서는 하늘 아래에 있는 모든 것의 주인이 되고 여러 제후(諸侯)와 삼공(三公)의 위에 높이 앉아 토지에 따라 그가 필요한 것을 공물(貢物)로 바치게 하고 관리를 갖추어 그들로 하여금 군주가 하고자 하는 말을 널리 펴게 합니다. 이렇기 때문에 천하를 두려워하는 마음이 날로 해이해지고 사악하고 편벽한 감정이 생겨 점차 방자해지는 것입니다. 큰일은 소홀히 하는 데에서 일어나고 화(禍)는 뜻하지 않은 데에서 생겨나는 것임을 어찌 알겠습니까?

참으로 성인(聖人)이 천명을 받아 제위에 오르는 것은 물에 빠져 허덕이는 백성을 구하고 막혀 있는 것을 풀어 통하게 하려는 것입니다. 군주는 모든 죄를 자신에게 돌려야 하며, 그 마음은 백성을 따라야 합니다.

밝은 해는 그 빛을 사사로이 비추어 주는 일이 없고, 지극히 공평한 이는 사사로이 친애하는 사람이 없는 법입니다. 그러므로 사람이 천하를 다스려야지 천하의 백성들이 한 사람의 군주를 받들어서는 안 됩니다. 예(禮)로써 사치에 빠지는 것을 금지하고 악(樂)으로써 방일(放佚)에 흐르는 것을 막아야 합니다. 좌사(左史)는 군주의 말을 기록하고 우사(右史)는 군주의 일을 기록하게 하고, 궁중을 출입할 때에는 백성들을 경계(警戒)시키고 길을 비키게 해야 합니다.

춘·하·추·동의 사시(四時)는 음양(陰陽)을 따

라 조화되고, 일(日)·월(月)·성(星)의 삼광(三光)은 임금의 정치와 득(得)과 실(失)을 같이 합니다. 그러므로 그의 몸은 법도가 되고 그의 말은 율법(律法)이 되는 것입니다.

하늘은 아무것도 모를 것으로 알아서는 안 될 것이니, 높은 곳에 있으면서도 낮은 지상의 일들을 다 듣고 계십니다. 아무리 작은 것일지라도 무슨 해(害)가 되랴 하고 생각하지 말 것이니, 작은 것들이 쌓여 크게 되는 것입니다. 즐거움은 다해서는 안 될 것이니, 즐거움을 다하면 슬픔이 생기는 법입니다. 욕망대로 멋대로 하지 말 것이니, 멋대로 하고자 하는 마음은 재앙(災殃)을 이룩합니다.

장대(壯大)한 구중궁궐(九重宮闕) 안에 있어도 군주가 기거하는 자리는 무릎이 들어갈 수 있을 정도의 작은 공간에 지나지 않습니다. 저 우매한 군주는 그걸 모르고 옥으로 그 누대(樓臺)를 짓고 옥으로 그 궁실을 장식합니다. 여덟 가지의 산해진미(山海珍味)를 앞에 늘어놓아도 그가 먹는 것은 입에 맞는 것 약간에 지나지 않습니다. 다만 미친 군주가 망령된 생각으로 술 찌꺼기로 언덕을 쌓고 술로 못(池)을 만들었던 것입니다.

안으로는 여색(女色)에 빠지지 마시고 밖으로는 수렵(狩獵)에 빠지지 마십시오. 얻기 어려운 보물을 귀중히 여겨서는 안 되며 나라를 망치는 음악을 들어서는 안 됩니다. 안으로 여색에 빠지면 인간의 본성을 해치게 되고 밖으로 수렵에 빠지게 되면 사람의 마음이 방탕하게 됩니다. 얻기 어려운 보물은 사치를 즐기게 만들고, 나라를 망치는 음악은 음란하게 하기 때문입니다.

내가 존귀하다 여기고 현자(賢者)들에게 오만하고 선비들을 업신여기지 말 것이며 내가 지혜롭다 여기고 간(諫)하는 말을 물리치고 자신을 뽐내지 마십시오. 듣건대, 하(夏)나라 우(禹) 임금께서는 현사(賢士)가 오면 식사 도중에도 자주 일어나 맞이하였다 하며, 위(魏) 문제(文帝)는 소맷자락을 붙잡으며 간해도 하고자 하는 일을 그만두지 않았다고 합니다. 저 근심하는 자들을 안심

시키기 위하여 봄볕 같고 가을 이슬같이 됨으로써 높고 넓었던 한(漢) 고조(高祖)와 같이 도량을 넓히십시오. 이런 여러 가지 일을 실천하는데 살얼음을 밟듯, 깊은 연못에 임(臨)하듯 두려워하고 지극히 삼갔던 주(周) 문왕(文王)의 조심스런 마음을 본받으십시오.

2

〈시경(詩經)〉에서는 주(周) 문왕(文王)이 「아무것도 모르고 알지도 못하면서 하늘의 법도만을 따랐다(不識不知)」라 했고, 〈서경(書經)〉에서는 「치우침이 없고 공평을 잃는 일이 없다(無偏無黨)」라고 하였습니다. 군주의 가슴 속에서 이것과 저것을 구별 지음이 없이 동일한 것으로 공평하게 생각하고 마음속에 있는 좋아하고 싫어하는 감정을 없애야 합니다. 많은 사람들이 저버리고 난 다음에야 형벌을 가하고, 많은 사람들이 기뻐하게 된 다음에야 상(賞)을 내리셔야 합니다. 세력이 강한 자가 있으면 약하게 하고, 어지럽히는 자가 있으면 다스려야 하며, 억울하게 눌려있는 자가 있으면 펴주고 비뚤어진 자가 있으면 바르게 잡아주어야 합니다. 그러므로 말하기를, 군주는 저울대나 저울 추(錘)와 같이 물건에 한계를 정하지 않고 저울에 매달아 놓은 물건은 그 경중(輕重)이 저절로 드러나듯 해야 합니다. 또한 물같이 맑고 거울같이 밝아서 사물에 자신의 감정을 나타내지 않고, 비추어진 물건들은 아름다운 것과 추한 것이 저절로 드러나듯 해야 합니다.

군주의 마음은 혼탁하고 흐려서는 안 되고, 너무 깨끗하고 맑기만 해서도 안 됩니다. 흐릿하고 사리에 어두워서도 안 되고 지나칠 만큼 자세하고 밝아서도 안 됩니다. 비록 면류관의 드리운 구슬이 눈앞을 가릴지라도 아직 채 드러나지 않은 것까지도 볼 수 있어야 하며 비록, 면류관에서 드리워진 노란 솜방울[黈纊]이 귀를 막았을지라도 아직 소리가 되어 흘러나오지 않은 백성의 목소리까지도 들을 수 있어야 합니다. 마음은 고요하고 깊은 경지에 자유롭게 놓여지고 정신은 지고(至高)한 도(道)의 정수(精髓) 속에서 노닐게 해야 합니다. 그리하여 그것을 두드리는 자에게는 크고 작은 일에 따라 소리를 내주어야 하고, 그것을 헤아리는 자에게는 얕고 깊은 일에 따라 모두 채워주어야 합니다. 그러므로 말하기를, 「하늘에는 일정한 도리(道理)가 있고 땅에는 편안함이 있으며 왕(王)에게는 바른 덕(德)이 있다.」고 한 것입니다.

춘·하·추·동 사계절은 아무 말 없이도 순서에 따라 바뀌고, 만물 또한 아무 말 없이 변화를 이룹니다. 어찌 백성들이 황제의 힘으로 천하가 화평(和平)하게 다스려짐을 알겠습니까? 우리 황제께서는 난세(亂世)를 다스림에 있어서 지혜와 힘으로써 승리를 거두시어, 백성들은 그 위세를 두려워하고 있으나 아직 황제의 덕(德)은 모릅니다. 우리 황제께서는 천운(天運)을 잡으시고 순수한 기풍(氣風)을 일으키시니 백성들은 그 시작은 좋아하나 그것이 끝까지 갈 것인지는 보장 못하고 있습니다. 이에 저는 금으로 만든 거울 같은 감계(鑑戒)의 글을 씀으로써, 황제께옵서 신과 같은 신성함과 성인과 같은 덕을 다하게 하고자 합니다. 사람을 부림에는 마음으로써 하고 말을 했으면 실천함으로써, 다스림의 본체(本體)를 잘 포괄(包括)하고, 천자의 조칙(詔勅)으로써 잘못한 자를 누르고 잘 한 자는 드높여야 합니다. 천하가 공유(公有)의 것이 되어야만 천자에게 기쁨이 있게 됩니다. 은(殷)나라의 탕왕(湯王)은 그물을 열고 신에게 기원(祈願)했고 순(舜)임금은 거문고를 연주하며 시를 지어 노래했습니다. 하루 이틀의 짧은 시간에도 이를 생각하고 이러한 일을 행하도록 하십시오. 화(禍)나 복(福)은 오로지 사람들이 불러들이는 것일 뿐이고 선(善)한 사람은 하늘이 그를 돕습니다.

천자께 간언(諫言)을 드리는 벼슬에 있는 신(臣)은 바른 도리(道理)를 담당하고 있기에, 감히 전의(前疑)에게 말씀을 올리는 바입니다.

古之學者必有師師者所以傳道受業
解惑也人非生而知之者孰能無惑
惑而不從師其為惑也終不解矣生
乎吾前其聞道也固先乎吾吾從而師

之生乎吾後其聞道也亦先乎吾吾從
而師之吾師道也夫庸知其年之先
後生於吾乎是故無貴無賤無長無
少道之所存師之所存也嗟乎師道

之不傳也久矣欲人之無惑也難矣
古之聖人其出人也遠矣猶且從師
而問焉今之衆人其去聖人也亦遠
矣而恥學於師是故聖益聖愚益愚

聖人之所以為聖愚人之所以為愚
其皆出於此乎愛其子擇師而教之
於其身也則恥師焉惑矣彼童子之
師授之書而習其句讀者也非吾所

謂傳其道解其惑者也句讀之不知
惑之不解惑師焉或不焉小學而大
遺吾未見其明也巫醫樂師百工之
人不恥相師士大夫之族曰師曰弟

子云者則群聚而笑之問之則曰彼
與彼年相若也道相似也位卑則足
羞官盛則近諛嗚呼師道之不復可
知矣巫醫樂師百工之人君子鄙之

今其智乃反不能及其可怪也歟聖
人無常師萇弘師襄老聃郯子之徒
其賢不及孔子孔子曰三人行必有
我師焉故弟子不必不如師師不必賢

於弟子聞道有先後術業有專攻如
斯而已李氏子蟠年十七好古文六
藝經傳皆通習之不拘於時請學於
余余嘉其能行古道作師說以貽之

文曰韓愈師說 丙戌孟夏真墨齋、人白巖姜思賢

사설(師說)

한유(韓愈)

1

옛날에 학자는 반드시 스승이 있었다。스승이란 도를 전하고 학업을 가르쳐 주며 의혹을 풀어주는 자이다。사람은 나면서부터 아는 것이 아닌데、누가 의혹이 없을 수 있겠는가? 의혹스러우면서도 스승을 따르지 않는다면 그 의혹됨은 끝내 풀리지 않을 것이다。나보다 앞에 태어나고 그가 도를 들음도 물론 나보다 앞섰다면 나는 그를 따라 스승으로 삼는다。나보다 뒤에 태어났더라도 그가 도를 들음이 역시 나보다 앞섰다면 나는 그를 따라 스승으로 삼는다。나는 도를 스승으로 삼는 것이니、어찌 그 나이가 나보다 앞서 태어나고 늦게 태어남을 따지겠는가? 이런 까닭에 귀하다거나 천하다거나 나이가 많거나 적거나 할 것 없이 도가 있는 곳이 스승이 있는 곳이다。

2

아! 스승의 도가 전해지지 않은 지 오래되었으니、사람들로 하여금 의문이 없게 하려 해도 어려운 일이구나! 옛날의 성인은 보통 사람들보다 훨씬 뛰어났지만 오히려 스승을 따라 물었는데 오늘날의 많은 이들은 성인보다 훨씬 뒤떨어지지만 스승에게 배우기를 부끄러워한다。이런 까닭에 성인은 더욱 성명(聖明)해지고 우인(愚人)이 어리석게 되는 까닭이 모두 이에서 나온 것인가!

3

자식을 사랑하여 스승을 골라서 가르쳐 주면서도 그 자신에게는 스승삼기를 부끄러워하니 미혹된 일이다。저 어린아이의 스승은 책을 가르치고 읽는 법을 가르치는 자이지 내가 말하는 도를 전하고 미혹됨을 풀어주는 자는 아니다。책 읽는 법을 모르거나 미혹이 풀리지 않는데 대하여, 혹은 스승을 삼기도 하고 혹은 그렇게 하지 않고 있다. 작은 것은 배우고 큰 것은 버리고 있으니 나는 그들이 현명하다고 할 수 없다.

무당이나 의사·악사(樂師)와 각종 직공(職工)들은 서로 스승을 삼기를 부끄러워하지 않는다. 그런데 사대부(士大夫)의 족속들은 스승이니 제자니 하는 자가 있으면 무리지어 모여서 그들을 비웃는다. 그 까닭을 물으면 「저 이와 저 이는 나이가 서로 같고 도(道)가 서로 비슷하다.」고 한다. 스승의 지위가 낮으면 부끄러운 일이라 여기고 스승의 벼슬이 높으면 아첨에 가깝다고 한다. 아! 스승의 도가 회복되지 않았음을 알 만하구나. 무당이나 의사나 각종 직공(職工)들을 군자(君子)들이 업신여기지만 지금 그들의 슬기는 도리어 미칠 수 없으니 정말 이상하구나.

4

성인(聖人)인 공자(孔子)에게는 일정한 스승이 없었다. 공자는 담자(郯子), 장홍(萇弘), 사양(師襄), 노담(老聃)에게 배웠으나, 담자의 무리는 현명(賢明)함이 공자(孔子)에 미치지 못하였다. 공자(孔子)는, 「세 사람이 함께 길을 가게 되면, 그 중에 반드시 나의 스승이 있다.」고 하였다. 그러므로 제자가 반드시 스승만 못하지도 않고 스승이 반드시 제자보다 낫지도 않다. 도(道)를 들음에 있어 선후(先後)가 있고 학술과 직업에 전공이 있어서 이와 같이 되었을 따름이다.

이씨(李氏)의 아들 반(蟠)은 나이가 열일곱으로 고문(古文)을 좋아하여 육경(六經)의 경전(經傳)을 모두 익혀 통달하였다. 시속(時俗)에 구애되지 않고 내게 배우기를 청하니 나는 그가 옛 도(道)를 행할 수 있음을 갸륵히 여겨 「사설(師說)」을 지어 그에게 주는 바이다.

赤壁賦 壬戌之秋七月既望蘇子與客泛舟遊
於赤壁之下清風徐來水波不興舉酒屬客誦明
月之詩歌窈窕之章少焉月出於東山之上徘徊
於斗牛之間白露橫江水光接天縱一葦之所如
凌萬頃之茫然浩浩乎如馮虛御風而不知其所
止飄飄乎如遺世獨立羽化而登仙於是飲酒樂
甚扣舷而歌之歌曰桂棹兮蘭槳擊空明兮泝流
光渺渺兮予懷望美人兮天一方客有吹洞簫者
倚歌而和之其聲嗚嗚然如怨如慕如泣如訴餘
音嫋嫋不絕如縷舞幽壑之潛蛟泣孤舟之嫠婦
蘇子愀然正襟危坐而問客曰何為其然也客曰
月明星稀烏鵲南飛此非曹孟德之詩乎西望夏

口東望武昌山川相繆鬱乎蒼蒼此非孟德之困
於周郎者乎方其破荊州下江陵順流而東也舳
艫千里旌旗蔽空釃酒臨江橫槊賦詩固一世之
雄也而今安在哉況吾與子漁樵於江渚之上侶
魚蝦而友麋鹿駕一葉之扁舟舉匏樽以相屬寄
蜉蝣於天地渺滄海之一粟哀吾生之須臾羨長

江之無窮挾飛仙以遨遊抱明月而長終知不可
乎驟得託遺響於悲風蘇子曰客亦知夫水與月
乎逝者如斯而未嘗往也盈虛者如彼而卒莫消
長也蓋將自其變者而觀之則天地曾不能以一
瞬自其不變者而觀之則物與我皆無盡也而又
何羨乎且夫天地之間物各有主苟非吾之所有

間一毫而莫取惟江上之清風與山間之明月耳
得之而為聲目遇之而成色取之無禁用之不竭
是造物者之無盡藏也而吾與子之所共適客喜
而笑洗盞更酌肴核既盡杯盤狼籍相與枕藉乎
舟中不知東方之既白　後赤壁賦　是歲十月
之望步自雪堂將歸於臨皋二客從予過黃泥之
坂霜露既降木葉盡脫人影在地仰見明月顧而
樂之行歌相答已而嘆曰有客無酒有酒無肴月
白風清如此良夜何客曰今者薄暮舉網得魚巨
口細鱗狀如松江之鱸顧安所得酒乎歸而謀諸
婦婦曰我有斗酒藏之久矣以待子不時之需於
是攜酒與魚復遊於赤壁之下江流有聲斷岸千

尺山高月小水落石出曾日月之幾何而江山不
可復識矣予乃攝衣而上履巉巖披蒙茸踞虎豹
登虯龍攀棲鶻之危巢俯馮夷之幽宮蓋二客不
能從焉劃然長嘯草木震動山鳴谷應風起水湧
予亦悄然而悲肅然而恐凜乎其不可留也反而
登舟放乎中流聽其所止而休焉時夜將半四顧
寂寥適有孤鶴橫江東來翅如車輪玄裳縞衣戛
然長鳴掠予舟而西也須臾客去予亦就睡夢一
道士羽衣翩躚過臨皋之下揖予而言曰赤壁之
遊樂乎問其姓名俛而不答嗚呼噫嘻我知之矣
疇昔之夜飛鳴而過我者非子也耶道士顧笑予
亦驚寤開戶視之不見其處

丙申季夏錄前後赤壁賦
於墨齋主人白巖老樵

적벽부(赤壁賦) 소식(蘇軾)

전적벽부(前赤壁賦)

임술(壬戌)년 가을 칠월 열 엿새。나는 객(客)과 더불어 배를 띄우고 적벽(赤壁) 아래에서 놀았다。맑은 바람 서서히 불어와 물결 일지 않는데 잔 들어 객에게 권하며 명월(明月) 시를 읊조리고 요조(窈窕) 시를 노래하는데 곧 달이 동산 위로 솟더니 북두성과 견우성 사이를 배회한다。흰 이슬이 강물 위에 비껴 내리고 물빛은 하늘에 닿아 있다。한 조각 작은 배 가는 대로 내어 맡겨 망망한 만경창파를 건너간다。넓고도 넓은 것이 허공타고 바람을 모는 듯 그 머무는 곳을 모르겠고 가벼이 떠올라 속세를 버리고 우뚝 솟은 듯 날개 돋아 신선이 되어 하늘에 오르는 듯했다。이에 술 마시고 매우 즐거워서 뱃전을 두드리며 노래를 불렀다。

노래하기를

「계수나무 노와 목란 상앗대로 물에 비친 달그림자를 치며 달빛 흐르는 강물을 거슬러 올라간다。넓고 아득한 나의 마음이여 하늘 저 끝에 있는 임을 그리도다。」

객 중에 퉁소 부는 사람이 있어 노래에 맞춰 반주하니 그 소리 구슬퍼서 원망하는 듯 사모하는 듯 흐느끼는 듯 하소연하는 듯 여음(餘音)이 가냘프고 길게 이어져 실가닥처럼 끊어지지 않으니 깊은 골짜기에 잠겨있는 용을 일어나 춤추게 하고 외로운 배의 과부를 울릴 듯하다。

나는 얼굴빛을 바꾸고 옷깃을 여미고는 고쳐 앉으며 객에게 물었다。

「어째서 그토록 슬프오?」

객이 말했다。

「달 밝으니 별은 드물게 보이고 까막까치 남으로 날아가네。하고 읊은 것은 조조(曹操)의 시가 아니오? 서쪽으로 하구(夏口)를 바라보고 동쪽으로 무창(武昌)을 바라보니 산천은 서로 뒤엉켜서 울울창창 우거져 있는데 이곳은 바로 조조가 주유(周瑜)에게 곤욕을 치렀던 그 곳이 아니오?

그가 막 형주(荊州)를 격파하고 강릉(江陵)으로 내려와 물결 따라 동쪽으로 내려갈 때 배는 꼬리를 물고 천리에 이어졌고, 깃발들은 하늘을 뒤덮었는데 강물을 대하여 술 따르며 긴 창 비껴들고 시를 지었으니, 참으로 일세(一世)의 영웅이었는데 그러나 지금은 어디에 있는가?

하물며 나와 그대는 강가에서 고기 잡고 나무하며 물고기 새우들과 짝하고 고라니 사슴들과 벗하며 일엽편주 타고 쪽박 술잔을 들어 서로 권하며, 하루살이 같은 목숨으로 천지간에 붙어있으니 망망한 바다 속의 한 알의 좁쌀처럼 보잘것없소。우리 삶이 잠깐임이 슬프고 장강(長江)은 끝없음이 부러워서 하늘 나는 신선과 어울려 즐거이 놀고, 밝은 달을 안고 오래오래 살려고 하나 그것이 쉽사리 될 수 있는 일이 아님을 깨닫고 서글픈 여음을 슬픈 가을바람에 실어 본 거라오。」

내가 말했다。

「그대도 저 물과 달을 알고 있소?

가는 것은 이와 같이 쉬지 않고 흐르지만 영영 흘러가버리는 것이 아니요。차고 이지러지는 것은 저 달과 같지만 끝내 아주 없어지지도 더 늘어나지도 않는다오。변한다는 관점에서 보면 천지간에 한 순간이라도 변하지 않는 것이 없고, 변하지 않는다는 관점에서 보면 만물과 나는 모두 무궁한 것이니 또 무엇을 부러워하겠소?

게다가 천지 사이의 모든 사물은 각기 그 주인이 있어서 나의 것이 아니면 털끝 하나라도 취할 수 없지만, 오직 강 위를 부는 맑은 바람과 산 사이에 뜨는 밝은 달은 귀로 들어오면 소리가 되고、눈에 담겨지면 색깔을 이룩하는데 이를 취하여도 막는 사람이 없고 아무리 써도 없어지지 않소。이는 조물주가 주신 무진장한 보배이며 나와 그대가 함께 즐기고 있는 것이오。」

객이 기뻐 웃으며 잔 씻어 다시 술 따른다。안주가 이미 바닥나고 술잔과 쟁반은 어지러이 흩어졌다。서로를 베개 삼아 배 안에 누우니 동녘이 이미 밝아오고 있는 것도 모른다。

후적벽부(後赤壁賦)

이 해 시월 보름에 설당(雪堂)에서 걸어 나와 임고정(臨皐亭)으로 돌아가려 하는데 두 손님이 나를 따라 왔다。황니(黃泥) 고개를 지나는데 이미 서리와 이슬이 내려 나뭇잎은 모두 지고 사람의 그림자가 땅에 비치고 있기에 고개 들어 밝은 달을 쳐다보고 주위를 돌아보며 즐거워하며 걸어가면서 노래 불러 서로 화답하였다。

조금 있다가 내가 탄식하며 말했다。

「객은 있는데 술이 없고 술은 있더라도 안주가 없네。달 밝고 바람 맑은 이런 좋은 밤을 어찌 지내야 하나?」

객이 말했다。

「오늘 해 질 무렵에 그물로 고기를 잡았소。입이 크고 비늘이 가는 것이 꼭 송강(松江)의 농어같이 생겼소。허나 술은 어디에서 얻는다?」

집에 돌아와 아내와 상의 했더니 아내가 말했다。

「제게 술 한 말이 있는데 저장해 둔 지 오래 된 것입니다。당신이 갑자기 찾을 것에 대비하여 둔 거지요。」

이리하여 술과 고기를 가지고 다시 적벽 아래에 가서 놀게 되었다。강물은 소리 내어 흐르고、깎아지른 언덕은 천척이나 되었다。산이 높아 달은 작은데 강물이 줄어서 돌들이 드러나 있었다。그 후로 세월이 얼마나 지났다고 강산을 다시 알아볼 수 없단 말인가? 나는 옷을 걷고 올라가서 깎아지른 듯 높이 솟은 바위를 밟으며 무성히 자란 풀숲을 헤치고 호랑이나 표범 같은 모양의 바위에 걸터앉기도 하고, 뱀이나 용같이 구부러진 나무에 올라 매가 사는 높은 가지의 둥지도 잡아보고, 빙이(憑夷)의 궁전이 있는 깊은 물속도 내려다보았다. 그러나 두 객은 나를 따라하지 못하였다.

문득 긴 휘파람소리 나더니 초목이 진동하고 산이 울고 골짜기가 메아리치며 바람이 일고 강물은 솟구쳤다. 나도 또한 쓸쓸하여 슬퍼지고 숙연하여 두려워지며 몸이 오싹하여 더 머무를 수 없었다.

되돌아와 배에 올라 강 가운데에서 물 흐르는 대로 내어 맡겨 배가 멈추는 데서 멈추게 하였다. 때는 거의 한밤 사방을 둘러보니 적막한데 마침 외로운 학 한 마리가 강을 가로질러 동쪽에서 날아오는데, 날개는 수레바퀴처럼 크고 검정 치마 흰 저고리를 입은 듯한데 끼룩끼룩 길게 소리 내어 울며 우리 배를 스쳐서 서쪽으로 날아갔다.

잠시 후, 객들은 돌아가고 나도 잠자리에 들었다. 꿈에 한 도사가 새털로 만든 옷을 펄럭이며 날아서 임고정(臨皐亭) 아래를 지나와 내게 읍(揖)하며 말했다.

「적벽의 놀이가 즐거웠소?」

나는 그의 성명을 물었으나 그는 머리를 숙인 채 대답하지 않았다.

「아하! 알았소. 지난밤에 울면서 나를 스쳐 날아간 것이 바로 그대가 아니오?」

도사는 고개를 돌리며 웃었다. 나도 또한 놀라 잠에서 깨어나 문을 열고 내다보았으나 그가 있는 곳을 찾을 수 없었다.

屈原既放游於江潭行吟澤
畔顏色憔悴形容枯槁漁父
見而問之曰子非三閭大夫
與何故至於斯屈原曰舉世
皆濁我獨清衆人皆醉我獨

醒是以見放漁父曰聖人不
凝滯於物而能與世推移世
人皆濁何不淈其泥而揚其
波衆人皆醉何不餔其糟而
歠其釃何故深思高舉自令

放爲屈原曰吾聞之新沐者
必彈冠新浴者必振衣安能
以身之察察受物之汶汶者乎寧
赴湘流葬於江魚之腹中安
能以皓皓之白而蒙世俗之塵
埃乎漁父莞爾而笑鼓枻而
去乃歌曰滄浪之水清兮可
以濯吾纓滄浪之水濁兮可
以濯吾足遂去不復與言右
文屈原漁父辭

丙戌新正白巖試墨

어부사(漁父辭) 굴원(屈原)

굴원이 쫓겨나 강호에서 노닐며 못가에서 시를 읊조리고 다니는데 안색이 초췌하고 모습은 수척해 보였다。어부(漁父)가 그를 보고 물었다。

「선생은 삼려대부(三閭大夫)가 아니십니까? 어쩌다가 이 지경에 이르셨습니까?」

굴원이 말했다。

「온 세상이 혼탁한데 나 혼자 깨끗하고、모든 사람이 다 취해있는데 나만 깨어 있으니、이런 까닭에 쫓겨나게 되었다오。」

어부가 말했다。

「성인(聖人)은 세상 사물에 얽매이지 않고 세상을 따라 변하여 갈 수 있어야 합니다。세상 사람이 모두 탁하면 왜 진흙탕을 휘저어 흙탕물을 일으키지 않습니까? 뭇 사람들이 모두 취해 있다면、어째서 술지게미를 먹고 박주(薄酒)를 마시지 않으십니까? 어찌하여 깊이 생각하고 고결하게 처신하여 스스로 쫓겨 남을 당하게 하십니까?」

굴원이 말했다。

「내가 듣건대 새로 머리를 감은 사람은 반드시 관(冠)을 털어서 쓰고、새로 목욕한 사람은 반드시 옷을 털어서 입는다고 하였소。어찌 결백한 몸으로 더러운 것을 받아들일 수 있겠소? 차라리 상강(湘江)에 가서 물고기 뱃속에 장사지내지、어찌 결백한 몸으로서 세속의 먼지를 뒤집어 쓸 수 있겠소?」

어부는 빙그레 웃고、뱃전을 두드리며 노래를 부르면서 떠나갔다。

「창랑(滄浪)의 물이 맑으면 내 갓끈을 씻으면 되고、창랑의 물이 흐리면 내 발을 씻으면 되는 것을!」

그리고는 떠나가서 다시는 함께 이야기하지 않았다。

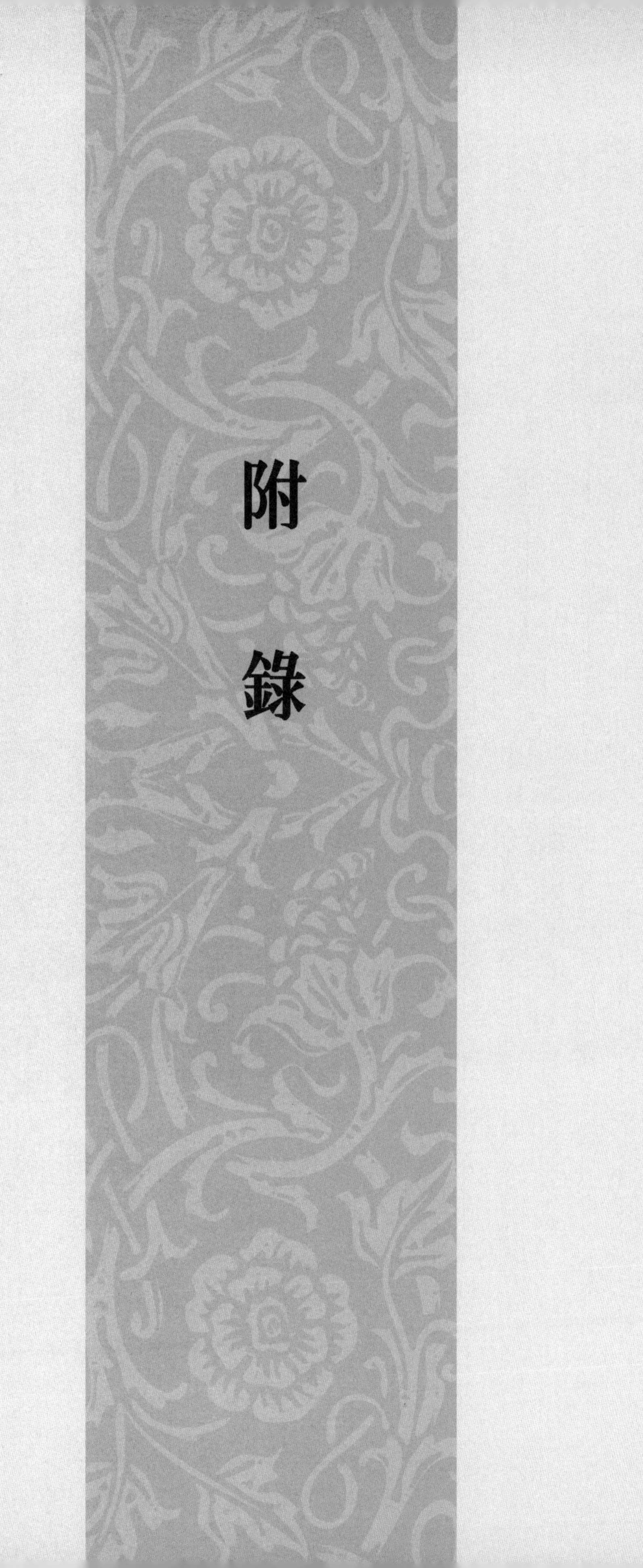

附錄

挽章詩文(例)

挽章은 亡人을 哀悼하는 뜻에서 글을 지어 보내는 것으로 輓詞라고도 한다。만장의 첫머리에는 謹弔라 쓰고 끝에는 자기의 성명을 쓰되…後人…哭再拜라고 쓴다。

● 教育家에 對한 挽章

吾輩嗟無福、
道與斯人去
先生奄九泉、
言空白世傳

우리들이 복이 없어 선생님이 돌아가시니、
도덕은 선생님과 함께 이 세상에서 살아지는것 같습니다
천만년 전하여 줄 선생님이 天國으로 가시니、
생존에 하신 말씀만 백세에 전해질 것입니다

仙鶴乘雲遽遽過、
千呼其奈不留何
文章酬世遺芳遠、
德業傳家庇蔭多
落月光沈猶彷彿、
荒山影暮轉嵯峨
風流儒雅今安在、
程市只殘白雲歌

신선 되어 학을 타고 구름 위로 떠나가시니、
천백번 불러봐도 돌아보지 아니하네
아름다운 문장은 오래도록 전해지고、
쌓으신 음덕은 자손들에 끼치리라
선생님 가시는 모습 보름달이 바다 위에 지는 듯、
높은 산 석양에 그림자와 함께 사라지는 듯
우아한 선비풍모 다시는 볼 수 없고、
선생님을 사모하는 이야기만 남으리다

● 親舊에 對한 挽章

少時修習每同筵、
晩境詼諧相老年
無斷忽然仙化去、
送君揮淚夕陽天

어렸을 땐 한자리에 공부를 하고、
만년에는 서로가 농담하며 즐겼는데
아무말 한마디 없이 가버린단 말인가、
작별하는 눈물 속에 해는 벌써 석양이네

慟哭君靈淚不輕、
如何先我上帝京
遙憶瀟湘寒夜月、
忍何隻雁咽鳴聲

그대 영전 통곡하니 눈물이 그치지 않네、
어찌하여 나보다 저승길을 앞서가나
아득한 소상강 고요한 달밤에、
짝 잃은 외기러기 슬픈 울음 어찌하리

問君何事作斯行、
謫降神仙返玉京
隣社親朋送此訣、
潸然揮淚不堪清

그대는 어찌하여 이 길을 떠난단 말인가、
자네는 天上의 신선으로
잠시 人世에 귀양왔다 이제 불러 가는 건가
이웃동리 여러 친구들 모두 나와 영결하니、
누가 아니 눈물 흘려 슬퍼하지 않으리오

曾識人生一夢場、
奈何敢忍送斯行、
父老孩提永訣地、
[illegible]歌呼哭總悽涼

人間 세상 꿈결같음 알고는 있었지만、
그대 영영 작별하니 정말로 꿈만 같네
남녀노소 모두 나와 그대를 영결하니、
상여소리 울음소리 눈물바다 이루누나

● 政治家에 對한 挽章

蕭蕭落木動秋風、
今日哭君噫不窮、
槿或民人賴誰活、
謳歌善政不忘中

가을 바람에 낙엽이 우수수 떨어지듯、
그대가 황천길 떠난다니 슬픈 마음 한이 없네
우리 국민 누굴 믿고 살아가란 말이요、
그대의 착한 정사 구가속에 잊지 못하리。

白凡金九先生逝去、蔣總統 輓章

樞星一夜落東城、
天慟地悲水自鳴、
別淚津津滄海溢、
憤心疊疊泰山輕

동역성의 큰 별이 하룻밤사이 떨어지니、
천지가 비통하고 유수도 목놓아 우네
이별 눈물 진진하여 창해가 넘치고、
분한 마음 첩첩 쌓여 태산 오히려 가볍네

堂堂大義生前業、
烈烈精神死後名、
千秋寃恨憑誰問、
寂寞荒陵白日明

생전에 하시던 일 대의가 당당하고、
열렬한 정신은 사후 명성 더욱 높네
천추의 원한을 누구에게 물어야하나、
적막하고 거친 무덤 햇볕만이 밝구나

兪夏益 挽李副提學 号白忍堂杞溪人

親朋零落幾人存、
半是三危半九原、
惆悵世間餘一老、
廣陵殘月又招魂

정답게 사귀던 벗 몇 분이나 계시는가、
헤매는 이 반이라면 가신 분도 반이 넘네
쓸쓸한 이 세상에 늙은 나만 남았거니、
쇠잔한 달빛 아래 내 혼 누가 부르려나

李俊民 挽栗谷

芝蘭空室不聞香、
奠罷單盃老漏長
斷雨殘雲藏栗谷、
世間無復識吾狂

지초 난초 시드니 향기도 갔네、
잔 올리며 임 그리워 길이 울었오
내리는 비 쓸쓸하고 구름도 차니、
세상에 누가 있어 미친 나를 알아주리

金斗南、漢陰先生 葬

歲時何滾滾、
愁緒更多端
危髮添霜白、
衰顏借酒丹

세월은 말없이 흘러 가는데、
시름만 서리서리 끊임 없구나
머리 위 센 터럭만 늘어가는데、
야윈 얼굴 술 기운에 붉어졌구나

諸公皆地下、
頑命獨人間
慟哭龍津水、
千秋作努湍

여러분 차례차례 세상 떠나고、
나만 홀로 쓸데없이 살아남았네
가시는 님 그리워 통곡을 하니、
끊는 눈물 저 물 함께 길이 흐르네

李承晩、島山安昌浩 挽

妻子天涯哭、
親朋海外驚
國亡人又去、
嗚咽狽江鳴

처자는 하늘가에서 울고、
친한 벗은 해외에서 놀라네
나라가 망하자 사람마저 떠나가니、
대동강 물도 목 메이듯 울어대네

黃自元의 間架結構法

宇宙定甯

至聖孟蓋

勅部幼即

讀蝀議績

위에서 덮어지게 되는 것은 대체적으로 획이 모두
그 아래를 덮어서 가려주어야 한다

밑에다 얹어놓게 되는 것은 획이 있으면 모두 그 위와 의탁이 되어야 한다

左측에 획이 많은 字는 左측을 길게 쓰고 右는 약간 낮추어 놓아야 한다

右측에 획이 많은 字는 右측을 길게 쓰고 左는 줄여서 써야 한다

喜吾妻安

甲平干午

葡萄蜀葛

句勺匀匆

가로로 걸친 획이 있으면 가운데에 있는 획은 길어야 좋다

수직으로 된 획이 있으면 중앙의 세로 획은 바른 것이 좋다

갈고리로 끌어당기는 획은 그 자체를 구부려주고 짧으면 좋지 않다

갈고리의 앞에 점이 있는 것 중에서 그 형세가 곧고 긴 것은 좋지 않다

左在尤尨
右有玄灰
木本朱東
樂棐[illegible][illegible]

가로획은 짧게 하고 삐침은 길게 하여 시원하게 하라

위 가로획은 길게 하고 삐침은 짧게 하라

가로획은 짧고 세로획은 길게 삐침과 파책은 대칭으로 펴준다

가로획은 길고 세로획은 짧게 좌우의 삐침은 짧게 점의 형태로 한다

十上下士
才斗丰井
丕正亞並
目自因固

가로획은 길게 세로획은 짧고 수직으로 한다

가로획은 짧고 세로획은 수직으로 길게 한다

위와 아래로 가로획이 있을 때 위의 획은 짧고 아래획은 길게 한다

左右로 내려그은 획이 있으면 左는 짧고 가늘게、右는 길고 굵게 하라

左는 삐치고 右가 곧을 때는 반드시 左를 줄여주고 右는 길고 강하게 한다

左가 곧고 右에 삐침이 있으면 左는 줄여놓고 右는 길게 펴놓아야 한다

점이 여러개로 중복되어있는 것은 점의 균형을 맞추고
교감이 이루어져야 한다

가로획이 중복된 것은 고기의 비늘과 새의 깃털이
가지런하지 않는 것 같이 조화를 이루어야 한다

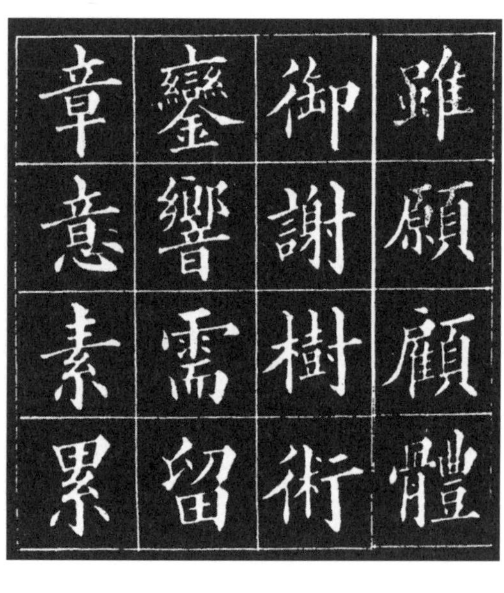

左右 양 편의 획이 비슷할 때는 左右가 균등하여야 한다

三字가 合해질 때는 가운데 字를 바르게 약간 작게 하여 균형을 이룬다

二단계로 된 字는 上下가 균등하게 하되 가운데 부분은 약간 줄여준다

上中下 三字로 구성된 字는 머리와 꼬리는 신축성있게、
中心은 바르고 고르게 한다

庭居尹底
友及反皮
參修須形
治洪流海

左로 삐치는 획、쥐꼬리처럼 끝이 너무 가는 것은 좋지 않다

두 개 이상의 삐침의 획은 長短과 造化를 맞추어야 한다

세 번 중첩된 삐침 획은 아래획을 길게 하여 字体의 균형을 맞추어야 한다

삼수변의 세 점 중 아래획은 위로 삐쳐올려 윗점과 조화를 시켜야 한다

중앙을 차지한 가운데 글자는 독특하게 웅장하여야 한다

上下로 포개지는 글자는 가운데가 적어야 한다

右上 세로의 어깨는 힘있게 구부려주는 것이 좋다

乙字形 세로에서 가로로 구부릴 때 원만하게 구부려 주는 것이 좋다

아래에 점이나 획이 많은 글자는 아래를 넓게 쓰는 것이 좋다

左변에 획이 적은 字일 경우 右側을 크게 하는 것이 좋다

右측보다 左측의 획이 많은 字는 左側이 큰 것이 좋다

左右에 편중된 字는 中央이 적을수록 좋다

한 자 내에 삐쳐올리는 획이 여러 개일 때 한 획만 삐쳐올리는 것이 좋다

上下에 같은 삐쳐올리는 획이 있을 때 아래획만 강하게 해준다

一字內에 숙이고 들어올리는 획이 있을 때
숙인 획은 짧게 들어올린 획은 강하게 한다

위 부분이 독점하고 있는 字는 그 위가 두터워야 한다

左측 부분이 작을 때는 右측 상단과 비슷하게 올려주어야 한다

右側 부분이 작을 때는 左측 하단과 비슷하게 내려주어야 한다

밖으로 네 자가 중첩되었을 때는 字体가 반드시 바르게 되어야 한다

안으로 네 字가 중첩으로 된 것은 그 간격을 고르고 조밀하게 하여야 한다

비스듬히 올린 勒획 중에서 平平한 것은 기세를 잃게 되어 좋지 않다

가로 뻗은 中心획은 튼튼하고 바르게 해야 한다

세로로 삐치는 左변은 머리는 눌러 튼튼하게 꼬리는 거두어들인다

세로로 된 戈字획은 강한 힘이 유지되어야 한다

心字가 아래에 있을 때 점획의 균형이 맞고 위 부분과 中心이 맞아야 한다

펴져있는 갈고리는 서로 가까이 붙어있는 것이 좋다

위와 이어주고 중심을 바르게 하여주는 것이 좋다

左측 구부러진 갈고리 획은 축소하는 것이 좋다

위에 馬字와 같이 갈고리를 끌어당기고 네 점은 중심을 유지해야 한다

위가 평평한 글자는 머리가 가지런한 것이 좋다

아래가 평평한 글자는 그 발이 가지런한 것이 좋다

삐치는 획이 중첩될 때 위는 축소하고 아래는 활발하게 펴준다

是 足 走 足

者 耆 老 考

馨 聲 繁 繫

繼 [illegible] 纏 [illegible]

卜字가 위와 기울어짐이 없고 상대적으로 구별하여야 한다

土字가 아래로 기울어짐이 없고 左와 바르게 세워놓아야 한다

여러 字가 혼합된 자는 조밀하고 간결하게 써서 균형이 맞아야 한다

빽빽하게 많은 획은 구별을 잘 할 수 있도록 단정하고 안정되어야 한다

수직으로 된 획은 바늘을 달아놓은 듯 끝은 露鋒으로 함이 좋다

수직으로 된 획은 반드시 露鋒으로 하여야한다

字体는 비록 비스듬한 것이 좋으나 글자의 중심은 바르게 하여야한다

형태가 자연히 바르게 되니 骨力도 견고하게 하여야 한다

身目耳貝
白工曰四
會合金命
琴吞各谷

字体가 야윈 것 같이 보이니 그 形態가 짧으면 왜소하게 보인다

字形이 왜소하게 보이니 用筆은 肥大한 것이 좋다

아래를 덮는 형태이니 좌우의 삐침과 파책을 균등하게 하여야 한다

字体가 아래로 모이게 되었으니 左右대칭이 비등함이 좋다

以上의 例文은 清末의 書藝家 黃自元이 그의 著書、間架結構摘要九十二法이 있는데 그 전부터 傳해오던 間架와 結構에 對한 論書를 要略해서 만든 것이다。단 해설면에서 너무 설명이 어렵고 혼돈되어 筆者가 다소의 사족을 달아 理解를 돕고자 하였으나 충분한 설명이 부족한 것 같다。讀者의 양해를 바랄 뿐이다。

落款法

落款이란 落成款識를 요약해서 이르는 말로, 일반적으로 건축을 완성하면 落成式을 하는 것과 같이 書藝 作品을 完成하면 작품 末尾에 언제 어디에서 누가 썼다는 것을 記錄으로 표시하고, 이를 說明하기 위하여 姓名 雅號 惑은 堂號를 쓰고 捺印하는 것을 말한다。

先賢들의 落款形式을 몇가지 例示하면、

● 庚戌三月於旅順獄中
大韓國人 安重根 名 號

● 大韓民國三十年十月二十六日
七十三歲 白凡 金九 名 號

● 海東後學 金正喜 焚香謹書 名 號

● 丙辰八月旣望美山 焚香敬書 名 號

● 歲甲子菊秋佳節 眞墨齋南窓下 ○○○ 號

● 嘉靖甲辰秋日 龍江沈碩
爲竹林先生寫於金陵寓中 名 號

● 甲申秋夜宴於陳氏山亭
燈下書之於山道人允明 名 號

● 庚申三月廾又二日書於悟言室
徵明時年八十有三日 名 號

● 山谷老人 黃庭堅 名 號

● 鮮于樞書於困學齊 名 號

月의 異稱

一月: 新正 肇春 新元 孟春

二月: 仲春 載陽 春和 中和節 般春

三月: 季春 暮春 和煦 晩春 花辰

四月: 孟夏 肇夏 清和 初炎 梅夏 槐

五月: 仲夏 麥秋 榴夏 天中節 端陽

六月: 季夏 酷炎 霖熱 庚炎

七月: 孟秋 新涼 老炎 餘暑 殘炎

八月: 仲秋 清秋 素秋 高秋 金秋 涼秋

九月: 季秋 深秋 菊秋 霜寒 風秋 晩秋

十月: 孟冬 小春 初寒 寒冷 猝寒

十一月: 仲冬 至沍 至寒 猛寒 至月

十二月: 季冬 酷寒 雪沍 歲暮 臘月

日의 異稱

一日: 朔日 初吉 月旦 月朔 月始 月初
二日: 再吉
十日: 旬日
十五日: 望日
十六日: 旣望
二十日: 念日
三十日: 晦日
一月一日: 元旦 元朝 元朔 正旦 元始 元日 歲旦
一月十五日: 上元 元宵 元夕

三月三日: 重三 元巳 踏青節 上巳日
四月八日: 佛誕日 浴佛日 燈夕日
五月五日: 端午 重五 重午
六月十五日: 流頭日
七月七日: 七夕 重七
八月十五日: 中秋節 嘉俳節
九月九日: 重九 重陽節 落帽節
十月十五日: 下元
十二月末日: 除夜 除夕

年齡의 別稱

一五歲: 志學 志于學
成童(女子는 笄年)
二十歲: 弱冠
三十歲: 而立 立年
四十歲: 不惑
五十歲: 知天命
五十以上~六十以下: 望六
六十歲: 耳順
六十一歲: 回甲 甲年
還甲 周甲

七十歲: 古稀 稀壽 七秩
從心
七十七歲: 喜壽
七十以上~八十以下: 耆耄
八十歲: 八秩 八旬 八耋
傘壽
八十八歲: 米壽
九十歲: 九旬 九秩 卒壽
九十九歲: 望百 白壽
百歲: 百壽 期年

姓名과 雅號

姓氏는 先代로부터 이어받아 오지만、간혹 創姓者나 賜姓者가 있어 本貫을 찾게 되고、名은 出生과 同時 父母님이 지어서 戶籍簿에 登載함이 常例이다。

雅號는 대체로 祖父나 師兄이 그 사람의 姓品에 맞게 佳作 하여주고、그 밖에 本人이나 親友들이 個性에 맞게 지어 使用한다。그 外에 別號、堂號도 亦時 雅號의 경우와 같이 지어지며 예전에는 高官이나 名士들은 皇帝나 王이 직접 지어 下賜하는 경우가 있는데 死後에 追叙하는 경우는 諡號라고 한다。

또、落款할 때 姓名이나 雅號 아래 自身의 立地나 個性에 맞추어 居士、道人、處士、野人、野老、散人、愚人、隱士、逸士、樵夫、老樵、釣徒、愚叟、老叟、釣叟 그 밖에도 많은 文句가 있다。

節候表

季節	節氣					
春	立春	雨水	驚蟄	春分	淸明	穀雨
夏	立夏	小滿	芒種	夏至	小暑	大暑
秋	立秋	處暑	白露	秋分	寒露	霜降
冬	立冬	小雪	大雪	冬至	小寒	大寒

六十甲子

甲寅	甲辰	甲午	甲申	甲戌	甲子
乙卯	乙巳	乙未	乙酉	乙亥	乙丑
丙辰	丙午	丙申	丙戌	丙子	丙寅
丁巳	丁未	丁酉	丁亥	丁丑	丁卯
戊午	戊申	戊戌	戊子	戊寅	戊辰
己未	己酉	己亥	己丑	己卯	己巳
庚申	庚戌	庚子	庚寅	庚辰	庚午
辛酉	辛亥	辛丑	辛卯	辛巳	辛未
壬戌	壬子	壬寅	壬辰	壬午	壬申
癸亥	癸丑	癸卯	癸巳	癸未	癸酉

白巖 姜思賢 선생 프로필

백암 강사현 白巖 姜思賢

本貫: 晉州
堂號: 眞墨齋
生年月日: 1937年(丁丑) 10月 2日

■ 學歷

- 釜山東亞大學校 法經大學 法學科 卒業(法學士)
- 同大學校 經營大學院 碩士課程 卒業 (經營學 碩士)
- 稅務士 資格取得

■ 書藝經歷

- 大韓民國書藝展覽會 入選 2回, 特選 2回, 招待作家
- 韓國書畵藝術大展 特選, 優秀賞, 綜合大賞 (文化部長官賞)
- 韓國美術文化大賞展 特選, 銅賞
- 韓國書藝文人畵元老總聯合會 常任會長
- 韓國書畵作家協會 總裁
- 韓國書家協會 理事, 監事
- 國際書法聯盟 韓國側 諮問委員

■ 著書

- 『楷書 · 行書 · 隷書 · 草書 千字文』
- 『名文佳句集』
- 『淸潭公 桂雲公 墓誌錄』

名詩佳句選

墨場敎本

2018年 12月 5日 인쇄
2018年 12月 14日 발행

저 자 | 姜思賢

발행처 ㈜이화문화출판사

등록번호 제 300-2015-92 호
주 소 서울시 종로구 인사동길 12, 310호
전 화 02-732-7091~3
F A X 02-725-5153
홈페이지 www.makebook.net

값 30,000원

ISBN 979-1-15547-348-1